Lydia Preischl

Rosie Byler's Bäckerei

Gastfreundschaft

Ein Amisch-Roman

Bibliografische Information der Deutschen Nationalbibliothek:
Die Deutsche Nationalbibliothek verzeichnet diese Publikation
in der Deutschen Nationalbibliografie; detaillierte bibliografische
Daten sind im Internet über http://dnb.dnb.de abrufbar.

© 2019 Lydia Preischl
Herstellung und Verlag:
BoD – Books on Demand, Norderstedt

ISBN: 978-375042-6214

Kapitel 1

Es kam nicht allzu oft vor, dass House-at-the-Water von einem Unwetter heimgesucht wurde. Jedenfalls nicht von einem Unwetter, das derart schwere Schäden hinterließ wie das Herbstgewitter letzte Nacht. Rosie Byler stand stirnrunzelnd mitten auf der einzigen Straße, die durch den kleinen amischen Ort führte und betrachtete das Elend.

„Kaum zu glauben, was ein oder zwei starke Windstöße anrichten können", seufzte Elli Glick, ihre Nachbarin.

Sie zog ein verschmutztes und durchnässtes Stück Stoff aus der Auslage ihres zerstörten Schaufensters. Ihren Laden mit den wunderbaren Quilts und den selbstgemachten Haushaltswaren hatte es am Schlimmsten von allen erwischt. Der mächtige Baum, den der Mini-Orkan umgeblasen hatte, hatte auf seinem Weg in Elli Glicks Schaufenster mit seinen starken Ästen Rosies Ladenschild herunter gefegt und eine Fensterscheibe im Haus ihres Vaters zerschmettert. Im großen Wohnraum ihrer Eltern waren lediglich Scherben und Schmutz zu beseitigen, Elli Glicks Schätze aber waren zum Teil verloren. Die kleine Baby-Quiltdecke, die sie eben herausgezogen hatte und immer noch in den Händen hielt, war sicherlich unwiederbringlich kaputt. Da half auch kein Waschen, da die armdicken Äste der Kastanie und die Glasscheiben des Fensters den Stoff zerrissen hatten. Darüber hinaus war ihr Schaufenster wie leergefegt. Die bemalten Porzellantassen, die ihr eine Mennonitin lieferte, und einige der hausgemachten Köstlichkeiten aus der Küche ihrer Schwägerin Betty Glick lagen in einem klebrigen Wirrwarr aus Marmelade, Scherben und Schmutz im Inneren des Ladens.

„Ach Elli! Es tut mir so leid, dass du einen derart großen Schaden hast." Rosie strich mitfühlend über den zerstörten Quilt.

„Es ist schade um die schöne Arbeit. Ruth Miller braucht Wochen, um so eine wundervolle Decke herzustellen. Ansonsten ist ja nichts weiter passiert. Das lässt sich alles wegräumen und ersetzen."

Elli zuckte mit den Schultern und war nach dem ersten Schrecken schon wieder ganz die pragmatische Nachbarin, die sie immer gewesen war.

„Simon ist schon dabei, die Scherben wegzuräumen, ich sollte ihm helfen."

Rosie nickte ihrer Nachbarin noch einmal aufmunternd zu und wandte sich dann ihrem eigenen Geschäft zu. Das breite Ladenschild, das sich seit Bestehen der Bäckerei über Eingangstür und Schaufenster gespannt hatte, lag nun in drei große und viele kleinere Teile zerborsten auf der Veranda. *Rosetta Byler's Bäckerei* hatte darauf gestanden und der jungen Frau wurde es schwer ums Herz, dass diese Erinnerung an ihre vor wenigen Monaten so plötzlich verstorbene Großmutter nun zerstört war. *Der Herr gibt und der Herr nimmt. So war es eben.*

Rosie seufzte und hob die größeren Teile auf, um sie in eine Ecke zu legen. Schon sehr früh am Morgen hatten die Männer des Dorfes die riesige Kastanie bearbeitet und mit dem Einsatz von Arbeitspferden zur Seite gerückt. Immer noch waren einige von ihnen damit beschäftigt, die Äste abzuschneiden, um die Straße wieder frei zu bekommen. Ed Stolzfus, dem die Pferdezucht am anderen Ende des Dorfes gehörte, und Daniel Miller, dessen Farm von der Gartenseite her an ihr Elternhaus stieß, hatten selber eine Menge Arbeit, da der Sturm das Hühnerhaus der Millers abgedeckt und auf einen Schuppen von Ed Stolzfus geschleudert hatte. Immer noch sausten hie und da Miller-Hühner im Dorf herum, um von ebenso aufgescheuchten Kindern mit viel Spaß gejagt und nach Möglichkeit wieder eingefangen zu werden.

„Hallo Rosie!" Rosie, die sich gerade nach einigen größeren Zweigen gebückt hatte, zuckte zusammen, als die fröhliche Stimme hinter ihr erscholl. Natürlich wusste sie, wem sie gehörte und sie richtete sich erfreut auf.

„Hallo Jason!" Ein wenig verlegen zerrte sie an ihrem dunkelgrünen Kleid, dessen Sitz sich nicht ganz richtig anfühlte, und richtete ihre *Kapp*, aus der sie einige Haarsträhnen hervorlugen spürte.

Jason nahm ihre Hand, die gerade einige Strähnen versteckte, in die seine und zog sie nach unten.

„Lass das bleiben. Du siehst wundervoll aus, wenn du erhitzt von der Arbeit ein wenig aufgelöst aussiehst, Frau."

Inzwischen kannte Rosie Jasons Humor und sie lachte mit ihm.

„Schon recht. Mal sehen, ob ich das gleiche sagen kann, wenn du aufgelöst von der Arbeit bist, Mann."

Jason wurde wieder ernst. „Hat es euch schlimm erwischt?"

„Nur Großmutter Byler's Schild. Es macht mich ein wenig wehmütig, dass es nicht mehr zu retten ist."

„Hast du vor, wieder eins anzumachen?"

„Es ist jetzt nicht die erste Aufgabe, die ansteht. Dad muss sich um das Fenster kümmern, das uns der Baum eingeschlagen hat. Sieh nur mal den Laden der Glicks. Das ist wirklich schlimm. Dagegen hatten wir großes Glück", nickte Rosie bekümmert zum Nachbaranwesen hinüber. „Was machst du eigentlich hier so früh?"

„Dan Miller hat Dad auf den Wiesen draußen getroffen. Da hat er ihm von den Schäden im Dorf erzählt. Ich dachte, ich sollte einmal nach dem Rechten sehen bei der Familie meiner Liebsten."

Wieder lächelte Jason und drang damit Rosie ins Herz. Doch ihre Miene hatte sich bei der Erwähnung des Namens von Dan Miller verdüstert.

„Dan Miller, ja?"

Jasons Lächeln verzog sich zu einem Grinsen.

„Der beschäftigt dich immer noch, was?"

„Tu nicht so, als ob es dir anders gehen würde, wenn dir das passiert wäre. Inzwischen weiß es schon jede Familie im Ort, dass er mich nicht wollte."

Sie plusterte die Backen auf und blies die Luft schließlich in einem kräftigen Pusten aus.

„Hört sich fast so an, als ob es dir leidtäte", sagte Jason erstaunt.

„Sei doch froh, dass du diesen Stockfisch los bist."

„Bin ich ja auch. Aber dass er damit jetzt hausieren geht und jedem erzählt, ich wäre nicht gut genug für ihn, ist eine ganz andere Sache."

„Er muss den Leuten ja erklären, warum er mit seinen 23 Jahren noch nicht verheiratet ist. Und da kommt es ihm gerade recht, dass er über dich herziehen kann. Glaub bloß nicht, dass die Leute ihm auf den Leim gehen. Es wird auch immer schlimmer mit ihm. Du siehst doch selber, dass er immer düsterer durch die Gegend läuft."

Jason hatte sie am Arm genommen und war mit ihr in die Bäckerei hineingegangen. Draußen herrschte ihm zu viel Betrieb, um ein derartiges Gespräch zu führen. Allein die Tatsache, dass er Rosie untergehakt hatte, war höchst unschicklich. In erster Linie für das Mädchen. Andererseits dachte er nicht wirklich viel darüber nach. Seit dem Desaster mit Dan Miller, der lautstark erklärt hatte, Rosie wäre zu dick und würde unablässig reden, schien selbst Rosies Vater eingesehen zu haben, dass Jason die bessere Wahl war. Nun, da sie, wie sie glaubte, mit dem stillschweigenden Segen der Eltern einander versprochen waren, konnte selbst eine unangemessene Berührung keinen großen Skandal hervorrufen.

„Denkst du, er könnte krank sein?", fragte Rosie, nachdem sie die Ladentür hinter sich geschlossen hatten.

„Nach dem, was du erzählt hast und wie ich ihn selber bei einigen Gelegenheiten erlebt habe, befürchte ich fast, dass er etwas in sich trägt, was ihm nicht guttut."

Jason drückte sich sehr subtil aus und Rosie schaute ihn überrascht an.

„Was meinst du damit?"

Sie war hinter die Theke gegangen und hatte zwei Tassen Kaffee gezapft und Sandwiches, die ihre Mutter für hungrige Kunden zubereitet hatte, auf zwei Teller gelegt. Nun setzte sie sich an einen Tisch im hinteren Bereich, der von außen nicht eingesehen werden konnte. Jason folgte ihr.

„Mein Dad sagt, manchmal kommt er ihm recht seltsam vor. Dann sieht er so aus, als ob er eine Mordswut hätte - und seine Augen funkeln. Das sind die Augenblicke, in denen er auch spricht, mehr jedenfalls als sonst."

Rosie schwieg, biss stattdessen in ihr Sandwich und starrte nachdenklich durch das Seitenfenster, das den Blick in einen versteckten Teil des Gartens ihres Vaters frei gab. Was wäre nur geworden, wenn Dan und sie dem Willen ihrer beider Väter tatsächlich gefolgt wären und geheiratet hätten? Rosie schüttelte sich bei dem Gedanken.

„Ist dir kalt?" Jason hatte sie beobachtet.

Rosie kehrte aus ihren Überlegungen wieder zu ihm zurück.

„Ich dachte eben daran, was wohl passiert wäre, wenn ich Dan wirklich geheiratet hätte."

Jason schenkte sich eine Antwort. Er verspeiste das köstliche Sandwich und trank den Kaffee dazu.

Dann sagte er: „Ich bin sehr froh, dass du Dan nicht heiraten musstest. Aber wie du weißt, hätte ich das auch nicht zugelassen. Auch wenn alle Welt anderer Meinung gewesen war."

Rosie bemerkte wohl, dass er nicht die Möglichkeitsform benutzt hatte, sondern ganz konkret davon sprach, dass viele Leute etwas gegen ihre Verbindung gehabt hatten.

„Ich hoffe, sie sind heute nicht mehr dagegen", gab Rosie schließlich zurück. Aber ganz sicher war sie sich nicht.

Auch wenn Dan aus dem Spiel war, hatte sich die verworrene Situation nicht aufgelöst.

Jason zuckte mit den Schultern.

„Rosie Byler. Es ist mir egal, was die Leute sagen oder nicht sagen. Ich bin stolz darauf, dass du meine Frau wirst. Und ich hoffe, das passiert so bald wie möglich."

Er nahm ihre Hände in die seinen und zog sie über den kleinen Tisch zu sich heran. Dann drückte er einen Kuss auf eine ihrer Hände.

„Ja, Jason, das hoffe ich auch." Sie drückte seine Hände, zog ihre dann aber ganz schnell zurück, weil eine Kundin den Laden betrat.

Rasch trat sie hinter die Ladentheke, um die ältere Dame, die eine Stammkundin von ihr war, zu bedienen. Jason setzte seinen Hut auf, den er auf dem Tischchen abgelegt hatte, und grinste ihr hinter dem Rücken der Kundin noch einmal zu. Rosie bedachte ihn zum Abschied mit einem scheuen Augenaufschlag.

Trotz der widrigen Umstände an diesem Morgen schwebte Rosie wie auf Wolken. Allein der Anblick von Jason reichte aus, um einen guten Tag zu einem besonderen Tag zu machen. Das Unwetter hatte nicht nur die Bewohner von House-at-the-Water erwischt. Es hatte auch in anderen Orten rund um ihre kleine Siedlung, die zwischen einem waldreichen Hügel und einem ebenso waldreichen, ebenen Gebiet lag, gewütet. Deshalb gab es heute nur wenige Kunden im Laden.

Es waren in erster Linie die Männer, die draußen auf der Straße und in Elli Glicks Laden Ordnung machten, die sich Sandwiches und ein Kaltgetränk oder Kaffee holten, und die waren selbstverständlich Gäste von Rosie.

Wohl waren die Einnahmen ihres Geschäftes Teil des Familieneinkommens, aber niemand in der amischen Gemeinschaft musste Profit um jeden Preis machen.

House-at-the-Water hatte sich zur Touristenattraktion gemausert. Während der Saison zwischen März und Oktober hielten täglich mehrere Busse an dem eigens dafür angelegten Parkplatz, um den urwüchsigen Ort zu besichtigen. Es mangelte an Farmland in und um das Dorf, so dass nur noch Daniel Miller und Ed Stolzfus Bauernhöfe bewirtschafteten. Ihre Anwesen standen sich an dem einen Ende des Dorfes gegenüber. Unterhalb der Pferdezucht von Ed Stolzfus hatte sich sein Bruder Henry eine Kutschenfabrik aufgebaut, in der viele der Männer ein Auskommen fanden. Auch Jason arbeitete tageweise dort. Seine Familie bewirtschaftete eine Farm außerhalb des Dorfes. Die Tatsache, dass Jason die Farm einmal übernehmen würde und sich damit um seine Eltern und seine behinderte Schwester kümmern müsste, sorgte dafür, dass seine Verbindung zu Rosie, die ihrerseits die Gärtnerei ihrer Eltern zum Erbe ihrer Großmutter – die Bäckerei – übernehmen und sich entsprechend um ihre Eltern kümmern sollte, praktisch für unmöglich erachtet wurde. Stattdessen sollte Rosie Dan Miller heiraten, jenen für amische Verhältnisse schon im fortgeschrittenen Heiratsalter befindlichen Sohn der Millers. Da deren Farm an den großen Garten der Bylers grenzte, stellte dies in den Augen der Väter einen guten Handel dar. Und als Handel sah Rosie das Ganze. Aber seinen Eltern widersprach man nicht. Nicht in ihrer Gemeinschaft. Schon hatten Jason und Rosie als einzigen Ausweg für sich erachtet, weglaufen zu müssen, als Dan überraschenderweise erklärte, dass er Rosie nicht wollte. Sie sei ihm zu dick und würde zu viel reden! Noch heute bekam Rosie Schüttelfrost, wenn sie an diese recht grob vorgetragenen Worte von Dan dachte – jenem Burschen, der kaum mehr als ein *hmh* hervorbrachte, so dass sie sich bei gemeinsamen Arbeiten genötigt gefühlt hatte, selber die Unterhaltung zu bestreiten.

Heute hatte Rosie viel Gelegenheit, an dieses turbulente letzte Jahr zu denken, in dem ihr Vater die Diagnose Diabetes und Multiple Sklerose erhielt und als dessen schrecklichem Höhepunkt ihre Großmutter Rosetta an den Spätfolgen einer Grippe verstarb.

Immerhin hielt sich ihr Vater nach dem Fehlschlag mit dem schweigsamen Nachbarn aus ihrem Liebesleben heraus – wenngleich ein Amisch niemals das Wort „Liebesleben" in den Mund nehmen würde – und sie sah sich nicht genötigt, mehr als angebracht davon preiszugeben. Abgesehen davon hatte sie sich mit Jason auch noch nicht wirklich darüber unterhalten, wie es mit seinem Hof und ihrer Bäckerei weitergehen würde, wenn sie erst einmal verheiratet wären. Denn in erster Linie wäre sie dann Hausfrau und – so der Herr wollte – Mutter.

Die ganze schlimme Vergangenheit wollte ihr heute einfach nicht aus dem Kopf gehen. Immer wieder tauchte Rosettas Gesicht vor ihrem inneren Auge auf und Rosie wurde traurig über den frühen Verlust. Dann dachte sie an ihren Vater, der die Familiengärtnerei nur noch mit Hilfe von Nachbarjungen betreiben konnte, weil er durch seine Erkrankung nicht mehr auf eine Leiter steigen konnte.

Erst vor kurzem hatten die Männer des Ortes zusammengeholfen, um die Obsternte der Bylers einzubringen. Nun gab es Unmengen von Obst, eingemacht in großen Gläsern und aufbewahrt auf Regalen im Keller. Außerdem Mutters riesiges Selleriebeet, wofür sie sich eigens das kleine Gewächshaus reserviert hatte. Nun sah es so aus, als hätte sie den Sellerie umsonst angebaut.

Rosie kicherte und die Dame, die unbemerkt von ihr in den Laden gekommen war, runzelte die Stirn.

„Oh, Verzeihung. Ich war gerade in Gedanken. Was kann ich für Sie tun?" Rosie bemühte sich, ihrem Gesicht einen gleichmütigen Ausdruck zu geben, doch eigentlich hatte sie das Bedürfnis laut herauszulachen.

Die Dame orderte eine stattliche Anzahl ihrer köstlichen Zwiebel-Käsebrötchen und einen Kürbiskuchen. Dann entdeckte sie einen Apfelstrudel in der Auslage, den sie sich gleich noch ganz mit einpacken ließ. Rosie kam ihrer Bestellung mit flinken Händen nach. Als die Frau, die Rosie noch nie im Laden gesehen hatte, wieder gegangen war, konnte Rosie ihr Grinsen nicht mehr zurückhalten.

Sellerie!

Wem eine Hochzeit ins Haus stand, der pflanzte Sellerie. Rosie hatte vergessen, warum dies so war, jedoch gab es bei jeder

Hochzeitsfeier viel Sellerie. In allen möglichen Variationen: als Strudel, als Gemüse, in Pasteten. Und nun hatte ihre Mutter ein ganzes Gewächshaus voll davon, aber keine Hochzeit stand ins Haus. So kann's gehen!

Rosie war sich dessen bewusst, dass sie gerade ganz schön schadenfroh war, aber sie konnte ihren Eltern nicht vergessen, dass sie überhaupt daran gedacht hatten, ihr ihren Ehemann aussuchen zu wollen. Und dann noch jemanden wie Dan Miller! Beim erneuten Gedanken an Dan schüttelte es sie wieder.

„Frierst du?" Rosie fuhr zusammen.

Ihre Mutter war durch die Backstube in Rosies Rücken in den Laden gekommen und hatte gesehen, wie ein Schauer durch Rosies Körper lief.

„Ach, mich hat's nur mal gefröstelt", wiegelte die junge Frau ab.

„Kannst du mal kurz hierbleiben, Mama? Ich würde mich gerne frisch machen. Gerade vorhin habe ich endlich die Veranda und unser Straßenstück saubergemacht. Ich fürchte, ich sollte mich umziehen."

„Natürlich. Ich wollte dir sowieso anbieten, dass du Mittagspause machen kannst. Wo doch die Hilfe heute nicht kommt."

„Ja, Wendy hat zu Hause heute auch alle Hände voll zu tun. Der Sturm hat auch bei ihnen zu Hause irgendwas angerichtet. Ich weiß nicht mehr, was genau das war. Ihr Bruder hatte draußen beim Baum mit angepackt und mir frühmorgens Bescheid gesagt", erklärte Rosie ein wenig umschweifig, um von ihren wahren – schadenfrohen - Gedanken abzulenken. Sie fürchtete tatsächlich, dass sie ihr ins Gesicht geschrieben standen.

Elizabeth Byler hatte eine ähnliche Figur wie ihre Tochter. Beide waren nicht besonders groß und auch nicht besonders schlank. Ein Makel, den Dan Miller besonders betont hatte, weshalb er nun auch Elizabeth nicht mehr zu seinen allerbesten Freunden zählen konnte.

„Wie weit seid ihr in der Stube?", erkundigte sich Rosie, das Durcheinander vor Augen, das das zerbrochene Fenster dort angerichtet hatte.

„Ach, ich musste doch nur die Scherben zusammenfegen und den Boden schrubben. Das war halb so wild. Dad ist gerade unterwegs, um Glas zu kaufen."

Elizabeth nahm einige der Kuchenplatten aus der Auslage und sortierte die verbliebenen Stücke zusammen. Die auf diese Weise leer gewordenen Platten brachte sie in die Backstube und legte sie in das Spülbecken. Rosie nahm die Schürze ab und entwischte nach oben in ihr Zimmer.

Die Unwetterschäden waren rasch beseitigt. Da alle zusammenhalfen, hatte Millers Hühnerhaus bald wieder ein famoses Dach und die Pferdekoppel der Stolzfus' war repariert. Lediglich die Überreste der alten Kastanie, die zerkleinert am Straßenrand lag, Rosies fehlendes Ladenschild und die Schäden an Elli Glicks Schaufenster erinnerten noch an das Unglück. John Byler hatte das eingeschlagene Wohnraumfenster bereits repariert und auch eine Scheibe für die Glicks mitbesorgt. Zum Einsetzen der großen Scheibe waren allerdings mindestens vier Männer notwendig und so entschlossen sich die Nachbarn, diese Arbeit auf den nächsten Tag zu verschieben. Stattdessen halfen die Mädchen und Frauen der Nachbarschaft zusammen, um den Laden zu reinigen. Rosie, die ihren eigenen Laden hüten musste, war nicht dabei, ein Umstand, den sie eigentlich nicht mochte. Sie wäre gerne zu Quilttreffen gegangen, hätte gerne an Gemeinschaftsarbeiten teilgenommen oder wäre einfach nur gerne einmal zu einer Freundin gefahren. Doch ihre Aufgabe war der Laden, Rosettas Vermächtnis, das Rosie nach bestem Wissen und Gewissen pflegte.

Nach den Aufregungen mit Dan herrschte eine Art Waffenstillstand zwischen Rosie und ihren Eltern. Es ärgerte die junge Frau nach wie vor, mit welcher Vehemenz ihr Vater ihr die wichtige Entscheidung, mit welchem Ehemann sie alt werden wollte, aus der Hand genommen hatte. Sie schwor sich, sich niemals wieder derart gängeln zu lassen. Da konnte der Bischof sagen was er wollte!

Der Bischof! Er hatte ihr klargemacht, dass die Wege des Herrn nicht immer die Wege der Menschen waren. Es musste den Menschen nicht gefallen, was der Herr mit ihnen vorhatte. Aufgrund seiner ruhig und gelassen vorgebrachten Worte hatte sie sich gefügt und die besten Absichten gehabt, den ungeliebten Mann doch noch zu nehmen, nur um die Wege des Herrn tapfer mitzugehen. Vielleicht hätte der Bischof allerdings mit Dan sprechen sollen. Denn der war nicht bereit, die Vereinbarung der Eltern einzuhalten. Trotz der Umstände ein Segen für Rosie. Vielleicht war das ja der Wille des Herrn gewesen. Sie nicht an Dan zu binden.

Kapitel 2

Es standen einige Hochzeiten an und Elizabeth Byler fand für ihre Sellerievorräte einige Abnehmer. Jetzt, im November, gab es jede Woche eine Trauung, manchmal auch zwei, bei der die Gäste zu einer geselligen Feier eingeladen waren. Die Trauungen wurden in einem der Elternhäuser der Brautleute vorgenommen, wo auch das Festmahl ausgerichtet wurde. Bei dieser Gelegenheit trafen sich Familienangehörige wieder, die sich außerhalb des Bezirks verheiratet hatten und nur noch selten in ihre Heimatgemeinden zurückkamen. Alles in allem war so eine Hochzeit eine schöne Sache. Aber die vielen Trauungen kosteten auch Zeit. Normalerweise lag das bäuerliche Leben der Amisch im November im Winterschlaf, aber es gab in House-at-the-Water viele Menschen, die außerhalb arbeiteten, da sie keine Höfe mehr bewirtschaften konnten. Und gerade bei solchen Anlässen spürte man, dass auch das traditionelle amische Leben aufgebrochen wurde.

Aus irgendeinem Grunde ging Rosie das gerade durch den Kopf, als sie bei einem der in zweiwöchigem Abstand stattfindenden Gottesdienste im großen Unterrichtsraum des Schulgebäudes saß und Prediger Hank Bielmann bei seiner langatmigen Predigt über den Propheten Amos zuhörte. Oder eben nicht zuhörte. Zumal Prediger Hank immer, wenn er die Ansprache beim Gottesdienst halten sollte, auf den Propheten Amos zu sprechen kam, der das biblische Volk mit feurigen Reden zu bekehren versuchte.

Auch das war unüblich in den amischen Distrikten: die gottesdienstliche Versammlung, die ausschließlich im Schulhaus stattfand, weil viele der Gemeindeangehörigen zu kleine Häuser hatten, um darin alle Bewohner des Bezirks unterbringen zu können. In Gegenden, in denen die meisten Familien noch Bauern waren, standen nach wie vor die großen Scheunen zur Verfügung, die für die Versammlung ausgeräumt und mit Bänken ausgestattet wurden. Diese wanderten auf einem eigens dafür gezimmerten Pferdewagen von Hof zu Hof. Auf diese Weise fand der Gottesdienst ein, zwei oder auch drei Mal im Jahr auf dem eigenen Anwesen statt. Den Pferdewagen mit den Bänken gab es auch in House-at-the-Water noch, aber bis auf die Hochzeiten, die dienstags und donnerstags in einem der Elternhäuser der Brautleute stattfanden, wurden sie nicht mehr gebraucht.

Rosie fand es schade, dass man in ihrem Bezirk nicht auch von Hof zu Hof wandern konnte. Es war spannend, zu den einzelnen Familien zu kommen, mit dem Wagen ein wenig in der Gegend herumzufahren oder zu Fuß dorthin zu spazieren. Immerhin fand das gemeinsame Mittagessen auch hier in der Schule statt. Die Frauen brachten Leckereien mit, die miteinander geteilt wurden. Zuerst aßen die Männer, dann die Frauen und Kinder. So war es immer und so war es auch gut.

Derart tief in Gedanken versunken entrang sich Rosies Kehle ein leises Seufzen. Die neben ihr sitzenden Frauen drehten sich missbilligend zu ihr um und sie bemühte sich, sich wieder angemessen zu benehmen. Jason, der nur wenige Meter schräg vor ihr auf der Männerseite saß, war auf die kleine Szene aufmerksam geworden, und wandte sich in ihre Richtung. Ein leises Lächeln umspielte seine Lippen und sie senkte den Kopf, um nur ja niemanden die Chance zu geben, ihr anstößiges Verhalten attestieren zu können.

Ihre Eltern wussten, wie verliebt die jungen Leute ineinander waren. Bis jetzt schwiegen sie, aber sowohl Rosie als auch Jason ahnten, dass irgendwann ein Gespräch unvermeidlich sein würde. An den Bedingungen, dass jeder von ihnen ein eigenes, verpflichtendes Erbe haben würde, hatte sich bisher nichts geändert. Darüber dachte Rosie fortwährend nach.

Und der Prophet Amos war ganz und gar nicht dazu angetan, Rosies Gedanken auf die Ansprache zu lenken.

Die jungen Hochzeitspaare, die sich gegenseitig anhimmelten, forderten ihren Neid heraus. Wohl versuchte sie, das nagende Gefühl zu unterdrücken, aber sie konnte an nichts Anderes denken, als dass sie liebend gerne Jasons Ehefrau wäre. Aber nachdem die diesjährige Hochzeitssaison praktisch vorbei war, würden sie auf jeden Fall ein Jahr warten müssen.

Um sich ein wenig abzulenken, ließ sie ihren Blick über die Wände des Schulzimmers gleiten. Kleine Bildchen mit Buchstaben hingen dort, außerdem Pflanzen und Tiere auf großen Plakaten, die dem Lesen- und Schreibenlernen dienten. Grundsätzlich wurden Bilder nicht gerne gesehen, da die Ältesten strikt dem biblischen Bilderverbot folgten. Lediglich unabdingbare Abbildungen, wie zum Beispiel Gerätschaften in einem Einkaufskatalog, wurden geduldet. Außerdem war alles verpönt, was allein dem Schmuck diente. In keinem amischen Haushalt würde sich eine Blumenvase finden, da Blumensträuße allein der Eitelkeit der Hausfrau entsprangen. Blumen gehörten dorthin, wo der Herr sie hingesetzt hatte: in den Garten oder auf die Wiese. Ein Schmunzeln entspannte Rosies Gesichtszüge. Ihre Mutter umging das Gebot, keine Bilder an die Wand zu hängen, damit, dass zwei große Kalender die Wände zierten, die schöne Naturbilder zum Hintergrund hatten. Und auf den Fensterbrettern wuchsen Kräuter in Töpfen. Elizabeth hatte ihrer Tochter einmal anvertraut, dass selbst die Bibel von der Schönheit der Natur spricht und es nicht falsch sein kann, sich diese Natur ins Zimmer zu holen. Ihr Vater John sah es etwas differenzierter, nahm die Meinung seiner Frau aber hin, wenn auch stirnrunzelnd. In erster Linie gefiel ihm nicht, dass Elizabeth es wagte, die Bibel nach ihren Wünschen auszulegen, in zweiter Linie zog es die Aufmerksamkeit des Bischofs auf sich, der vor allem an den Kalendern schon einmal Anstoß genommen hatte.

Da Rosie Prediger Hank und seine Ansprachen kannte, wusste sie, dass er bald zum Ende kommen würde. Mit erhobener Stimme verdeutlichte er gerade, dass der Prophet Amos auch heute eine Menge zu sagen hätte und sich jeder über sein eigenes Leben Gedanken machen solle, um nur ja Gottes Ordnung zu beherzigen.

Rosie war warm geworden, obwohl der Raum unbeheizt war. Sie erinnerte sich an ihre Schultage, die noch nicht allzu lange zurücklagen. Die Kälte in dem für die Kinder des kleinen Bezirks viel zu großen Raum war auch mit dem großen Holzofen kaum zu vertreiben gewesen. Vor einem Jahr schließlich hatten die Männer eine Faltkonstruktion eingebaut, so dass das Zimmer auf die Hälfte verkleinert und damit auch besser beheizt werden konnte. Die heutigen Schüler hatten es also deutlich bequemer!

Prediger Hank hatte nach etwa vierzig Minuten seine Ansprache beendet. Nun sangen sie eines von Rosies Lieblingsliedern und anschließend würde der Bischof selber das Wort nehmen. Darauf freute sich Rosie, denn er sprach immer von unterschiedlichen biblischen Begebenheiten und es war ein Vergnügen, ihm zuzuhören und von ihm zu lernen. Und immerhin gab es nach den Schlussgesängen dann leckeres Essen und gute Unterhaltung mit den anderen Gottesdienstteilnehmern.

*****

Bei der nächsten und zugleich letzten Hochzeitsfeier des Jahres erging sich Prediger Abram in der Geschichte des Königs Salomon und Rosie hatte Mühe, sich darauf zu konzentrieren. Da dies wiederum das Lieblingsthema von Prediger Abram war, kannte sie die meisten seiner Aussagen, was es nicht einfacher machte, ihm zuzuhören. Sie versuchte, ihren steifen Rücken zu strecken und die Beine zu verlagern, aber die Bänke waren eng gestellt, so dass sie sich kaum bewegen konnte und ihre Beine schmerzten.

Die Trauung allerdings verfolgte sie mit großem Interesse. Sie freute sich für Fanny Miller und Less Smucker und war traurig darüber, dass nicht sie selber mit Jason dort vor dem Bischof stand, um sich das Ja-Wort zu geben.

Nach dem Gottesdienst wurden die Tische hereingetragen und zusammen mit den Bänken rasch zu Tafeln umgebaut und die Männer nahmen Platz, um sich nach dem stundenlangen Gottesdienst zu stärken.

„Hast du dich gelangweilt heute?", flüsterte Jason ihr zu, als sie ihm die Platte mit dem Fleisch unter die Nase hielt.

„Du dich vielleicht nicht? So sehr ich mich für Less und Fanny freue, aber Prediger Abram ist zu umschweifig", wisperte sie zurück, während sie in die Runde der eifrig palavernden Männer sah, um abzuschätzen, ob jemand ihre Unterhaltung verfolgte. Die anderen Frauen waren ebenfalls dabei, die hungrigen Männer zu bedienen und niemand achtete auf sie.

„Denkst du, du kannst dir heute Abend ein wenig frei nehmen?" Jason ließ sich Zeit damit, sein Fleisch von der Platte zu holen.

„Ich denke schon. An der Pferdekoppel?"

Als Jason nickte, beglückte Rosie den ihm am nächsten sitzenden Mann mit dem von der Mutter des Bräutigams köstlich zubereiteten Braten.

Die Feier fand hinter dem Smucker-Restaurant statt, das sich schräg gegenüber von Rosies Bäckerei befand. Für die vielen Hochzeitsgäste, darunter eine große Anzahl weitgereister Verwandter der großen Smucker-Familie, wurde die Scheune hergerichtet, da das Restaurant zu klein gewesen wäre. Leider regnete es bereits den ganzen Tag in Strömen, so dass sich keiner vor die Tür der großen Lagerscheune wagte. Da Fanny, die Braut, in Zukunft bei den Smuckers leben würde, fand die Trauung hier statt. Auch hatten die Smuckers mit der großen Restaurantküche bessere Voraussetzungen für die Bewirtung als die Millers auf ihrer Farm. Fanny war Dans Schwester.

Ausnahmsweise herrschte große Einigkeit bei Rosie und ihren Eltern, die allesamt heilfroh waren, dass die Feier nicht bei den

Millers stattfand. In diesem Fall hätte Rosie nicht teilgenommen, wie sie ihren Eltern unmissverständlich klargemacht hatte.

Nichtsdestotrotz ließ es sich nicht verhindern, dass sie auch Dan bedienen musste, da sie nun einmal die auf Dauer recht schwere Fleischplatte herumreichte. Aus einem unerfindlichen Grund fiel Dans Stück, das er sich ausgesucht und aufgespießt hatte, nicht in seinen Teller, sondern auf sein Hemd und tropfte von dort auf die Hose.

Rosie konnte nicht an sich halten und sagte so gleichmütig es ihr nur möglich war: „Möchtest du Soße dazu?"

Dan bedachte sie mit einem vernichtenden Blick, nahm das Fleisch und legte es an den Rand seines Tellers, dann holte er ein neues Stück von der reichlich gefüllten Platte. Rosie hatte größte Mühe, bei Dans Missgeschick nicht laut herauszulachen und konnte kaum fassen, dass sie diesen schlagfertigen Satz herausgebracht hatte. Ein ganz klein wenig hatte sie ein schlechtes Gewissen wegen ihrer Schadenfreude. Aber nur ein ganz klein wenig…

Jason, der Dan schräg gegenübersaß und das Malheur bemerkt hatte, senkte den Kopf und an der ruckartigen Bewegung seiner Schultern erkannte Rosie, dass er seiner Schadenfreude ebenfalls freien Lauf ließ.

Ein weiterer Blick sagte ihr, dass mehrere Leute, die in der Nähe saßen, Dans Missgeschick mitbekommen hatten und sie sah sich noch einmal nach dem Pechvogel um, der mit dem Taschentuch immer noch an seiner Hose herumtupfte. Überrascht erkannte sie, dass Dans Hände zitterten. Augenblicklich regte sich ihr Gewissen, diesmal mit aller Stärke. So sehr sie sich über ihn geärgert hatte, so sehr hatte sie nun urplötzlich Mitleid mit ihm. Der stille junge Mann, dem es nicht gelang, ein Mädchen für sich einzunehmen, beschäftigte ihr Gehirn noch längere Zeit an diesem Tag. Genaugenommen schwirrten einige unschöne Gedanken in ihrem Kopf herum.

Nachdenklich setzte sie sich einige Zeit später auf einen der Stühle, die unter dem ausladenden Dach der hinteren Veranda des Restaurants aufgestellt worden waren, und schaute in Richtung des wolkenverhangenen Himmels, aus dem es ausnahmsweise einmal nicht regnete, ohne ihn wirklich wahrzunehmen. Ihrer nach innen gekehrte Stimmung war es auch zu verdanken, dass sie nicht wahrnahm, wie jemand hinter sie getreten war. Sie fuhr herum, als sich eine Hand auf die Schulter legte.

„Du warst jetzt ganz weit weg, nicht wahr?" Jason hockte sich auf die Absperrung der Veranda und lehnte sich gegen einen der Stützbalken. Nun konnte er ihr direkt ins Gesicht schauen. „Und?"

„Was ,und'?" Sie kniff die Augen zusammen, als sie zu ihm aufschaute. Trotz des bewölkten Wetters gab der Himmel ein grelles Licht von sich, vor allem, wenn man den Tag in der dunklen Scheune verbracht hatte.

Jason setzte sich so, dass sein Schatten auf sie fiel und sich ihre Gesichtszüge wieder entspannen konnten.

„Ich dachte an Dan", antwortete sie schließlich. „Irgendetwas stimmt nicht mit ihm. Seine Hände zittern, nicht nur jetzt gerade, als ihm das Missgeschick mit dem Fleisch passiert ist. Mir ist das auch schon in der Gärtnerei aufgefallen, als er bei uns noch ausgeholfen hat. Ich habe nur einfach nicht darüber nachgedacht."

„Und deshalb bist du so nachdenklich?" Jasons Ton klang neutral, weder abfällig noch belustigt.

Deshalb sprach Rosie weiter: „Weißt du, ich mache mir Gedanken darüber, dass ich sehr unfair zu ihm war. Nein, nicht als er bei uns ausgeholfen hatte und die Abmachung der Familien bezüglich Dan und mich noch galt. Da wollte ich einfach das Beste draus machen und dachte, wenn er schon nicht spricht, dann kann ich ja was erzählen. Du weißt ja, er hat mir dann ja an den Kopf geworfen, ich würde zu viel reden."

Sie schmunzelte nun doch, als sie an jenen eigentlich recht furchtbaren Abend dachte, an dem Dan sie so vehement und reichlich unfreundlich abgelehnt hatte.

„Ja, du hast es mir fünf bis sieben Mal bereits erzählt. Denke ich." Jasons Gesicht verzog sich zu einem Grinsen. Doch er wurde sofort wieder ernst. Etwas bedrängte Rosie und er wollte die Chance nicht vergeben, dass sie sich ihm gegenüber öffnete.

„Aber da ist noch mehr. Was ist dein Problem?"

Er beugte sich ein wenig nach vorne und berührte ihre Hand, die auf ihren Knien ruhte.

Die Berührung tat ihr gut. Trotz der unguten Gedanken begann sie, sich zu entspannen, wie immer, wenn Jason bei ihr war.

„Ich habe nicht besonders nett über ihn gesprochen. Du weißt ja, dass ich mich ziemlich abfällig dir gegenüber über ihn geäußert habe, auch Miss Finch gegenüber, als ich unsere Bestellungen zu ihr brachte. Sozusagen als Retourkutsche für seine beleidigende Art an jenem Abend. Jetzt tut er mir leid. Ich weiß auch nicht. Irgendetwas ist da."

„Du meinst, er hat ein Problem. Psychisch oder so?"

„Weiß nicht, soweit würde ich nicht gehen. Außerdem bin ich kein Heiler, dass ich so was wüsste. Aber seltsam verhält er sich zuweilen schon. Vielleicht könnte man ihm helfen, wenn er nur mal zu einem Arzt ginge."

„Und wie willst du das hinkriegen? Zu seinem Vater gehen? Ich glaube, der würde dich gleich wieder vom Hof jagen."

Jason runzelte die Stirn.

„Ja, glaube ich auch. Aber ich könnte ja mal mit meinem Vater reden. Und dann weiß ich auch gar nicht, ob ich nicht zu weit damit gehe. Es ist doch eigentlich Dans Problem und das seiner Familie. Die sind doch auch nicht blind."

„Weißt du, Rosie, ich sehe das so: Wir sind eine Gemeinschaft. Und wenn man merkt, dass es einem in der Gemeinschaft nicht gut geht, sollte man helfen. Vielleicht hat ihn einfach noch keiner mit deinen Augen gesehen. Die Familie ist da oft zu nah dran."

Jason dachte an seine liebenswerte Schwester, die auf dem geistigen Stand eines Kindes war. Auch bei Millie sahen diejenigen, die sie nicht täglich um sich hatten, eher, was mit ihr los war, als die eigene Familie.

„Und was soll ich machen? Männer hören doch nicht auf uns Frauen."

„Dieser Mann hier schon!" Jason schaute sie liebevoll an. „Aber ernsthaft: Sprich mit deinem Vater. Er ist das Oberhaupt eurer Familie. Er wird entscheiden, was zu tun ist. Und wenn er der Meinung ist, dass nichts zu tun ist, dann ist die Last zumindest von deinen Schultern genommen. Mehr, als deine Bedenken mitzuteilen, kannst du auch nicht machen." Jason rutschte vom Geländer. „Gehen wir zurück. Du hast doch noch nichts gegessen."

Rosie ließ sich von ihm in die Höhe ziehen, dann gingen sie züchtig nebeneinander her, ohne sich zu berühren. In der Scheune hatten sich die Männer inzwischen erhoben und die Frauen hatten die Platten mit den restlichen Speisen auf die Tische gestellt. Nun waren sie dabei, sich zu setzen und ihrerseits das Hochzeitsmahl einzunehmen. Rosie hinterfragte diese Tradition nicht, nach der erst die Männer und anschließend die Frauen zum Essen kamen. Irgendwer musste es ja übernehmen, das Festmahl aufzutragen. Und übrig war immer noch viel zu viel, so viel, dass selbst nach dem Essen der Frauen und Kinder noch halbe Platten voll mit köstlichen Speisen aufgeteilt, eingepackt und als Wegzehrung mit nach Hause genommen wurden.

Später half Rosie noch beim Spülen, sprach noch einmal mit den Brautleuten und ging dann über die Straße, die heute wie ausgestorben dalag, nach Hause. Der Tag hatte sie ermüdet und so ging sie sehr früh auf ihr Zimmer, um schlafen zu gehen.

Am nächsten Morgen stand sie, so wie an jedem Wochentag, wieder in der Backstube. Sie buk die beliebten Schinken-Käse-Brötchen, zwei Nussstrudel und fertigte noch eine bestellte

Torte. Kurz vor der Ladenöffnung stand ihre Helferin Wendy parat, räumte die Auslage ein, sah nach dem Rechten auf den Tischen und fegte noch schnell die Veranda vor dem Eingang. Zeit für Rosie, sich dem Frühstück bei ihren Eltern anzuschließen.

Der köstliche Duft von Eiern mit Speck umfing sie, als sie hinüber in die Wohnstube ging.

Rosie setzte sich zu ihrem Vater an den Tisch, während ihre Mutter auf einem Tablett die leckeren Speisen aus der Küche brachte.

„Riecht das heute wieder lecker", sagte Rosie, der die außergewöhnliche Schweigsamkeit ihres Vaters auffiel. Normalerweise grüßte er sie jeden Morgen extra freundlich, was zwei Gründe hatte. Erstens war er ein Frühaufsteher, der schon morgens richtig gute Laune hatte, zweitens registrierte er sehr wohl, dass sie bereits eine drei Stunden-Schicht hinter sich hatte, wenn sie um sieben in die Küche kam. Heute schien er irgendwie abwesend zu sein.

„Geht es dir nicht gut, Dad?", fragte sie, weil sie sich sorgte.

Inzwischen hatte sich auch ihre Mutter an den Tisch gesetzt und Rosie sah sie fragend an, da ihr Vater sich mit der Antwort Zeit ließ.

Ihre Mutter lächelte, was Rosies Sorgen ein wenig abmilderte.

John räusperte sich und schien aus seiner Gedankenreise zu erwachen. Er hob den Kopf und schaute zuerst Rosie, dann Elizabeth an.

„Der Bischof hat eine Versammlung einberufen. Alle Männer des Dorfes sollen kommen. Er meinte, es würde eilen." Rosie sah an seiner Miene, dass er keine Ahnung davon hatte, was der Bischof so dringendes mitzuteilen hatte.

„Ist etwas passiert?" Rosie steckte sich zwei Gabeln voller Rührei mit Schinken hintereinander in den Mund und kaute dann erst.

Bevor ihr Vater antworten konnte, wandte sich ihre Mutter an ihn.

„Wann hast du das erfahren?"

„Gestern Abend. Bei der Hochzeit ist er auf mich zugekommen und hat Bescheid gesagt."

„Warum hast du es nicht erwähnt, als wir nach Hause gingen?" Elizabeth sprach langsam, um ihre leise Verärgerung nicht merken zu lassen. Natürlich hatte ihr Ehemann keine Veranlassung, sie über jeden seiner Schritte zu informieren, aber erwähnen hätte er die Zusammenkunft der Männer schon können.

„Es war nicht nötig. Ich sage es dir jetzt, weil ich gleich los muss."

Rosie erinnerte sich an ihr Problem mit Dan, doch sie entschied, dass jetzt kein guter Zeitpunkt war, um es anzusprechen. Außerdem war sie viel zu hungrig, um viel zu reden. Sie holte sich noch eine Tasse Kaffee und eine Scheibe Weißbrot. Wieder zurück am Tisch schmierte sie die köstliche Marmelade aus roten Früchten drauf, die Großmutter Rosetta noch eingekocht hatte, bevor sie im Frühjahr verstorben war.

„Rosie soll mitkommen", sagte ihr Vater gerade und derart unverhofft, so dass Rosie das Messer aus der Hand rutschte und klirrend zu Boden fiel.

„Wie bitte?" Sie hatte sehr wohl verstanden, konnte aber kaum ausdrücken, wie überrascht – und ängstlich? – sie deshalb war.

„Was hast du angestellt?" Die Frage ihres Vaters klang nicht anklagend, aber alle drei Personen am Tisch dachten in die gleiche Richtung.

„Vielleicht ist es wegen dieser Sache mit dem Fleisch gestern am Tisch?", mutmaßte ihre Mutter ratlos.

„Aber er hat das Fleisch doch fallenlassen! Ich habe doch gar nichts gemacht", verteidigte sich Rosie entrüstet mit weit aufgerissenen Augen.

„Zuerst einmal, mäßige deinen Ton! So kannst du nicht mit den Ältesten reden." Ihr Vater setzte eine strenge Miene auf.

Als Rosie etwas entgegnen wollte, hob er die Hand. Sie klappte den Mund wieder zu.

„Und dann glaube ich nicht daran, dass es wegen so einer Sache zu einer Eilversammlung kommen könnte. Außerdem hast du recht, Rosie, du konntest nichts dafür und du hast ihn auch nicht ausgelacht. Ich habe die ganze Sache zufällig mitverfolgt."

Rosie atmete erleichtert auf. Ihr Vater war also auf ihrer Seite. Aber was konnten die Ältesten sonst von ihr wollen? Normalerweise wurde eine Frau nur zu einer Versammlung gerufen, wenn irgendetwas vorgefallen war, was den Ältesten missfiel.

„Ich würde sagen, wir gehen hin und dann sehen wir schon, was los ist. Aber ich möchte keine böse Überraschung erleben. Hast du irgendetwas gesagt oder getan, was nicht unseren Überzeugungen entspricht?" Wieder klagte er nicht an. Er sprach ohne äußere Regung.

„Nein, Dad. Absolut nicht. Ich habe meine Arbeit getan und – ja – ich habe Jason gesehen. Aber zwischen uns ist nichts vorgefallen, was unziemlich wäre."

„Dann haben wir beide nichts zu befürchten, nicht wahr, Rosie Byler?"

Dad zwinkerte ihr zu, was er recht selten tat, und Rosie fühlte sich schon erheblich besser.

Letztendlich hatte ihr Vater recht. Man würde sehen, was die Ältesten so dringendes mit John Bylers Tochter zu bereden hatten.

Kapitel 3

Die Männer trafen sich bei Ed Stolzfus, dem Pferdezüchter. In seiner Scheune war genügend Platz, um alle Männer des Ortes zu fassen. Sie stellten ein paar Bänke auf, die in einer Ecke des riesigen Bauwerks darauf warteten, immer wieder einmal herausgeholt zu werden. Da Stolzfus' Scheune die mit Abstand größte in der Gegend war, weil sie neben den Futtermitteln und sonstigen Utensilien noch den nötigen Platz bot, um eine Versammlung abzuhalten, trafen sich die Männer normalerweise hier, wenn etwas Wichtiges zu besprechen war. Diesmal hätte auch noch die Hochzeitsscheune bei den Smuckers zur Verfügung gestanden, aber sie waren übereingekommen, die Bänke gleich am Abend noch zurück in die Stolzfus-Halle zu bringen. So war also alles wie immer.

Als John und Rosie eintrafen, schienen beinahe alle männlichen Erwachsenen bereits auf den Bänken zu sitzen und miteinander mit gedämpften Stimmen zu palavern. Rosie war demutsvoll eingeschüchtert. Was immer diese ehrfurchtsgebietende Gemeinde von streng blickenden Herren ihr zu sagen hatte, schien nichts Angenehmes zu sein. Sie zermarterte sich ihr Gehirn darüber, was sie angestellt haben könnte. Da kam ihr ein schrecklicher Gedanke! Was wäre, wenn Dan irgendetwas behauptet hatte, was gar nicht der Wahrheit entsprach, nur um ihr zu schaden? Irgendwie traute sie Dan in seiner Einfalt alles zu. Das Schlimmste daran würde aber sein, dass sie sich nicht wirklich verteidigen könnte. Was sollte sie auch gegen einen Mann sagen? Sie spürte, wie das Blut aus ihren Wangen wich und fühlte eine unwiderstehliche Schwäche in den Beinen.

Zusammenreißen! Du kannst doch hier nicht umfallen!, bläute sie sich selber ein und für einen kurzen Zeitraum gelang es ihr, sich äußerlich unberührt zu geben. Als ihr Vater sich zu den anderen Männern gesellte, fühlte sie sich allein wie nie zuvor. Um sich abzulenken, ließ sie den Blick über die Scheune schweifen. Vom Zwischenboden, auf dem das Heu gelagert wurde, hingen in dicken Zöpfen Heubüschel herunter. Auf dem Boden häufte sich das getrocknete Gras, das wohl in Kürze an die Pferde verfüttert werden würde. Altmodische Öllampen hingen in einer Reihe mit kleineren Werkzeugen an der einen Scheunenwand, während auf der anderen Seite sich Pferdedecken, Säcke und andere Utensilien für die Pferdepflege aufreihten. Bis auf die Ecke mit dem Heu war alles penibel sauber. Nicht einmal ganz hoch oben im Gebälk fanden sich Spinnweben.

Rosies Blick hatte die Scheune einmal durchwandert. Nun ruhte er wieder auf den Männern, die inzwischen vollzählig waren. Obwohl sie niemand anstarrte – genaugenommen nahm überhaupt keiner Notiz von ihr - zitterten ihre Knie und sie begann vor Nervosität zu schwitzen.

Immerhin ließ man sie nicht allzu lange schmoren. Der Bischof stand auf und begrüßte die Anwesenden. Dann richtete er das Wort an sie.

„Rosie Byler. Wir haben dich heute mit dazu gebeten, weil wir etwas Wichtiges zu besprechen haben, das auch dich betreffen wird. Wenn du dich jetzt setzt und zuhörst, dann weißt du, worum es gehen wird."

Etwas Wichtiges, das auch sie betrifft?, überlegte Rosie, wurde aber sogleich ruhiger, weil es sich zumindest so anhörte, als würde nicht zu Gericht gesessen über sie. Tatsächlich sollte sie an etwas beteiligt werden, worüber die meisten hier selbst noch nichts wussten, wie sie an den fragenden Gesichtern problemlos erkennen konnte. Einige, die sie bisher gar nicht wahrgenommen hatten, blickten zu ihr um. Sie nickte ihnen freundlich zu und wünschte, bereits einen Sitzplatz zu haben, auf dem sie sich klein machen konnte.

Sie sah sich um. Sich zu den Männern auf die Bänke zu setzen, die im Halbkreis angeordnet waren, kam nicht in Frage. Also ließ sie sich auf einer Truhe nieder, in der wahrscheinlich gekörnte Futtermittel für die Tiere lagerten, wie sie annahm. Nun befand sie sich nicht mehr im direkten Gesichtskreis der Versammelten und fühlte sich sogleich wohler. Aufmerksam blickte sie den Bischof an, als er begann, den Sachverhalt vor den überraschten Männern auszubreiten.

„Wir haben heute noch einen Gast bei uns, der praktisch inkognito hier ist. Er kam mit dem Pferd und nicht mit dem Wagen. Detective Winston Leary möchte seine Anwesenheit hier so geheim wie möglich halten. Warum, wird er euch selber erzählen. Um es vorweg zu nehmen: Ich weiß, worum es geht und ich bin mir nicht sicher, wie ich dazu stehe. Andererseits leben wir mit unseren englischen Nachbarn in Eintracht, weshalb wir uns auch nicht entziehen können, wenn ein Problem an uns herangetragen wird. Aber ich möchte euch nicht beeinflussen. Hört es euch an und urteilt selber."

Rosie war der Fremde noch gar nicht aufgefallen. Er hatte unscheinbar auf einem der Bänke gesessen. Andererseits hatte er sich offensichtlich bemüht, sich äußerlich seiner Umgebung anzupassen. Detective Leary trug eine schwarze Hose, ein weißes Hemd und eine dunkle Jacke. Dazu einen Hut ähnlich dem, den die amischen Männer bei der Arbeit zu tragen pflegen. Oberflächlich gesehen mochte er aussehen, wie einer der ihren, der einen Weg auf dem Pferd zurücklegt. Grundsätzlich ritten die Amisch jedoch eher selten, sie nutzten die Pferde als Zugtiere für die Arbeit und die Kutschen, aber hin und wieder kam es schon vor, vor allem unter den jüngeren Leuten.

„Männer von House-at-the-Water," begann der Detective ziemlich nervös. Er hatte den Hut abgenommen und bearbeitete ihn mit seinen Händen. „Die meisten von Ihnen kennen mich und ich kenne Sie. Heute komme ich mit einem großen Problem. Ich möchte auch gar nicht drum herumreden, weil Sie sicher anderes zu tun haben, als hier zu sitzen. Aber seien Sie versichert: Es handelt sich um eine wirklich wichtige Angelegenheit. Wir müssen eine junge Frau irgendwo unterbringen, wo sie nicht gefunden werden kann. Sie befindet sich im Zeugenschutzprogramm, weil sie eine wichtige Zeugin in Zusammenhang mit einem … sagen wir: großangelegten … Fall ist. Da selbst staatliche Instanzen mit in die Affäre verwickelt sind, wissen wir nicht, wo wir sie hinbringen sollen. Da Ihre Gemeinschaft … nun … abseits des staatlichen Systems lebt, wäre hier der ideale Ort, um unsere Zeugin unterzubringen." Leary begann zu schwitzen. Es war sicher nicht eine seiner besten Ansprachen, die er vor den Männern mit ihren durchdringenden Blicken hier führte.

Rosie saß mit durchgedrücktem Rücken und aufgerissenen Augen da. Als es ihr bewusstwurde, versuchte sie, ihr Mienenspiel ein wenig mehr in Griff zu bekommen und senkte den Kopf. Wie aufregend das alles war! Sollte diese junge Frau am Ende bei ihr…? Rosie wagte gar nicht, das zu Ende zu denken! Sie atmete tief durch und konzentrierte sich wieder auf das Palaver, das nun unter den Mitgliedern ihrer Gemeinde ausgebrochen war. Die Männer unterhielten sich raunend miteinander und am Tonfall, der über der Versammlung waberte, konnte jeder Zuhörer erkennen, dass das Ansinnen des Polizisten eher geringschätzig bewertet wurde.

Der Bischof ließ die vielstimmige Diskussion für einige Zeit zu. Er selber unterhielt sich mit dem Detective und zeigte plötzlich und unmissverständlich auf sie. Der Detective nickte und lächelte ihr zu, als ihm bewusst wurde, dass Rosie sie beobachtet hatte. Wenn auch die meisten Männer den Polizisten kennen mochten, sie selber hatte ihn noch nie gesehen. Er war ungefähr im Alter ihres Vaters, hatte einen Bauchansatz und war auch nicht besonders groß. Als ihr aufging, dass er sich an die amischen Gepflogenheiten anpassen wollte, verzogen sich ihre Lippen zu einem leisen Grinsen. Weder trug er den für die verheirateten amischen Männer typischen Bart, noch ging sein extrem kurzer Haarschnitt als amisch durch. Sie war so gefangen in ihren Überlegungen den Detective betreffend, dass sie regelrecht zusammenzuckte, als jemand das Wort ergriff.

Daniel Miller, Dans Vater, hatte sich erhoben, als das Gemurmel langsam aber sicher abgeebbt war und sich die Gesichter wieder den beiden Männern an der offenen Seite des Halbkreises zugewandt hatten.

„Hat die junge Frau etwas angestellt?", fragte er.

„Nein, Mr. Miller." Schon seit vielen Jahren tat Winston Leary Dienst in diesem Bezirk und eigentlich hatte er eher mit Diebstählen, Raubzügen von Halbstarken, durchaus auch einmal mit Totschlag zu tun, aber einen Fall wie diesen hier, hatte er noch nie bearbeitet. Seine sonstigen Klienten gehörten zum allergrößten Teil der nicht-amischen Bevölkerung an, lediglich Unfälle, in die Pferdekutschen involviert waren, oder auch Zeugenbefragungen führten ihn zu den Amisch.

„Ich möchte offen mit Ihnen sprechen und Sie bitten, absolute Verschwiegenheit zu bewahren."

Die Männer nickten und auch Rosie nickte mit ernster Miene.

„Nun gut. Die junge Frau, um die es geht, ist Angestellte in einem staatlichen Büro. Sie kam einer großangelegten Korruptionsaffäre auf die Spur und meldete die Ungereimtheiten, die sie grundsätzlich eigentlich gar nicht verstand und einordnen konnte, einem ihrer Vorgesetzten. Der steckte allerdings mit drin in diesem Skandal. Dummerweise zieht sich die Affäre bis hinauf in allerhöchste Kreise, was bedeutet, dass die Ermittlungen entsprechend schwierig sind. Es sind staatliche Stellen an der ganzen Ostküste betroffen. Die junge Frau hat Informationen, die enorm wichtig sind, um das ganze Nest auszuheben. Nun sind aber plötzlich einige bis jetzt ungeklärte Todesfälle passiert, die den Schluss nahelegen, dass sie mit der ganzen Affäre zusammenhängen könnten." Detective Leary hielt inne, atmete tief durch und schaute durch die Reihen. Er sah die Anspannung, auch Ablehnung, in den Gesichtern der Männer und befürchtete, dass sie das Ansinnen, dass von außen auch an ihn selber herangetragen worden war, ablehnen könnten. Er konnte und wollte nicht ins Detail gehen. Zum einen interessierten sich die Amisch eher wenig für die Vorgänge unter den *Englischen*, wie sie alle Außenstehenden nannten, zum anderen war es extrem kompliziert und für diese Besprechung hier unnötig.

Als sein Kollege aus Philadelphia plötzlich bei ihm im Büro gestanden hatte und die Frage nach einer sicheren Unterbringung stellte, fiel ihm sofort dieser Ort hier ein. Nun, da er sich den aufrechten Männern gegenübersah, war er sich nicht mehr so sicher, ob es wirklich eine gute Idee gewesen war, House-at-the-Water vorzuschlagen.

„Wir reden hier davon, dass jemand ermordet wurde?", wollte Ed Stolzfus, der Hausherr, wissen.

„Das ist richtig. Ein nicht in die Sache involvierter Vorgesetzter unserer Zeugin fiel einem Verkehrsunfall zum Opfer. Ein anderer Zeuge, der bereit war, in diesem Fall auszusagen, starb … nun … er wurde in einem Fluss gefunden." Leary atmete erneut tief durch und wedelte sich mit seinem Hut frische Luft zu. Selbst ihm, dem gestandenen Kriminalbeamten, flößte diese geballte Macht amischer Männer Respekt ein.

„Das heißt, Ihre Zeugin könnte ebenfalls getötet werden. Oder anders gesagt: Jemand ist hinter ihr her."

Leary nickte.

„Und damit sind auch unsere Familien gefährdet."

Daniel Miller hatte den Disput nach seinem Einwand stehend verfolgt und kniff nun die Lippen zusammen, nachdem er seine Bedenken geäußert hatte.

„Wir wissen nicht wohin mit ihr. Egal, wo wir sie unterbringen, besteht die Gefahr, dass jemand herausfinden könnte, wo sie ist. Nur hier, in der amischen Gemeinschaft, die mit der Außenwelt kaum in Berührung kommt, könnte sie sicher sein." Als er bemerkte, dass seine Ausdrucksweise Stirnrunzeln auf den Plan rief, verbesserte er sich rasch: „*Ist* sie sicher. Davon bin ich überzeugt. Jeder weiß, dass die Amisch nicht viel von sich preisgeben. Es ist also nicht verdächtig, wenn Fragen nicht oder nur einsilbig beantwortet werden."

Er manövrierte sich immer tiefer in die Bredouille. Schon fürchtete er, er könnte die Versammelten beleidigt haben mit seinen ungeschickten Worten, als John Byler das Wort ergriff.

„Da die Anwesenheit meiner Rosie hier gefordert wurde, vermute ich, dass sie irgendetwas damit zu tun haben würde, wenn wir uns entscheiden sollten, Ihnen zu helfen. Und bevor Sie weiter versuchen, uns überreden zu wollen, möchte ich Ihnen sagen, dass Sie mit alldem Recht haben. Wir sind nicht erfreut darüber, über alles Mögliche ausgefragt zu werden. Und wir mögen es nicht, wenn uns jemand zu nahekommt. Trotzdem haben wir, zugegebenermaßen aus der Not heraus, House-at-the-Water für Touristen geöffnet. Deshalb möchte ich Ihre Absicht nun auch hören."

„Ich dachte, dass die junge Frau in Ihrer Familie als eine – sagen wir – entfernte Cousine leben und Rosie in der Backstube zur Hand gehen könnte."

„Wer weiß von Ihrem Plan?" Nun erhob sich John, um seinen Worten mehr Gewicht zu verleihen.

„Der Detective in Philadelphia, der die Sache bearbeitet. Er ist der Einzige. Auch sein Team, das ziemlich groß ist, weiß nicht Bescheid."

„Viele Lügen, nicht wahr?" John verschränkte die Arme vor der Brust und tatsächlich taten es ihm einige gleich. Leary kannte diese Geste, die Ablehnung oder zumindest Reserviertheit dem anderen gegenüber signalisierte.

„Nun..." Das Gespräch nahm eine unangenehme Wendung. Natürlich behagte dies alles den Amisch nicht, und in Winston Leary stiegen erhebliche Zweifel auf, ob er sich nicht zu weit aus dem Fenster gelehnt hatte, als er dies alles der Versammlung von etwa zwanzig Männern offenbarte. Es waren nicht nur die Familienväter gekommen, auch die erwachsenen unverheirateten Söhne waren hier und die Schwiegersöhne, die bei ihren Schwiegereltern lebten.

„Das heißen wir nicht gut. Und das wissen Sie, Mr. Leary", mischte sich nun Daniel Miller wieder ein. „Aber was die Sache an sich betrifft, da wäre ich bereit, Ihnen und der jungen Frau zu helfen. Wie das meine Brüder sehen, weiß ich nicht."

Er schaute in die Runde. Einige nickten, einige gaben keine Regung preis.

„John, was denkst du?" Der Bischof hatte bisher nichts zu all dem gesagt, nun wandte er sich direkt an John Byler.

„Mir passt das alles nicht, vor allem die ganze Lügerei, aber ich bin so wie Daniel bereit, der Frau zu helfen."

Rosie öffnete den Mund vor Überraschung, ihren Vater so reden zu hören. Nachdem sie den Blick des Bischofs kurzzeitig auf sich spürte, klappte sie ihn wieder zu.

„Und du, Ben Wright?" Er fragte denjenigen, der neben John saß und einen der Höfe außerhalb des Dorfes betrieb.

„Auch ich bin der Meinung von Daniel Miller und John Byler."

Reihum taten die Männer ihre Meinung kund, wobei nur die Hausbesitzer sprachen und ihre Söhne und Schwiegersöhne dazu nickten.

Einige reagierten ablehnend. Zumeist waren es die Männer der umliegenden Höfe, die nicht viel mit Außenstehenden in Verbindung kamen. Für die Bewohner in House-at-the-Water war dies anders. Das erklärte nun auch Henry Stolzfus, der Kutschenbauer.

„Wir Leute von House-at-the-Water haben uns vor nicht allzu langer Zeit dazu entschieden, uns der Außenwelt zu öffnen, um überleben zu können. Das hat John zuvor schon erwähnt. Das Bauernland wird immer weniger und wir müssen unseren Familien und Nachkommen ein Standbein schaffen, das auch ihnen eine Zukunft hier bietet. Wir leben zu einem großen Teil von den Touristen, die es spannend finden, einen amischen Ort zu erkunden. Ob es uns gefällt ist eine andere Sache, aber die meisten von uns können gut davon leben. Auch ihr, die ihr auf den Höfen zu Hause seid, liefert eure Waren in die Geschäfte hier. Wir können nicht einerseits die Außenwelt hereinlassen, wenn wir davon profitieren, und uns verschließen, wenn wir um Hilfe gebeten werden. Das ist meine Meinung."

Er nickte nachdrücklich mit beinahe grimmiger Miene und setzte sich wieder. Er war ein großer, stattlicher Mann, was seiner Rede weiteres Gewicht verlieh.

Einige der Männer murmelten Zustimmung, auch diejenigen, die sich zuvor noch kritisch geäußert hatten. Leary schien erleichtert zu sein, nachdem er Henry Stolzfus' Einlassung gehört hatte.

„Da es Miss Byler betrifft, würde ich gerne auch noch ihre Meinung dazu hören." Leary kannte die amischen Gepflogenheiten und wandte sich mit dieser Bemerkung an John Byler.

Der wiederum schaute sich um zu Rosie, die immer noch unbeweglich und absolut fasziniert auf der Futtertruhe saß.

„Ich ... äh ... also." Sie brach ab und räusperte sich. „Also, wenn alle Männer einverstanden sind, dann werde ich mich natürlich dem anschließen. Aber eine Frage hätte ich noch."

Rosie sah zuerst ihren Vater, dann den Bischof an. Beide nickten.

„Sollen wir behaupten, dass die junge Frau eine Amische ist? Sehen Sie, Detective Leary, es ist für einen Außenstehenden sehr schwierig, unsere Lebensweise zu durchschauen. Für uns ist es selbstverständlich, dass die Männer das Wort führen und den Familien und Gemeinden vorstehen, aber eine Frau von außen kann damit große Probleme haben. Und sie spricht unseren Dialekt nicht."

Die Männer nickten zu ihren Einwänden. Rosie hatte noch vorgehabt, auf die unzulängliche Erscheinung des Detectives, der so dringend amisch erscheinen wollte, hinzuweisen, ließ es aber dann doch bleiben.

„Es ist so gedacht, dass sie sich amisch kleiden soll und unter dem Namen Bridget hier leben wird. Aber sie soll sich nicht auf der Straße sehen lassen. Ich dachte nicht zuletzt deshalb an Ihr Anwesen, John, weil der Garten von der Straße aus nur schwer einsehbar ist. Und die Arbeit in der Bäckerei ist keine spezifische Angelegenheit wie zum Beispiel quilten. Sie ist gewillt, sich anzupassen und diese Regeln zu befolgen", erklärte Leary nun sichtlich entspannter.

„Dann soll sie mir willkommen sein. Sofern die Versammlung sich endgültig dafür entscheidet", beschloss Rosie.

„Wie lange wird das dauern? Wann wird der endgültige Prozess sein und was wird dann aus ihr werden?"

Der Bischof war noch nicht vollends zufrieden.

„Es kann vielleicht noch ein halbes Jahr dauern. Die Ermittlungen waren schon recht weit fortgeschritten, als die Morde passierten. Übrigens hat der zuständige Detective einen starken Verdacht, wer für die Todesfälle verantwortlich ist. Es ist zwar eine große Blase, aber letztendlich nur ein großer Boss, der die Fäden zieht. Das Gebilde wird zusammenbrechen, wenn der Prozess vorbei sein wird. Und dann ist Bridget auch wieder sicher."

„Dann sei es so."

„Vielen Dank, Männer und Miss Byler."

Leary wusste nicht viel mehr zu sagen. Er setzte seinen Hut wieder auf. „Es wird vielleicht noch eine Woche dauern, bis wir alle Vorkehrungen getroffen haben."

„Cousine Bridget wird mir eine willkommene Hilfe sein." Rosie schmunzelte. „Ich hoffe nur, sie mag es, früh aufzustehen."

Kapitel 4

Großmutter Rosetta hatte immer gesagt, dass ihr das Herz weh täte, wenn sie einer Verschwendung oder einem Unglück ansichtig wurde. Rosie verstand, was sie damit sagen wollte, als sie den Haufen von einstmals wunderschönen, nun aber verdorbenen Quilts im Raum hinter Glicks Laden liegen sah. Obwohl sie in ihrem Leben noch keinen eigenen Quilt genäht hatte, hätte sie heulen mögen, so traurig muteten die kaputten Stücke an.

Elli Glick seufzte, als sie das letzte zerbrochene Marmeladenglas, das sie unter der Ladentheke gefunden hatte, in den Eimer neben ihr legte. Der Laden war ausgeräumt worden und noch am Nachmittag würden die Männer die neue Schaufensterscheibe einpassen. Der zerborstene Fensterrahmen hatte größere Reparaturen notwendig gemacht, weshalb erst jetzt, einige Zeit nach dem Unwetter der Laden in Ordnung gebracht wurde. Zuvor wollten die Frauen die Wände, die hölzernen Ladenmöbel und den Boden mit viel Wasser schrubben und von den klebrigen Resten befreien.

Eigentlich arbeiteten amische Frauen selten mit Arbeitshandschuhen, aber Rosie hatte sich diesmal welche übergezogen. Sie konnte es nicht riskieren, sich mit einem Glassplitter in die Hand zu schneiden. Wer sollte ihr Brot backen, wenn sie verletzt war? Genaugenommen hegte sie diesen Gedanken das erste Mal, seit sie die Bäckerei ihrer Großmutter übernommen hatte. Wahrscheinlich müsste sie dann für die Zeit ihrer Genesung schließen.

Rosie war auf die Veranda des Quilt-Shops gegangen und schaute hinüber zu ihrem eigenen Laden, in dem Wendy gerade einige Kunden bediente. Wer weiß, wenn sie diese Bridget anlernen konnte, würde sie es auch schaffen, jemandem anderen die Arbeit so zu zeigen, dass sie auch einmal ausfallen konnte.

Eine Frau mit einem Baby auf dem Arm verließ gerade ihren Laden. Irgendwann würden bei ihr und Jason auch Kinder kommen. Dann musste sie sehen, wie sie ihr Geschäft organisierte. Nicht einen Augenblick dachte Rosie daran, welch großartige Arbeit sie täglich ohnehin leistete. Es war auch nach amischen Empfinden eher ungewöhnlich, dass eine Siebzehnjährige solch eine Unternehmung führte. Erfolgreich führte!

Rosie wurde von Elli in die Gegenwart zurückgeholt. Statt eines Mittagsschläfchens, das sie meistens um diese Zeit einlegte, hatte sie sich selbstverständlich bereiterklärt, der Nachbarin zu helfen.

„Rosie, würdest du vielleicht die Wände abbürsten? Spar bloß nicht mit dem Wasser. Der Sturm hat die Marmeladengläser, die auf dem kleinen Ständer im Schaufenster standen mit enormer Wucht an die Wand geklatscht. Da klebt alles." Elli, die Frohnatur, grinste in einem Anflug von Galgenhumor. „Außer du weißt jemanden, der das ablecken möchte. Oder noch besser: Du holst ein paar Scheiben Brot und wir kleben das einfach darüber."

Rosie lachte. „Ich würde mal sagen, ich lasse die Bürste die leckere Marmelade kosten. Die hat das sicher auch verdient."

Sie ging hinüber hinter die Ladentheke, stellte den Eimer darauf und begann, die Auswirkungen des Sturms mit viel Wasser und kräftigen Bürstenstrichen zu beseitigen. Zwei Stunden lang arbeitete sie, bis sie die beiden Wände sauber geschrubbt hatte. Inzwischen hatten die Frauen der Glick-Familie, Elizabeth und noch ein paar andere Nachbarinnen, den übrigen Laden, die Veranda und einige der Verkaufsstücke, die noch zu verwenden waren, auf Vordermann gebracht. Schon kamen die Männer, um das neue große Fenster einzupassen und das kleinere Glas in der Tür zu erneuern.

„Was machst du jetzt mit den Quilts?", erkundigte sich Rosie, die neben Elizabeth und Elli stand und sich an einer leckeren Limonade labte. Obwohl es inzwischen empfindlich kalt geworden war, hatte die intensive Arbeit sie ganz schön ins Schwitzen gebracht.

Bekümmert schaute Elli auf den traurigen Haufen und zuckte mit den Schultern.

„Keine Ahnung. Ich werde sie jetzt erst einmal Stück für Stück waschen. Und dann sehen, was man noch ausbessern kann. Leider haben viele der Decken Risse, die sich über mehrere Quadrate ziehen. Vielleicht verkleinere ich die Stücke zu Babydecken oder kleinere Tischdeckchen. Die Englischen mögen es doch, mit solchem Tand ihre Wohnungen zu schmücken."

Sie zuckte zusammen und schaute dann von einer Nachbarin zur anderen. „Also, so meinte ich das jetzt nicht, wie es sich wohl angehört hat. Immerhin bringen mir die Touristen gutes Geld. Geld, das wir ja auch brauchen."

„Ach, so sieht das doch jeder von uns. Die Neugierde der Touristen passt keinem, aber letztendlich leben wir irgendwie ja auch von ihnen."

Rosie sah das durchaus ganz pragmatisch. Dennoch musste sie sich eingestehen, dass einige der *Englischen* ganz annehmbar und höflich waren.

„Das erinnert mich daran, dass ich wieder in die Backstube muss."

Elli nickte. Es war überflüssig, ihre Dankbarkeit zu zeigen, da jeder dort half, wo es etwas zu helfen gab. Da dies selbstverständlich war und im Laufe eines Lebens sicherlich zurückgegeben wurde, benötigte niemand einen expliziten Dank. Manche der älteren Amisch waren sogar der Meinung, dass demjenigen, dem ein besonderer Dank abgestattet wurde, damit gesagt werden sollte, dass man keinen Bruderdienst von ihm erwartete, weil er womöglich nicht gewillt war, sich einzubringen.

Rosie schlüpfte in das Byler-Haus durch den Seiteneingang und ging sofort in ihr Zimmer, um ihr Arbeitskleid zu wechseln. Es hatte ziemlich gelitten und war nass und schmutzig. An einigen Stellen klebten Marmeladenreste. Ihre Mutter, die sich um die Wäsche kümmerte, würde einige Mühe haben, die Flecken wieder heraus zu waschen.

Als Rosie später ihren Laden durch die Backstube betrat, saß Jason an einem der Tische und trank einen Kaffee. Er hatte seine Schwester bei sich, die behindert zur Welt kam und die eines Tages von ihm und seiner Frau versorgt werden musste. Für Rosie spielte das keine besondere Rolle. Sie mochte die junge Frau, die so gerne mit ihren Puppen spielte und geistig auf dem Stand eines vielleicht zehnjährigen Kindes war.

„Hallo, ihr zwei! Schön, euch zu sehen." Rosie freute sich, Jasons freundliches Gesicht zu sehen. Sein Umgang mit der eigentlich älteren Schwester war so liebevoll, dass sie es kaum erwarten konnte, diese Liebe auch für sich ihr ganzes Leben lang in Anspruch nehmen zu können.

Ach, wäre alles doch nur weniger kompliziert!

Sie seufzte und zauberte damit ein Lächeln auf Jasons Gesicht.

„Gibt es ein Problem, Rosie?", fragte er und schob ihr einen Stuhl zurecht.

„Ach, ich habe nur gerade an die Zukunft gedacht", antwortete sie verschmitzt, weil sie nicht wusste, wie viel Jasons Schwester von ihrer Unterhaltung mitbekam.

„So wie ich. Deshalb bin ich da. Millie und ich haben eine Überraschung für dich. Die ist aber draußen, neben dem Laden."

Rosie stand sogleich wieder auf. „Echt? Wo denn?"

„Komm mit raus!", forderte Millie Rosie auf. Sie konnte es kaum erwarten, Rosie die große Überraschung zu zeigen. Um diese Zeit war wenig los im Laden, da die Touristen schon wieder abgereist waren und die amischen Männer noch nicht Feierabend hatten. Die Frauen kamen am frühen Morgen, nach dem Frühstück. Dann waren sie den ganzen Tag im Haus beschäftigt mit Putzen oder Kochen.

„Da, da, da!" Milli hüpfte wie ein Gummiball auf und ab und zeigte voller Freude auf die Stelle oberhalb des Eingangsbereichs. Dort prangte ein wunderschönes Holzschild, auf den mit geschwungener Schrift die Worte „Rosie Byler's Bäckerei" standen. Sie wurden von einem dunklen Rahmen umschlossen. Auch die Schrift war von dunkler Farbe, aber gerade das machte den Gesamteindruck sehr edel.

„Ich habe die Schrift ausgemalt!", erklärte Millie gerade und Rosie war immer noch sprachlos.

„Gut?" Jason sah sie lächelnd an.

Rosie fand ihre Sprache wieder. „Wunderschön!" Sie ging ein paar Schritte zurück, um einen besseren Blick auf ihre Ladenfront zu haben.

„Es ist wunderschön. Vielen Dank, Millie und Jason!"

Sie wandte sich an Millie. „Und du hast die Schrift so wunderbar ausgemalt?"

Millie nickte und Jason erklärte ihr: „Tatsächlich. Sie hatte gestern den ganzen Tag nichts Anderes gemacht, als mit einem kleinen Pinsel ganz exakt die Buchstaben zu bemalen. Ich habe ihr die Ränder vorgegeben. Sie kann sowas echt gut."

Rosie umarmte Millie überschwänglich. „Das hast du wunderbar gemacht."

„Und wenn du einmal meinen Namen trägst, dann wird dein Familienname auf dem Schild weiterbestehen. Und damit auch Rosettas." Jason zwinkerte ihr zu.

„Jason, ich liebe dich", sagte Rosie schlicht und traute sich, seine Hand innig zu drücken.

Kapitel 5

Brigdet kam Anfang Dezember an einem Montag in House-at-the-Water an. Sie war ein schmales, kleines Persönchen mit stiftelkurzen Haaren und einem riesigen Ohrloch in einem ihrer Ohren. Wie Rosie von den Englischen recht schnell gelernt hatte, bezeichnete man so etwas als „Tunnel". Sie konnte es kaum fassen, wie Menschen es über sich brachten, sich derart zu verstümmeln. Außerdem brachten beide Fakten die Familie Byler in arge Verlegenheit. Wie verstaute man stiftelkurze Haare nach amischer Art unter einer *Kapp*, aus der das streng gescheitelte Haar hervorlugte? Und wie versteckte man ein Riesenloch im Ohrläppchen, das bei der amischen Tracht offen gezeigt wurde? – Nun, gar nicht! Es gab keine Möglichkeit, es auf Dauer zu verstecken. Bridget blickte ein wenig frech mit ihren dunklen, großen Augen und dem vollen Mund. Zu allem Überfluss hatte sie etwas, was sich „permanent Makeup" nannte, im Gesicht und dazu noch eine Unmenge von Farbe um die Augen. „Wir können aus ihr keine Amisch machen!" John bemühte sich, seinen Ton zu mäßigen, als er die junge Frau zum ersten Mal in Augenschein genommen hatte.

Detective Leary hatte sie am Abend im Schutz der Dunkelheit zu den Bylers gebracht, die gerade beim Abendessen gesessen hatten. Nun musste sich die junge Frau einer eingehenden Begutachtung durch die Familie gefallen lassen, deren Mitglieder allesamt entsetzt über den Neuzugang waren.

„Detective Leary! Sie mussten doch wissen, dass sie niemals als eine Amisch durchgeht", eiferte sich John nun zum widerholten Male und der Polizist zog die Stirn in immer tiefere Falten. Er hatte Bridget nie zuvor gesehen und stand nun vor dem gleichen Problem wie die Bylers. Es war vollkommen unmöglich, diese junge Frau amisch zu verkleiden. Es blieb also nichts Anderes übrig sie hier zu verstecken als das, was sie war: Mallory Summers.

Aber für die Leute hier würde sie Bridget bleiben. Wenn auch nicht als Cousine oder so etwas Ähnliches.

Mallory-Bridget betrachtete ihrerseits die vier Leute, von denen die drei Amisch am Tisch saßen und der vierte zwischen ihr und dem Tisch stand. Dabei handelte es sich um Detective Leary, dem sie von dessen Kollegen aus Philadelphia bei Nacht und Nebel übergeben worden war. Natürlich war ihr sein Entsetzen nicht entgangen, als er sie zum ersten Mal gesehen hatte. Aber auch sie überschlug sich nicht vor Begeisterung, in ein *absolut sicheres* Versteck gebracht zu werden. Genaugenommen bedeutete es nichts anderes, als in eine Art Gefängnis gesteckt zu werden, aus dem sie nicht entfliehen konnte, außer, sie wollte umgebracht werden, wie der arme Mr. Henderson. Und dazu hatte sie eindeutig keine Lust. Dafür nahm sie einige Unannehmlichkeiten in Kauf. Aber hier? Bei den religiösen Fundamentalisten? Leute, die keinen Strom und kein Auto kannten, von Fernseher und anständigen Badezimmern ganz zu schweigen? Gekleidet, wie vor 200 Jahren? Man würde doch hoffentlich von ihr nicht verlangen, auch solche Sachen anzuziehen!?

Mallory war nicht bewusst, dass sie – tief in ihre Gedanken versunken – ihre Augen immer weiter aufgerissen und die Stirn in Falten gezogen hatte.

Elizabeth reagierte als Erste. Das Mädchen tat ihr leid. Sie war unversehens in eine schlimme Sache geraten und stand nun recht einsam im Leben. Sie erhob sich und ging auf die junge Frau zu.

„Miss Summers, willkommen in unserem Haus. Sicher wird Ihnen jetzt alles sehr fremd vorkommen und Ihr Leben wird ein wenig anders verlaufen, als sie es bisher gewohnt waren, aber ich denke, es gibt keine Alternative. Zumindest soweit wir wissen."

„Äh...", war alles, was Mallory hervorbrachte.

Dafür sprach der Detective. „So wie es aussieht, ist es relativ unmöglich, aus Miss Summers eine Amisch zu machen...", John schnaubte hörbar durch die Nase, „...aber wir müssen sie irgendwo verstecken. John Byler, sind Sie nach wie vor einverstanden, wenn Miss Summers als Bridget hierbleibt?"

„Der Rat hat entschieden, dass wir sie aufnehmen. Aber sie wird nicht in den Laden können. Dazu ist sie zu auffällig. Sie wird sich im Haus und eventuell im Garten verstecken müssen. Es wird hart werden für jemanden, der Freiheit gewohnt ist. Und ich denke, Miss Summers hat viele Freiheiten genossen." John bemühte sich nicht wirklich um einen freundlichen Ton. Den letzten Satz presste er sogar recht mürrisch hervor.

Mallory hätte mit dem Fuß aufstampfen mögen, wütend ... ja, worüber eigentlich? Über die offensichtliche Missbilligung ihrer Person durch diesen seltsamen Mann mit dem eigenartigen Bart, über diese Umgebung, in die sie wahrscheinlich nie passen würde, oder einfach nur über den Umstand, dass all das hier notwendig geworden war?

Sie straffte sich. „Hören Sie, es ist auch nicht gerade der Traum meiner schlaflosen Nächte hierher abgeschoben zu werden, aber wie es aussieht, hat einer ein Problem damit, dass ich der Polizei helfe. Und wenn Sie sich zukünftig wieder über mich unterhalten, dann denken Sie daran, dass ich mich hier im Raum befinde!" Zur Untermalung ihrer Worte, verschränkte sie in einer sehr bestimmten Geste ihre Arme vor der Brust – in Unkenntnis darüber, dass dies bei den Amisch einer Ablehnung gleichkam. Detective Leary runzelte die Stirn.

„Miss Summers. Familie Byler und die anderen Dorfbewohner sind so nett, Sie zu schützen, da sollten Sie vielleicht ein wenig..."

Mallory hob die Hand. „Geschenkt, Detective. Ich bin bereit, hier zu bleiben und sogar dafür, mich auf das Haus und den Garten zu beschränken. Ich bin nicht blöd. Ich weiß, dass ich mich verstecken muss. Jetzt kann ich nicht mehr zurück. Daran hätte ich denken sollen, als ich von den falschen Zahlen Wind bekommen habe. Glauben Sie mir, in Zukunft würde ich mein Maul halten und ein wunderbares Leben damit führen." Sie atmete tief durch. „Aber es ist nun einmal so wie es ist. Ich bin also Bridget und helfe im Haus und im Garten. Wunderbar. Ich werde es lieben." Ihre letzten Worte trieften regelrecht vor Ironie.

Der Detective hatte ein Auge auf Johns Reaktion auf die freche Miss Summers. Der schaute nach wie vor grimmig drein, sagte aber vorerst nichts weiter. Nach einer peinlichen Pause erhob er schließlich doch das Wort.

„Rosie, zeig unserem Hausgast ihr Zimmer. Und mach ihr klar, dass wir hier einige Regeln haben. Miss Summers, wir Amisch in diesem Dorf wissen, wer Sie sind und wir haben Detective Leary gesagt, dass wir die Augen offenhalten. Aber ich erwarte, dass Sie sich im Hintergrund halten und nichts dazu tun, um uns oder auch sich selber in Gefahr zu bringen."

„Ja, das werde ich. Darauf können Sie sich verlassen, Mr. Byler." Mallory seufzte. Wohl oder übel würde sie sich hier einrichten müssen. Sie erwartete lange und einsame Monate in diesem altmodischen Haus ohne Strom.

„Detective Leary, denken Sie, dass Sie mir noch einiges besorgen können?"

„Woran haben Sie denn gedacht?"

„Bücher und was zum Schreiben und vielleicht … nun … vielleicht was Unauffälligeres zum Anziehen."

Der Polizist schmunzelte.

„Sicher mache ich das. Sie werden sehen, Miss Summers, dass die Leute hier sehr nett sind. Seien Sie einfach offen dafür."

„Hm!", machte Mallory und als der Detective das Haus verließ, war aus der frechen, hippen Mallory Summers Bridget geworden. Das unangenehme Gefühl von Panik stieg in ihr hoch und ihr Herz klopfte bis zum Hals. Sie fühlte sich seltsam schwach und hatte Angst, hier vor allen umzukippen. Mit zunehmender Hilflosigkeit sah sie sich im Raum um.

Rosie bemerkte ihre Unsicherheit und griff nach ihrer Hand.

„Hallo, ich bin Rosie. Ich werde dir dein Zimmer und alles andere zeigen." Und sie zog Bridget hinter sich her hinüber in die Backstube.

„Möchtest du ein Glas Wasser?" Rosie hatte Bridgets Gesichtsausdruck richtig gedeutet und zog den hölzernen Stuhl, den sie immer dann benutzte, wenn sie Kleinarbeiten zu erledigen hatte, an den großen Tisch in der Backstube und platzierte das Mädchen darauf. Ohne eine Antwort abzuwarten hatte sie etwas Leitungswasser in ein Glas gegossen und hielt es Bridget nun hin. Die nahm es dankbar und trank es in einem Zug leer.

„Danke!", murmelte sie, während sie mit dem Handrücken über ihren mit Wasser benetzten Mund wischte. Ihre Augen blickten immer noch hektisch im Raum umher.

„Jetzt atme mal tief durch. Ich hole dir ein Sandwich aus dem Kühlschrank, dann bist du bald wiederhergestellt." Rosie nickte aufmunternd und Bridget fiel in ihr Nicken ein. Schließlich verzog sich Rosies Gesicht zu einem Lächeln und Bridget versuchte ein vages Lächeln zurückzugeben. Wohl wurde es eher ein verzerrtes Grinsen, aber tatsächlich verspürte sie plötzlich Hunger. Vor Aufregung hatte sie den ganzen Tag noch nichts gegessen. Nicht zum Frühstück, als der Detective in Philadelphia unvermittelt in ihrem Hotelzimmer, in das sie übereilt gebracht worden war, stand und sie zur Eile antrieb. Nicht später, als sie auf der Fahrt nach New Jersey waren, dort in ein anderes Auto umstiegen, um einige Zeit später in New York aufzuschlagen, dort stundenlang herumzukurven, und letztendlich wieder das Fahrzeug zu wechseln. Und auch nicht auf der langen Fahrt von New York aus hierher. Lediglich eine Cola hatte der Polizist ihr an einer Tankstelle besorgt, weil sie bei der Frage, ob sie denn Hunger hätte, den Kopf geschüttelt hatte.

Nun wusste sie nicht, ob dieses elende Schwächegefühl dem Hunger oder der Panik geschuldet war.

Inzwischen hatte Rosie ein Sandwich geholt, es von der Papierumhüllung befreit, in der sie die leckeren Brote im Laden verkaufte, und es Bridget auf einem Teller kredenzt. Sie stellte das frisch gefüllte Wasserglas dazu und setzte sich geduldig zu ihrer neuen Hausgenossin auf den zweiten Stuhl, den sie sich vom Nebenraum mitgebracht hatte.

Da Bridget sich ihrem Essen schweigend widmete, sprach Rosie auch nicht. Fragen zu stellen und neugierig zu sein lag nicht in ihrer Art. Doch Gedanken machte sie sich schon. Gedanken darüber, wie Bridget hier zurechtkommen würde.

Rosie konnte sich kaum vorstellen, dass dieses seltsame Mädchen, von denen sie schon viele gesehen hatte als sie einmal nach Philadelphia gefahren war, sich hier einleben konnte. Irgendwie konnte sie verstehen, dass Bridget sich hier unwohl fühlte. Es war ganz und gar nicht die Umgebung für jemanden wie sie. Sie schminkte sich grell, ließ sich seltsame Löcher in die Ohren schneiden – oder wie die sonst dahinkamen – und kleidete sich wie ein leichtes Mädchen. Nicht anders als *aufreizend* konnte man den viel zu kurzen Rock, die viel zu hohen Schuhe und – für Rosie fast noch das Auffälligste – die hässliche Schminke nennen.

Da ihr plötzlich bewusst wurde, dass sie im Begriff war, jemanden nach dem Äußeren zu beurteilen, atmete sie tief durch. Brigdet hob den Kopf und sah zu ihr herüber.

„Du fühlst dich gerade auch nicht sehr wohl, nicht wahr?"

Rosie zuckte mit den Schultern. „Doch, eigentlich schon. Ich habe ab morgen eine Hilfe. Das macht mich froh."

Bridget runzelte die Stirn, weil sie nicht einschätzen konnte, ob die andere einen Scherz gemacht oder es ernst gemeint hatte. Sie konnte die Leute hier ohnehin nicht lesen. Waren sie einfach nur grundsätzlich unfreundlich? Diejenigen Amisch, die sie bisher getroffen hatte, wirkten jedenfalls nicht besonders nett. Das war einerseits eine Familie Miller, zu der der Polizist sie zuerst geschleppt hatte. Irgendwie schien es hier so üblich zu sein, Fremde vorzuführen und bestaunen zu lassen. Brigdet fragte sich, wie sie das mit den Touristen machten, von denen sie doch lebten, wie Leary ihr auf der Herfahrt erklärt hatte. Kein Mensch kauft bei jemandem, der so grimmig dreinschaut.

„Was soll ich denn tun?", nahm Bridget den dünnen Gesprächs-faden auf, den Rosie begonnen hatte.

„Hier in der Backstube helfen. Oder draußen in den Gewächs-häusern. Und wenn es dir zu viel wird, dann kannst du dich in dein Zimmer zurückziehen. Wir wissen schon, dass ihr Weltli-chen nicht an harte Arbeit gewohnt seid." Nun lächelte Rosie ganz offensiv und Bridget erkannte, dass zumindest der letzte Satz als Scherz gemeint war.

„Ihr steht früh auf, sagte Mr. Leary." Bridget bemühte sich ganz offensichtlich darum, sich gewählt auszudrücken.

Rosie kannte die flapsige Sprache, die die Englischen häufig pflegten. Sie bemerkte, dass Bridget langsam sprach und zwi-schen den Sätzen kurze Pausen einlegte, so als würde sie nach den richtigen Worten suchen.

„Um vier. Sonst würde ich in der Backstube nicht fertig. Aber inzwischen habe ich Routine. Wir gehen auch früh schlafen."

Bridget nickte: „Hat Leary ... also: Mr. Leary auch gesagt. Wird eine Umstellung für mich werden."

„Du hättest dir wahrscheinlich auch nicht gedacht, dass du hier bei uns landest, als du das in deinem Büro gemeldet hast." Ro-sie blieb vage, weil sie eigentlich gar nicht wusste, worum es genau ging.

„Was weißt du darüber?" Bridget setzte sich gerade hin und rutschte auf die Stuhlkante. Fast so wie ein gejagtes Tier auf dem Sprung. Sie schien alarmiert zu sein.

„Detective Leary sagte uns, dass er jemanden unterbringen müsse, weil demjenigen sonst Gefahr drohen würde. Es ginge um ... ach, ich weiß das Wort nicht mehr, das er nannte. Mehr weiß ich auch nicht. Aber keine Angst, wir Amisch reden nicht über anderer Leute Angelegenheiten."

Bridget sah immer noch nicht ganz überzeugt aus, deshalb sprach Rosie weiter.

„Sieh mal, wir arbeiten viel. Jeder an seinem Platz. Natürlich unterhalten wir uns auch mal miteinander, meistens Frauen über Frauendinge und Männer über Männerdinge. Einerseits

Kochen, Nähen, Kinder, andererseits Pferde, Felder, Geschäfte. Und über Nachbarn sprechen wir nur, wenn wir sie lange nicht gesehen haben und uns Sorgen machen."

„Dein Vater mag mich nicht, nicht wahr?", fragte Bridget unvermittelt.

Rosie musste über diese unverhoffte Frage nachdenken. „Ich denke nicht, dass er deine Lebensart gutheißt. Und wir Amisch mögen nicht, wenn fremde Gepflogenheiten in unsere Gemeinschaft getragen werden. Aber er akzeptiert es. Er hat dem Detective sein Wort gegeben und das hält er."

„Ich glaube, du wirst in der nächsten Zeit noch einige Sätze mit ‚wir Amisch…' beginnen müssen, denn irgendwie begreife ich euch nicht."

„Das tun viele nicht. Aber keine Angst. Wir sind nicht deine Feinde. Wir werden im Gegenteil darauf achten, dass dir nichts passiert. Aber jetzt vermute ich, dass du endlich mal dein Zimmer sehen möchtest." Rosie stand auf und drehte den Docht an der Handlampe weiter auf, um ihrem Gast den Weg zu weisen.

„Mann, ist das unheimlich hier!" Bridget schaute in die Ecken und Ritzen und hatte eine Gänsehaut auf dem Rücken von all den Schatten, die ihrer beider Gestalten in dem dämmrigen Lampenlicht warfen. Sie musste darauf achten, auf der Treppe nicht zu stolpern, so sehr irritierte sie das flackernde Licht.

„Es ist neu für dich und du bist die Helligkeit der Elektrizität gewöhnt. Du wirst das schnell lernen. Jetzt im Winter brauchen wir die Lampen fast den ganzen Tag."

„Habt ihr denn nicht mal Strom in der Backstube und im Laden? Ich hab' mal gelesen, dass ihr das dürftet."

Bridget war wissbegierig und klug, das hatte Rosie inzwischen verstanden. „Das stimmt, aber wir haben absichtlich keinen Strom verlegt. Großmutter und ich dachten, dass wir uns nicht verbiegen sollten. Wir sind Amisch und wir leben ohne Strom. Deshalb arbeiten wir so, wie es unsere Vorfahren auch schon taten."

Sie waren angekommen. Rosie stieß die Tür zum Schlafzimmer ihrer Großmutter auf und ließ Bridget einen Blick hineinwerfen. „Das ist dein Zimmer. Wenn du etwas brauchst, klären wir das morgen. Jetzt schlaf erst mal. Und wenn du morgen ausgeschlafen hast, dann kommst du runter."

„Gibt es hier ein Badezimmer?" Rosie war klar, dass jemand wie Bridget es sehr problematisch finden würde, wie spartanisch die Badezimmerkultur der Amisch war.

„Ich habe dir frisches Wasser dort auf der Kommode hingestellt. Du kannst dich in der Waschschüssel waschen. Alles Weitere erkläre ich dir morgen."

Rosie wollte sich auf keine Diskussion bezüglich der hygienischen Fragen einlassen, deshalb drehte sie sich ziemlich abrupt um und ließ Bridget allein. Sie war müde und wollte selber ins Bett. Ohnehin war sie in Verzug, weil sie einige Arbeiten, die sie nach dem Abendessen noch erledigen wollte, wegen Bridgets Ankunft nicht mehr tun konnte.

„Aber…!", hörte sie Bridget noch sagen, doch sie entwischte schnell über die Treppe hinunter und hinüber ins Haupthaus.

Nun hatte Bridget ein Problem. Sie musste auf die Toilette, was Rosie offensichtlich nicht bedacht hatte. Also sah sie sich nach einer Gelegenheit um, die Erleichterung verheißen könnte. Ein Nachttopf stand unter dem Bett.

Bridget verzog das Gesicht. *Ein Nachttopf! Das konnte alles gar nicht wahr sein!* Aber so wie es aussah, musste sie ihn benutzen. Einige Zeit später huschte sie die Treppe hinunter, das Gefäß in der Hand und probierte die Tür aus, von der sie annahm, dass sie ins Freie führte. Sie vergewisserte sich, dass die Tür nicht zufiel, ging ein paar Schritte in der Kälte hinüber zu einigen Büschen und entleerte den Topf. Rasch kehrte sie ins Haus zurück, das zwar auch nicht viel wärmer war, aber zumindest gab es dort keinen schneidenden Wind. Und sie nahm sich vor, allem eine Chance zu geben. Weil ihr nichts anderes übrigblieb.

Kapitel 6

Bridget war inzwischen eine Woche im Haus der Bylers. Detective Leary hatte zähneknirschend und mit wenig Sachverstand die von Bridget gewünschten Kleidungsstücke eingekauft und sie gleich am nächsten Tag vorbeigebracht. Wieder zu Pferde. Nun trug sie tapfer einen glockig bis über die Knie fallenden Rock von einem unscheinbaren Dunkelgrün, dazu einen mausgrauen Pullover, zu dem er eine passende Strickjacke besorgt hatte. Ein zweites, ähnlich aussehendes Sortiment lag in ihrem Zimmer.

Rosie wunderte sich darüber, dass sich die moderne junge Frau so rasch an die Gegebenheiten angepasst hatte, aber tatsächlich machte sie keinen Ärger. Sie hielt sich in der Backstube oder im Haupthaus auf und ging hin und wieder in den Garten, der hinter dem Haus eine kleine Zuflucht bot. Ansonsten sprach oder fragte sie wenig, zuweilen fand Rosie sie auf dem einzigen Stuhl in der Backstube sitzend, in ihr Taschentuch weinend. Dann erklärte sie, dass sie Heimweh hatte und Angst vor der Zukunft in Anbetracht ihres gefährdeten Lebens. Rosie vermutete, dass die für ihren Gast düster anmutende Atmosphäre innerhalb der Räume durchaus mit daran Schuld trug.

Die Amisch selber waren an das zwar weiche, aber eben auch nicht helle Licht der verschiedenen Lampen, die in den Räumen verteilt waren, gewohnt, aber für einen Englischen musste es wie ein Aufenthalt im Keller wirken, zumal die Dezembertage nebelverhangen und wenig anheimelnd ausfielen. Zuweilen nieselte es, dann öffnete sich die Nebelwand kaum mehr als zwei Stunden am Tag, um die dunklen Wolken darüber preiszugeben. Hin und wieder mischte sich nasser, unangenehmer Schnee zwischen die Niederschläge. Regnete es nicht, hing trotzdem eine durchdringende Feuchtigkeit in der Luft, die sich in den dunklen Winterüberwürfen der Frauen und den Wolljacken der Männer festsog. Normalerweise hingen an den Kleiderhaken nur jeweils ein Überzieher für jedes Familienmitglied, aber in diesen Tagen hatte ihre Mutter die Stühle vom Tisch in die Nähe des Ofens gerückt und Johns Jacke und die Überwürfe der Frauen darüber gehängt, um sie trocken zu bekommen. An den Haken hing dann jeweils ein zweites trockenes Kleidungsstück.

Touristen verirrten sich um diese Zeit nur wenige in den Laden, und das Café hatte, so wie das Restaurant gegenüber, reduzierte Öffnungszeiten. Rosie hatte sich angepasst und schloss über Mittag länger als in den übrigen Jahreszeiten. Morgens und abends behielt sie die Zeiten bei, zumal einige Arbeiter in der Kutschenfabrik sich frühmorgens ihren Lunch bei ihr holten und am späten Nachmittag und abends ein paar weltliche Frauen vorbeikamen, um sich mit Brot und Brötchen einzudecken. Die Englischen schätzten die handgearbeitete Ware und nahmen sogar weite Wege in Kauf, um das leckere Backwerk zu kaufen.

So gesehen konnte sich Rosie über Arbeit nicht beklagen, wenn auch die Einnahmen im Winter zurückgingen. Schlechter hatte es da schon der Quiltladen erwischt, da Elli Glicks Waren zu sehr auf die Touristen ausgerichtet waren. Das Restaurant hingegen lief das ganze Jahr über hervorragend. Wer die hervorragende amische Küche genießen wollte, tat gut daran, für den Abend zu reservieren. Und selbst dann standen Leute, die auf einen freien Tisch warteten, Schlange vor dem Restaurant. Lediglich das Mittagsgeschäft, das auch hier von Touristen dominiert wurde, gestaltete sich im Winter zäh, so dass es sich nicht lohnte, über Mittag geöffnet zu halten.

Letztendlich bedeutete es für House-at-the-Water, dass die Dorfstraßen über Mittag leer waren und Bridget sich aus dem Haus wagen durfte. Sie hatten sich angewöhnt, in dieser Zeit zur Kutschenfabrik zu gehen, um dort die Bestellungen aufzugeben. Rosie ahnte, dass es diese halbe Stunde Freiheit war, auf die sich Bridget jeden Tag immens freute.

Die Winterzeit brachte es mit sich, dass sich die amischen Frauen in ihre dicken Winterumhänge mit der großen schwarzen Haube hüllten. Rosie hatte Bridget sowohl einen Umhang als auch eine Haube ihrer Großmutter herausgesucht und derart eingemummelt war sie von einem richtigen amischen Mädchen nicht zu unterscheiden.

Rosie ermahnte sie, den Kopf gesenkt zu halten, wie es vor allem die jungen Mädchen ihrer Gemeinschaft zu tun pflegten, wenn ihnen junge Männer begegneten. Zuvor waren sie gerade aus dem Laden getreten, als draußen zwei junge Männer vorbeikamen, denen Bridget nicht gerade unauffällig ins Gesicht sah.

„Du meinst, ihr seht die Jungs nicht an?", fragte Bridget erstaunt und im Flüsterton, nachdem sie sofort getan hatte, was Rosie von ihr verlangte. „Und wie lernt ihr euch dann kennen?"

Rosie dachte an Dan Miller, den ihr die Eltern aufzwingen wollten … *nein … es war nicht recht, so zu denken!* Dan Miller, den die Eltern für sie ausgesucht hatten, und der sie dann reichlich unverschämt abserviert hatte, was für Rosie wiederum ein Glücksfall war… Rosie schmunzelte leise vor sich hin, was Bridget dazu brachte, ein wenig näher an sie heranzurücken.

„Ich würde zu gern wissen, woran du gerade denkst. Oder besser: an wen!"

Rosie blickte Bridget ertappt an. „Also…"

Doch Bridget amüsierte sich, genaugenommen das erste Mal seit sie hier war.

Zumindest in einem waren die seltsamen Menschen hier wie alle anderen auch: Die beiden Jungs hatten die Mädchen gar nicht beachtet, so vertieft waren sie darin, sich über Kutschen und Pferde zu unterhalten. Und die Mädchen, die sich zwar sehr viel weniger offensiv als ihre Altersgenossinnen im übrigen Land gaben, nahmen die Jungs um sie herum sehr wohl wahr.

Mit den Älteren tat sich Bridget nach wie vor schwer. Die Männer schauten irgendwie grimmig aus. Das fand sie nach wie vor. Als sie Rosie danach gefragt hatte, dachte diese sehr lange nach. Dann meinte sie, dass das eigentlich gar nicht so wäre. Man war eben ernsthafter, als die Weltlichen. Lebte im Hier und Jetzt und hatte den Kopf nicht in den Wolken. Bridget hatte erkannt, dass eine gehörige Spur Vorurteil aus den Worten Rosies sprach und sich eine eigene Erklärung für den verschlossenen Gesichtsausdruck der Männer zurechtgelegt. Vielleicht lag es an dem komischen Bart, der das Gesicht umrahmte, bevor er sich zottelig in Richtung Brust senkte. Da auf den Schnauzbart verzichtet wurde, weil dieser zu sehr an Militär erinnern würde, wie Rosie ihr erklärt hatte, sah es sehr kurios aus in ihren Augen. Bridget überlegte seither, was an einem Schnauzbart wohl militärisch wirken konnte. Vielleicht lag es aber auch daran, dass die Männer sich mit ihrem – bestenfalls als entschlossen zu nennenden – Gesichtsausdruck einfach den Anschein von großer Ernsthaftigkeit geben wollten. Das würde dann wiederum Rosies Erklärung stützen.

Bridget atmete tief durch, was sie immer tat, wenn sie keine rechte Erklärung dafür hatte, was sie hier alles erlebte.

Rosie stieß sie in die Seite.

„Einen Dollar für deine Gedanken!"

Sie waren inzwischen an der Kutschenfabrik angekommen und betraten Miss Finches Büro. Deshalb wurde Bridget einer Antwort enthoben.

„Guten Tag, Miss Finch!"

„Hallo ihr zwei. Wartet, ich bin gleich für euch da." Sie schloss einen Aktenordner und stellte ihn zurück in die Aktenwand. Auf ihrem Schreibtisch türmte sich Bürokram, irgendwelche Rechnungen, Schriftstücke.

Rosie interessierte sich nicht dafür, doch Bridget lugte auf die Liste, die Miss Finch neben dem Stapel liegen hatte und der mit roten und grünen Haken markiert war.

„Ist irgendwie recht stressig heute", sagte Miss Finch zusammenhanglos und tatsächlich wirkte sie ein wenig aufgelöst. Das war dann doch wieder außergewöhnlich, weil sie ansonsten die Ruhe selbst war.

„Haben Sie ein Problem mit den Rechnungen?", erkundigte sich Bridget-Mallory interessiert. Sie hatte mit einem Blick erfasst, dass Miss Finch bemüht war, Fehler aus einer Liste herauszufiltern.

„Ach, ich habe irgendeinen Fehler in der Abrechnung für die Materialbestellungen. Ich komme einfach nicht drauf."

„Denken Sie, ich dürfte das mal überprüfen? Vielleicht sehen fremde Augen das Problem eher?"

Vollkommen überrascht bemerkte Rosie einen Glanz in den Augen ihrer Bäckereigehilfin, als sie fast schon ergriffen über die Papiere strich. Beinahe flehentlich sah sie Miss Finch an. Die nickte nur kurz.

„Klaro!" Mit einem Blick auf Rosie fügte sie hinzu: „Wenn Rosie einverstanden ist."

„Sicher. Finde den Fehler, Bridget!" Sie schmunzelte, als Bridget sich sogleich einen Stuhl heranzog und sich über die Belege hermachte.

Miss Finch wollte ihr beispringen, doch Bridget machte eine abwehrende Handbewegung. „Ich bin gewohnt, mich mit fremden Belegen zurechtzufinden. Und ich bin gewohnt, Fehler zu finden." Sie grinste. „Bloß den meisten gefällt das nicht so gut."

„Na, dann mach." Miss Finch wandte sich Rosie zu, die ihre Bestellliste in der Hand hielt und geduldig wartete, bis die Büroangestellte Zeit für sie hatte.

Während Bridget eifrig tippte und abhakte, gab Miss Finch die Bestellung durch. Nun stand Rosie ein wenig verloren herum.

„Hör zu, Bridget. Komm zurück, wenn du fertig bist. Ich muss zurück, weil Wendy heute früher heimgehen will. Sie und ihre

Mutter wollten Großeinkauf machen und nach Coatesville in den 24-Stunden-Supermarkt fahren. Da sind sie die halbe Nacht unterwegs."

Bridget nickte nur kurz, um dann unbeirrt weiterzumachen.

Die beiden anderen Frauen lächelten sich zu.

„Ich pass schon auf, dass keiner reinkommt, der nicht reingehört. Und ich erinnere sie noch einmal daran, wie sich ein amisches Mädchen auf der Straße zu benehmen hat." Miss Finch hatte leise gesprochen, doch sowohl sie als auch Rosie bemerkten, dass sich Bridget mit Feuereifer dem widmete, was sie offensichtlich am liebsten machte, und alles um sich herum ausgeschaltet hatte.

Die Kälte kroch ihr unter den Umhang und rötete ihr Gesicht, als Rosie nach Hause eilte. Ihre Mutter hatte ihr einmal gesagt, dass sich Amische niemals zur Eile antreiben lassen würden, aber Rosie hatte das Gefühl, dass sie sich ständig selber nachlief. Irgendwie hatte sie tagsüber kaum Zeit, um einmal durchzuatmen und wenn sie ihren Mittagsschlaf nicht akribisch einhalten würde, dann käme sie nie dazu, sich für diese eine Stunde auf ihr Zimmer zurückzuziehen. Anfangs hatte sie diese Ruhezeit versäumt, doch ihre Mutter erinnerte sie nachdrücklich daran. Nun war der Gang nach oben ebenso selbstverständlich wie die Arbeit in der Backstube. Sie atmete noch einmal die frische Winterluft, bevor sie in die Wärme ihres Cafés eintrat. Wendy bediente gerade eine Kundin und als diese den Laden verlassen hatte, legte sie ihre Schürze ab.

„Ich werde dann mal gehen. Irgendwie freue ich mich auf die Fahrt nach Coatesville, aber andererseits ist es auch mächtig anstrengend", seufzte sie.

Rosie nickte. Sie hatte Umhang und Winterkappe abgelegt und ihre Schürze angezogen. Immer noch leuchteten ihre Wangen und ihre Nase rot vom Frost und sie hatte wenig Gefühl in den Händen, die sie nicht durch Handschuhe geschützt hatte. Aber sie spürte, wie sie sich aufwärmte und genehmigte sich noch einen Kaffee, um sich von innen einzuheizen.

„Passt bloß auf. Wer weiß, ob die Straßen nicht glatt sind. Es hat zwar nicht mehr geschneit, aber ob überall gut geräumt ist..." Rosie ließ den Satz in der Luft hängen.

„Papa fährt mit. Wollte er eigentlich nicht, aber aufgrund des Wetters kutschiert er lieber selber. Wir nehmen das *Dachwägle*, da geht viel rein und ich sitze dann hinten, wo es wärmer ist."

„Wollt ihr denn so viel kaufen?" Rosie kicherte, als sie an die Einkäufe ihrer eigenen Familie dachte. Sie waren zu dritt, jetzt mit Bridget zu viert, und selbst früher, als ihr Bruder noch zu Hause wohnte und ihre Großeltern noch lebten, war der sogenannte Großeinkauf überschaubar. Abgesehen davon waren sie durch die Gärtnerei praktisch in vielen Dingen Selbstversorger, so dass nur die wenigen Dinge, die darüber hinaus gebraucht wurden, ein oder zwei Mal im Jahr im Discounter besorgt wurden. Da ging es in Wendys riesiger Familie schon anders zu. Allein der Stoff für die Kleidung der fünfzehnköpfigen Familie würde das *Dachwägle* gut füllen. Hinzu kamen Riesenpackungen an haltbaren Lebensmittel, sicher wieder das eine oder andere Paar Schuhe, vielleicht auch Werkzeuge oder anderes, das man im kleinen Laden am Ort nur sehr viel teurer oder gar nicht bekommen konnte.

Inzwischen hatte sich Wendy angezogen. „Wir müssen erst mal eine Liste machen, was so alles gebraucht wird. Die Kinder wachsen so schnell."

Sie hob die Hand und verabschiedete sich rasch von Rosie. Wenn Wendy von den *Kindern* sprach, meinte sie ihre acht jüngeren Geschwister, die ihr als älteste der Mädchen zuweilen ganz schön viel Arbeit machten. Wehmütig ging Rosie daran, die Ladentheke wieder aufzufüllen, da sie noch Käsebrötchen in der Backstube hatte und der Korb im Laden fast leer war. Geschwister hätte sie auch gerne gehabt, also mehr, als den einen Bruder, der viel älter als sie selber war. Aber aus irgendeinem Grunde hatte der Herr ihren Eltern nicht mehr Kinder geschenkt. Es hatte sicher seinen Sinn. Also lohnte es nicht, darüber nachzudenken oder es gar in Frage zu stellen.

Ganz ließen sich die trüben Gedanken aber nicht verdrängen, da gerade niemand Brötchen oder Kuchen kaufen wollte und sie nicht wirklich viel zu tun hatte. Sie wischte die Café-Tischchen ab und kehrte die leeren Schütten an der Ladentheke aus. Als sie überlegte, was sie im Laden noch tun könnte und sich schon dazu entschlossen hatte, nach hinten in die Backstube zu gehen, um die Vorbereitungen für morgen zu treffen, betrat Jason den Verkaufsraum. Ihre Miene hellte sich schlagartig auf.

„Hallo, Jason! Wo kommst du denn her?"

„Ich habe früher Schluss gemacht in der Kutschenfabrik. Mein Vater möchte Brennholz machen und ich helfe ihm dabei. Morgen werde ich gar nicht in die Fabrik gehen. Da steht Waldarbeit an. Da dachte ich, ich muss dich vorher noch sehen. Weil ein Tag, ohne dich gesehen zu haben, kein guter Tag ist." Er schaute sie liebevoll an.

Rosie stand neben der Theke, so dass Jason zu ihr treten und ihre Hand in die seine nehmen konnte.

„Geht es dir gut?"

„Sicher! Aber es macht mich traurig, dich morgen nicht sehen zu können. Ich warte immer darauf, dass du reinschaust." Rosie erwiderte den Druck seiner Hand und schenkte ihm ein zärtliches Lächeln. „Pass lieber auf dich auf im Wald. So mancher Baum ist schon falsch gefallen."

Eine kleine Pause entstand, in der sie sich lange und zärtlich in die Augen schauten. Der zauberhafte Augenblick endete abrupt, als beide gleichzeitig die Person vor dem Schaufenster wahrnahmen.

Dan beobachtete sie unverfroren mit dunklem, kalten Blick. Nachdem sie ihn bemerkt hatten, warf er mit unendlich arroganter Miene den Kopf in den Nacken und wendete sich ab.

„Du meine Güte, da kann einem ja Angst werden!" Rosie sprach aus, was Jason dachte.

Etwas Irres lag in Dans Augen. Nicht allein der offen zur Schau getragene Hass war es, der Jason beunruhigte. Ihm schien, als ob Dan zuweilen nicht mehr Herr seiner Sinne war.

„Siehst du! Das ist es, was ich meine. Wenn er so ist, macht er mir Angst. Das ist nicht bloß so eine Ahnung. Da ist was mit ihm!" Wieder sagte Rosie laut, was Jason über einen der ihren nicht auszusprechen wagte.

„Hast du schon mit deinem Vater über Dan gesprochen?", erkundigte er sich nun.

„Nein, es ergab sich nicht. Es geht ihm zurzeit nicht gut. Er und Mom sind heute zum Arzt gefahren und noch nicht wiedergekommen. Da kann ich ihm doch nicht mit meinen Bedenken wegen Dan kommen."

Jason nickte. „Aber ich kann jetzt auch nichts sagen, weil ich sonst zugeben müsste, dass ich bei dir war. Also, *so* bei dir war. Du weißt ja, dass das nicht gern gesehen ist. Wir stehen hier ja praktisch öffentlich herum."

„Du hast recht. Da hilft es auch nichts, wenn Dan nicht viel besser ist, indem er neugierig in anderer Leute Fenster schaut." Rosie lachte kurz auf. „Ist eine blöde Situation. Aber ich vermute, dass Dan nicht so diskret sein wird."

„Dann müssen wir es eben auf uns zukommen lassen. Ehrlich gesagt wüsste ich auch nicht, wie man so was sagen sollte. Dass er einen irren Blick hat?" Nun schmunzelte auch Jason, wurde aber sofort wieder ernst. „Aber sei vorsichtig. Mir gefällt die ganze Sache nicht. Selbst wenn es nur Eifersucht oder so was Ähnliches ist, was ihn umtreibt, kann er blöde Sachen machen."

„Wie kann er eifersüchtig sein? Er hätte mich doch haben können?" Rosie plusterte die Backen auf und ließ die Luft zischend zwischen den Lippen entweichen.

„Hätte er nicht. Selbst wenn die Eltern es so entschieden hätten und er einverstanden gewesen wäre, hätte ich es nicht zugelassen. Den einen Menschen trifft man auch nur einmal!" Wieder schaute er sie verliebt an und schließlich ließ er ihre Hand los. „Ich muss nach Hause. Leider."

„Ich freue mich schon auf übermorgen!" Sie nickte ihm noch einmal liebevoll zu und ging dann wieder hinter die Theke.

Leichtfüßig ging sie in die Backstube, um ihre Vorarbeiten für den nächsten Morgen zu erledigen. Sogar ein beschwingtes Lied aus dem Ausbund, ihrem Liederbuch für die Gottesdienste, hatte sie auf den Lippen. Leise summte sie die einfache Melodie, die sie so oft bei den Singen der Jugendlichen mitgesungen hatte, und fand, dass das Leben an und für sich ganz wunderbar war. Auch wenn die Prediger das irdische Dasein als immerwährenden Gottesdienst und damit äußerst ernsthaft bewerteten. Aber Rosie konnte in diesem Moment nicht anders, als Gott für Jason zu danken. Und dafür, dass der Herr sie vor einer Ehe mit Dan bewahrt hatte.

Gerade schleppte sie einen Sack Mehl in die Backstube, um ihn in den großen Trog zu schütten, aus dem sie sich am nächsten Morgen und auch heute Abend noch bedienen würde, um ihre leckeren Backwerke herzustellen. Obwohl sie vorsichtig zu Werke ging, war sie bald von feinem Mehrstaub eingehüllt, vor dem sie auch die große Bäckerschürze nicht schützte. Glücklicherweise hatte sie über ihre Haube ein schützendes Tuch gezogen, damit der feine Organzastoff keinen Schaden nahm. Die Kapp war schwer zu reinigen, so dass sie sich für diesen wenig eleganten Weg entschieden hatte, ihre Kopfbedeckung sauber zu halten. Der Mehlstaub animierte sie zum Niesen und zwischen zwei Niesern musste sie kichern, weil sie sich bewusst war, wie ihr Aufzug wohl auf etwaige Beobachter wirken musste. Gut, dass sie keiner sah! ... Dachte sie.

„Du scheinst gute Laune zu haben!"

Rosie fuhr herum. Gerade hatte sie sich abgeklopft und die mehlbestäubte Schürze über dem großen Ausgussbecken vom feinen weißen Film befreit.

Dan stand vor ihr. Er war nicht über den Laden gekommen, denn die Ladenglocke hätte sie gehört. Stattdessen stand er an der Tür, die vom *Großdaddyhaus* aus in den Garten führte. Er musste also um das Haupthaus herumgelaufen sein, über den Garten, um diese Tür zu erreichen.

Rosie fröstelte.

„Warum auch nicht?", sagte sie vorsichtig.

Dass jemand durch die Hintertür ins Haus kam, war nicht unüblich. Es war unter Nachbarn der bevorzugte Eingang. Der Vordereingang wurde nur selten, und wenn, dann von wirklichen Gästen benutzt. Allerdings war die Tür, die Dan benutzt hatte, kaum in Gebrauch. Besucher kamen durch den Hintereingang des Haupthauses.

„Jason stimmt dich fröhlich."

„Ja, das tut er. Wie du weißt, rede ich gerne. Und mit Jason gibt es viel zu bereden." Diesen Seitenhieb konnte sie ihm nicht ersparen. Zu sehr hatte er sie damit gekränkt, sie abzulehnen, weil sie zu viel redete und ihm zu dick war. Rosie schüttelte sich innerlich bei der Erinnerung an jenen schrecklichen Abend.

„Ja, du bist ein verratschtes Weib. Und du tust unehrenhafte Dinge." Dans Gesicht verdüsterte sich voller Abscheu. „Du benimmst dich wie eine Englische. Wie eine dieser …"

Rosie reichte es. Wer war Dan, dass er in solch einer Weise mit ihr sprach?

„Untersteh dich, diesen Satz zu beenden, Dan Miller! Wer bist du, dass du an fremden Türen lauschen und durch fremde Fenster blicken kannst und denkst, du hättest ein Recht dazu? Ich habe nichts Unehrenhaftes getan und du weißt das sehr genau! Hör auf, mich zu bespitzeln!"

Sie machte einen Schritt auf ihn zu und er wich tatsächlich überrascht zurück.

„Kein Weib wagt es, so mit einem Mann zu reden!"

Rosie konnte nicht glauben, dass sie tatsächlich eine Auseinandersetzung mit dem Stockfisch Dan hatte, der sonst keine drei geraden Worte herauszubringen in der Lage war.

„Dieses Weib hier schon. Zumal der Mann sie in ihrem eigenen Haus beschimpft. Also, geh! Verlass das Haus. In meinem Café bist du als Gast herzlich willkommen. Aber nicht bei mir privat. Jedenfalls nicht, solange du so mit mir sprichst!"

„Du betrügst mich, Rosie!"

Es klang wie das Zischen einer Schlange. Leise und bedrohlich. Rosie bekam Gänsehaut. Was war mit Dan nur los?

„Ich bin weder deine Frau noch deine zukünftige Frau. Hast du schon vergessen, dass du mich nicht wolltest?" Aus irgendeinem Grunde ging sie um den großen Backtisch herum, der nun zwischen ihr und ihrem ungebetenen Besucher stand und einen gewissen Schutz darstellte.

„Du bist mein Weib! Ob ich dich will oder nicht. Der Herr hat es so gefügt. Und wir müssen gehorchen!" Er sprach wirr. Rosie hatte Mühe, ihm zu folgen, zumal er immer leiser wurde und schließlich in einem Murmeln endete.

„Bitte geh, Dan. Komm wieder, wenn mein Vater da ist. Dann besprechen wir alles!"

„So, jetzt kannst du plötzlich wieder reden, wie es einer Frau geziemt?" Dans so düstere Miene hellte sich auf. Er lachte. „Gut, wenn dein Vater da ist. Dann werde ich mit dem Bischof kommen, um unsere Eheschließung zu besprechen." Er wandte sich um und verließ das Haus durch die Hintertür.

Rosie zitterte am ganzen Leibe, als sie die Tür ins Schloss fallen hörte. Sie musste sich setzen, da ihre Beine den Dienst versagten. Was trug Dan nur in sich? Was bezweckte er mit dieser Aktion? Warum ängstigte er sie so? Und wieso sprach er davon, dass sie seine Frau werden würde? Die junge Frau fühlte sich so hilflos, dass sich Panik in ihr breitmachte. Aber was konnte sie tun? Jemanden von diesem Besuch erzählen? Niemand würde ihr glauben, wenn Dan alles bestritt. Die Leute würden denken, dass sie sich an Dan rächen wollte und man würde sie wegen übler Nachrede aus der Gemeinde ausschließen – oder aus einem schlimmeren Grund, wenn sie Dan Glauben schenkten. Plötzlich bekam sie eine Vorstellung davon, wie Bridget sich in dieser Umgebung fühlen musste. Das Lampenlicht warf flackernde Schatten an die Wände. Nach Dans Ansprache umfing sie nun unheimliche Stille. Eine Stille, die sie eigentlich kennen sollte. Die immer um sie herum war. Und die sie bisher geschätzt hatte. Nun wurde ihr schmerzlich bewusst, dass sie alleine im Haus war. Dan konnte jederzeit zurückkommen. Keine der Türen war abgeschlossen, brauchte es auch nicht zu sein hier in House-at-the-Water. Jetzt wünschte Rosie, dass sie für die Haustüren Schlüssel gehabt hätte. Lediglich für die relativ neue Ladentüre gab es zwei Schlüssel. Es war auch die einzige Tür, die abgeschlossen wurde. Die Panik verstärkte sich. Ihr Herz klopfte und ihr wurde schwindelig. Schließlich verbarg sie das Gesicht in den Händen und ließ ihren Tränen freien Lauf.

Das leise Klingeln vom Laden her, das signalisierte das jemand eingetreten war, erschütterte sie so sehr, dass sie sich am Tisch festhalten musste. Ihre Angst wuchs ins Unermessliche.

Kapitel 7

Bridget fand Rosie wie ein Häufchen Elend in der Backstube sitzend vor. Sie war so erschrocken, dass sie wie angewurzelt an der Verbindungstür vom Laden her stehenblieb und erst einmal schwieg.

Rosie hatte schon erwartet, Dan wieder vor sich zu sehen und war heilfroh, dass es Bridget war, die in ihrem viel zu weiten Umhang und der geräumigen Winterhaube, die fast ihr ganzes Gesicht verdeckte, zurückgekommen war.

„Was ist denn passiert, um Himmels Willen?" Plötzlich war in Bridget wieder Leben gekommen und sie stürzte auf Rosie zu, ließ ihren Umhang achtlos zu Boden gleiten und umarmte Rosie herzlich.

Rosie wusste nicht, wie sie es Bridget erklären sollte. Andererseits ging es sie auch nichts an. Es waren ihre Probleme und vielleicht noch die von Jason oder gar von Dan. Bridget war nach wie vor eine Außenstehende. Sie musste, durfte es nicht zu ihrem Problem machen.

"Ach, nichts. Ich habe mich nur furchtbar erschrocken. Geht schon wieder!" Wie auf Kommando schellte die Ladenglocke und Rosie erhob sich unter Aufbietung ihrer ganzen Kraft.

"Jetzt bleib mal schön hier!", bestimmte Bridget resolut. "Wer auch immer was will, bekommt es von mir."

Natürlich wusste Bridget, dass sich Rosie nicht einfach nur erschrocken hatte. In der Zeit, in der sie sich hier aufhielt, hatte sie eines erkannt: Einen Amisch brachte nichts so schnell aus der Fassung. Und Rosie hier so anzutreffen war mehr als eine simple Spinne oder ähnliches. Es stimmte schon, Rosie hatte sich erschrocken, aber es musste ein massiver Grund gewesen sein. Und irgendwann, wenn Rosie sich wieder ein wenig erholt hatte, würde Bridget dann schon noch einmal nachfragen.

Vorderhand hatte sie plötzlich alle Hände voll zu tun, denn einerseits machten die Männer aus der Kutschenfabrik Feierabend und holten sich noch einen schnellen Kaffee und ein Sandwich, andererseits war ein Auto voller älterer Damen angerückt, die von jedem Strudel ein Stück haben wollten und von jeder Brötchensorte jeweils eines. Allzu viel Auswahl war ohnehin nicht mehr vorhanden, da sich um diese Zeit die Körbe und Tortenplatten schon vehement geleert hatten, was im Sinne der Wirtschaftlichkeit auch gut so war.

Normalerweise sollte Bridget nicht im Laden stehen, aber Rosie war selbst nach einer halben Stunde noch so derangiert, dass sie vor Ladenschluss nicht mehr nach vorne kam. Stattdessen tötete sie ihre schlimmen Gedanken mit Arbeit. Ihre Kunden konnten sich über viele verschiedene Kuchen- und Tortensorten freuen, die am nächsten Tag in der Auslage stehen würden.

Bridget hatte saubergemacht und die Ladentüre abgesperrt. Nun kam sie in die Backstube, in der es außergewöhnlicher Weise für die Abendstunden nach frischem Kuchen roch. Normalerweise schob Rosie die Kuchen erst am Morgen in das Rohr. Dies war auch ausreichend, weil sie nach wie vor viele Lieferantinnen hatten, die morgens ihre Spezialitäten ablieferten.

„Also, was ist los?", kam Bridget sofort auf den Punkt.

Sie hatte sich auf einen der Stühle am Tisch gesetzt und schaute Rosie dabei zu, wie sie eine Linzer Torte mit einem exakten Gitter verzierte. Es war eines jener Rezepte, die eine deutsche Bekannte ihrer Großmutter verraten hatte, und das ausnehmend gut besonders bei der englischen Kundschaft ankam. Vor allen Dingen wurde die Linzer Torte noch besser, wenn man sie einen Tag vorher zubereitete.

„Was soll los sein?" Rosie schaute Bridget nicht an, flüchtete sich in ihre Arbeit.

„Wovor hast du dich erschrocken?"

„Darüber will ich nicht reden."

Gut, das war ehrlich. Aber kein Grund für Bridget, nun still zu sein.

„Du warst nicht wegen einer Kleinigkeit so aufgelöst. Also, was ist passiert?"

„Ich wäre jetzt gerne höflicher, aber höflich geht das nicht: Ich will es dir nicht sagen, weil es dich nichts angeht."

„Nun, das war nicht höflich, aber es stimmt auch nicht. Es geht mich etwas an, weil ich in diesem Hause wohne. Wenn auch nur vorübergehend. Und ich habe mich bisher stets zusammengerissen und versucht, mich so gut wie möglich anzupassen. Aber wenn ich sehe, dass ein Mensch, der mir viel bedeutet, offensichtlich ein sehr großes Problem wälzt, dann will ich diesem Menschen helfen." Bridget war während ihrer Rede aufgestanden und hatte sich so hingestellt, dass Rosie nicht mehr an ihr vorbeisehen konnte. Die schaute ihr nun wirklich in die Augen.

„Es geht dich nichts an, Bridget. Also, frag nicht weiter!"

Die Bestimmtheit in Rosies Stimme ließ Bridget verstummen. Und obwohl sie jetzt im Moment nicht weiter bohrte, würde sie doch die Augen offenhalten. Wer auch immer Rosie – angeblich – *nur* erschreckt hatte, machte ihr massiv Ärger. Das war für Bridget sonnenklar.

Sonnenklar war es in den nächsten Tagen nicht. Weder in Rosies Laune noch draußen. Es schneite, was herunterfallen konnte und die wenigen treuen Kunden, die normalerweise in dieser Jahreszeit hereinschauten, blieben auch aus. Sie schlossen das Café und hängten ein Schild an die Tür, wonach sich etwaige Kunden im Haupthaus melden sollten. Ein wenig Ware hatte Rosie immer auf Vorrat.

Dan hatte sich nicht mehr gemeldet. Eigentlich hatte Rosie auch nicht damit gerechnet, dass er noch einmal zu ihrem Vater kommen würde, schon gar nicht mit dem Bischof, aber andererseits wäre das dann das Ende des Spuks gewesen. Denn auf diese Weise hätten sich sowohl ihr Vater als auch der Bischof vom verwirrten Geist des jungen Mannes überzeugen können. Nun musste sie abwarten, was allerdings enorm an Rosies Neven zerrte. Für Bridget brachte das schlechte Wetter eine positive Überraschung. Da Miss Finch mitbekommen hatte, dass das Café geschlossen hatte, ließ sie durch eine von Stolzfus' Töchtern anfragen, ob Bridget ihr nicht im Büro helfen könnte. Die war Feuer und Flamme und folgte dem Mädchen sogleich in die Eiseskälte hinaus, warm eingepackt in Großmutters Umhang und die Winterkappe.

„Ehrlich, normalerweise jammere ich nicht so leicht, aber dieses Dorf hier ist wie eine Firma. Die expandieren ständig. Das Restaurant verschickt bestimmte Nahrungsmittel, der Quiltshop ebenso, alle wickeln ihre Bestellungen über mich ab und auch die Anfragen aus den Internetshops. Eigentlich würde mir ja die Kutschenfabrik schon reichen. Das kann so nicht weitergehen. Ich brauche dringend Hilfe hier." Miss Finch raufte sich die Haare, die sie heute in einem Pferdeschwanz zusammengebunden trug. Nun hatte sie einige Strähnen herausgewuschelt und musste die Frisur neu richten.

„Aber die Leute kommen mir gar nicht so unvernünftig vor. Mit denen kann man doch reden." Bridget hatte sich eine Ecke des Schreibtisches freigemacht und einen Stuhl herangezogen. Sie wartete auf die Arbeiten, die Miss Finch für sie vorgesehen hatte.

„Schon. Aber die Arbeit ist sukzessive mehr geworden. Nicht auf einmal explodiert. Eher von Tag zu Tag zu Tag." Miss Finch stöhnte gespielt. „Aber ich werde bald was sagen müssen. Die können keine fünf Firmen mit einer Bürokraft bestreiten. Das ist Ausbeutung." Sie grinste. „Und die lieben Amisch würden nie jemanden ausbeuten. Na ja, ihre eigenen Frauen vielleicht."

„Oh wie böse!" Bridget drohte ihr scherzhaft mit dem Finger.

„Nein, das nehme ich zurück. Du hast schon recht. War boshaft. Sie arbeiten einfach den ganzen Tag. Das ist ihre Vorstellung von Leben. Für mich wäre das nichts."

„Aber du machst doch auch nichts anderes. Von frühmorgens bis spätabends. Und heute ist noch nicht sicher, ob du wieder heimfahren kannst. Oder im Hotel zur Kutsche übernachten musst."

„Ich habe mich schon darauf eingerichtet. Aber ich habe so viel Arbeit, da wollte ich nicht einfach zu Hause bleiben."

„Na, dann wollen wir mal. Was soll ich tun?" Bridget krempelte die Ärmel hoch und schaute Miss Finch erwartungsvoll an.

„Könntest du wohl mit den Belegen weitermachen, mit denen du gestern schon beschäftigt warst? Du hast den Fehler so schnell gefunden, jetzt könntest du die komplette Buchhaltung gleich mal abschließen. Ich möchte den Jahresabschluss machen."

„Ich dachte immer, Amisch zahlen keine Steuern?", wunderte sich Bridget.

„Doch, Steuern schon, aber keine Sozialabgaben. Krankenhauskosten und andere Notlagen deckt die Gemeinschaft ab." Miss Finch legte einen Stapel Papiere vor Bridget und lächelte sie an. „Ich bin übrigens Judy."

„Und ich bin dann wohl Bridget!", antwortete Bridget mit einem Anflug von Galgenhumor. „Aber noch mal zurück zu der Krankenhaussache. Das kann aber ganz schön teuer werden, wenn mal was Schlimmeres passiert. Was ist wenn eine Familie einen Kutschenunfall hat und die alle ins Krankenhaus müssen, vielleicht auch noch längere Zeit? Da summieren sich die Kosten dann ganz schnell in sechsstellige Bereiche." Bridget konnte wahrlich nicht verleugnen, dass ihr Zahlen sehr nahestanden.

„Irgendwer hilft immer. Die Gemeinschaft lässt keinen den Bach runtergehen. Zwar versucht jede Familie das Problem so lange wie möglich alleine zu lösen, aber wenn es nicht mehr geht, dann gibt es Mittel und Wege, das diskret unter die Leute zu bringen. Amische nehmen Hilfe an und sie geben Hilfe. So ist das ein ständiges Geben und Nehmen."

„Hm!", machte Bridget und wandte sich schließlich den Belegen zu. Mit Zahlen auf Papier ging sie eindeutig lieber um, als mit Brötchen und Kaffee im Laden.

Rosie half ihrer Mutter beim Flicken. Es war einiges an zerrissener Wäsche zusammengekommen, Bettlaken, Socken, Hemden, Hosen ... Der Berg auf dem blankgescheuerten Küchentisch erschien riesig.

Ihnen gegenüber saß John, der bei diesem Wetter nicht viel zu tun hatte. Zwar gingen die Holzvorräte in der Scheune auf absehbare Zeit zur Neige, aber er war nicht in der Lage, in den Wald zu gehen, um Bäume zu fällen und sie klein zu hacken. Joseph, der mit seiner Frau Rhoda und den Kindern Liddy und Mark auf der Farm des Schwiegervaters im Nachbarbezirk lebte, würde eine Woche zu Besuch kommen und einen seiner Schwager mitbringen. Sie würden für den Nachschub an Holz sorgen. John wiederum machte es sehr zu schaffen, aufgrund seiner Erkrankung gewisse Dinge nicht mehr tun zu können, aber er akzeptierte die Prüfung, die der Herr ihm geschickt hatte.

Nun las er den „Budget", die Zeitung der Amisch, in der es kaum Bilder, dafür umso mehr sehr persönliche Geschichten aus den einzelnen amischen Ansiedlungen gab.

„Erinnert ihr euch noch an meinen Onkel Zachary?", fragte er, ohne vom Blatt aufzublicken.

„Der vor einigen Jahren bei deinen Eltern zu Besuch war?" Auch Elizabeth hielt in ihrem Tun nicht inne. Sie war mit einer komplizierten Hosennaht beschäftigt, die an einer besonders dicken Stoffstelle auszubessern war.

„Der müsste doch schon über hundert sein!", wandte Rosie überrascht ein. „Ich dachte, der wäre schon gestorben."

„Ist er nicht. Er ist 97 und langweilt sich offensichtlich zu Tode. Hier steht ein kleiner Aufruf, dass sich Zachary Byler über ein wenig Post freuen würde."

„Na, dann schicken wir ihm doch ein paar Briefe. Noch jemand, der ein wenig Zuspruch braucht?" Elizabeth streifte den Fingerhut ab, den sie für die schwierige Arbeit benötigt hatte und schnitt den Faden ab. Sie schüttelte die Hose aus und faltete sie schließlich ordentlich zusammen. „So, die Arbeitshose ist so gut wie neu. Jedenfalls so gut, wie sie vor dem Riss war."

Rosie hatte einen kleinen Holzpilz in eine der Socken gesteckt, um ein Loch im Bereich der großen Zehe zu stopfen. Es war die fünfte Socke, die sie auf diesem Wege bereits aufbereitet hatte und noch drei weitere warteten darauf, repariert zu werden.

„Eine gewisse Lory Winter. Von einer Familie Winter habe ich noch nie gehört. Aber sie leben auch in einem der entfernteren Bezirke. Sie ist zwölf Jahre alt und hatte einen schweren Unfall. Jetzt sitzt sie im Rollstuhl. Sie wünscht sich Brieffreundschaften."

„Wie furchtbar!", ließ sich Rosie vernehmen. „Aber ich fürchte, ich bin für sie zu alt als Brieffreundin. Ich mache Wendy mal darauf aufmerksam. Vielleicht hat eine ihrer Schwestern Lust darauf, ihr zu schreiben."

„Ich glaube nicht, dass es hier darum geht, Lust auf etwas zu haben. Da ist jemand, der auf Post wartet…"

Rosie unterbrach ihre Mutter. „Schon gut, Mom. Ich habe es nur falsch formuliert. Ich werde es Wendy sagen und eine ihrer Schwestern wird schreiben."

Da der „Budget" innerhalb der amischen Gemeinschaften weit verbreitet war, würde sich sowohl Onkel Zachary als auch Lori über viel Post freuen dürfen.

John faltete die Zeitung zusammen und legte sie auf die Kommode. Er würde sich ihr am Abend erneut widmen oder vielleicht auch übermorgen, nach dem Bibelstudium. Ein gottesdienstfreier Sonntag lag vor ihnen und John vermutete, dass viele Familien froh waren, bei diesem Wetter nicht hinauszumüssen.

„Wenn es so weitergeht, dann sind wir bis zum Montag eingeschneit." John streckte sich und fuhr sich mit der Hand über die

Schulter, die ihn seit einiger Zeit schmerzte. Rosie bemerkte es, als sie kurz von ihrer Flickarbeit hochsah, um ihre Augen zu entspannen. Wohl gab das Licht der Öllampe genug Helligkeit, aber zuweilen taten ihr die Augen weh, vor allem, wenn sie besonders exakte Tätigkeiten zu erledigen hatte.

Sie legte die Socke auf den Tisch.

„Dad, wie geht es dir? Was hat der Arzt gesagt?"

Eigentlich sollte sie nicht fragen. Denn wenn ihr Vater es für notwendig erachtete, sie einzuweihen, dann würde er es schon tun. Sie rechnete damit, dass er ihr genau diese Lehre halten würde, stattdessen setzte er sich wieder an den Tisch und sah sie offen an.

„Ich hatte einen neuen Schub. Die Multiple Sklerose schreitet voran. Vor allem das Bein hat sich mit diesem Schub wieder verschlechtert. Es sieht im Moment auch nicht so aus, als würde sich noch etwas verbessern. Ich habe neue Medikamente bekommen. Sie sind stärker. Und teurer. Du sollst wissen, dass meine Krankheit eine immer größere Belastung für die Familie wird."

„Oh, Dad. Das tut mir leid. Nicht das Geld natürlich. Aber dass du dich schlechter fühlst." Betroffen senkte Rosie den Kopf. Allein die Tatsache, dass ihr Vater sie eingeweiht hatte, zeigte ihr, dass es wirklich schlimm sein musste.

„Aber das ist nicht alles, nicht wahr?"

„Doch, irgendwie schon. Ich sagte es ja bereits. Die Medikamente sind teuer. Dazu die Arztkosten und die Kosten für die Jungen, die ich hin und wieder einstellen muss, damit sie mir bei der Arbeit helfen. Ein Obstbauer, der nicht auf Bäume steigen kann, ist eben ein schlechter Obstbauer. Und ich kann nicht ständig auf die unentgeltliche Nachbarschaftshilfe zurückgreifen." Auch wenn es selbstverständlich war, den Nachbarn bei Notlagen unter die Arme zu greifen, war es unredlich, diese Hilfe ständig in Anspruch zu nehmen.

„Was willst du mir sagen?" Rosie war alarmiert. Ein kurzer Blick auf das betroffene Gesicht ihrer Mutter, die die Stirn in tiefe Falten gezogen hatte, war nicht zu ihrer Beruhigung angetan.

„Ich habe mir überlegt, unsere Verwandten zu bitten, uns Hilfe zu schicken. Vielleicht einen deiner Cousins…" Rosie ahnte, dass ihr Dad noch mehr sagen wollte, aber er ließ den Satz in der Luft hängen.

„Das wäre doch prima. Oder nicht?"

„Für eine kurze Zeit schon, vielleicht für eine Saison. Aber es wäre auch keine Dauerlösung."

Rosie wollte ihre Handarbeit wieder aufnehmen, doch John hielt sie davon ab. Elizabeth hatte ihm zugenickt und ihr Vater hatte zurückgenickt.

„Wir müssen reden, Rosie. Und es ist gut, dass Bridget heute nicht da ist."

Die junge Frau spürte, dass irgendetwas Fatales in der Luft lag. Aus irgendeinem Grunde nahm sie die flackernden Schatten, die die große Lampe auf dem Tisch an die Wände zauberte, heute erneut wahr. Beinahe bedrohlich tanzten die dunklen Flecke, die die Körper der drei Menschen am Tisch projizierten, im Raum.

„Dan war da. Mit dem Bischof."

Rosie wurde schlecht. Also war er doch da. Zu einem Zeitpunkt, da sie ihn nicht treffen konnte. Wer wusste schon, ob das Zufall oder Absicht war, ohne sie mit ihrem Vater zu sprechen.

„Was wollten sie?" Rosie riss sich zusammen. Fast war sie gespannt darauf, was Dan zu sagen hatte.

„Dan hat sich entschuldigt. Wegen dem, was er gesagt hatte. Du weißt schon…" John beobachtete ihr Mienenspiel ganz genau. Doch Rosie war viel zu perplex über Dans Frechheit, als dass sie sich im Moment groß aufregen konnte. Deshalb fuhr John fort: „Er möchte dich gerne heiraten. Und der Bischof sagte, dass man vergeben müsse…"

Diesmal lag es an Rosie, dass er den Satz nicht zu Ende brachte.

„Heiraten? Ihr habt mir versprochen, dass ich selber wählen dürfe. Gerade wegen des fürchterlichen Abends bei den Millers. Wie kommt er dazu, jetzt plötzlich seine Meinung zu ändern? Und dann gleich mit dem Bischof hier aufzutauchen."

Mit Verwunderung sah Rosie, dass die Miene ihres Vaters plötzlich Wut ausdrückte. Worauf? Auf Dan? Oder auf sie – wenn auch aus unerfindlichen Gründen?

Elizabeth mischte sich ein, was sie höchstselten tat, wenn John seine Pläne kundtat.

„John! Bitte bleibe sachlich!"

„Das versuche ich gerade. Also: Es geht nicht darum, dass du Dan verzeihst. Es geht darum, dass er dir verzeiht und dich trotzdem nimmt."

„Ich...?" Rosie sprang auf, vollkommen unfähig, etwas zu sagen oder auch nur zu denken. Tatsächlich schwirrten die Gedanken wild durcheinander in ihrem Kopf und sie musste sich festhalten, weil ihr davon regelrecht schwindelig wurde.

„Du hast offen mit Jason ... herumgemacht." John wurde deutlicher. „Eine vollkommen ungehörige Sache. Das weißt du. Dan meinte, es wäre gut, dass nur er euch dabei beobachtet hat."

Immer noch rang Rosie nach Worten.

„Er hat euch in einer eindeutigen Situation erwischt. Und das, obwohl du genau weißt, dass du Jason nicht heiraten kannst. Du bist deiner Familie verpflichtet und er seiner. Das kann nicht zusammengehen."

Rosie blieb die Luft weg. Wie konnte sich ihr Vater nur wie eine Windfahne drehen? In dieser Angelegenheit? Nachdem er selber sagte, wie sehr Dan die Familie brüskiert hatte? War dies alles seiner Angst vor der Zukunft zuzuschreiben? Seiner Zukunft? Musste er damit rechnen, vollkommen von anderen abhängig zu sein?

„Ich ... werde ... an die Luft gehen", stieß sie hervor und schon hatte sie die Stube verlassen, um durch das *Großdaddyhaus* in den Garten zu entwischen. Obwohl sie nichts übergezogen hatte, spürte sie die Kälte nicht. Langsam wurde es dunkel, obwohl es erst ungefähr drei Uhr am Nachmittag war. Nicht ein Kunde war seit Stunden da gewesen. Ein Umstand, der an diesem trüben Tag ihrem Vater durchaus noch mehr Betrübnis bereitete, als ohnehin schon in ihm wohnte.

Sie sammelte sich. Und legte sich die Worte zurecht, die sie zu ihrem Vater sprechen wollte. Er musste sie anhören! Entschlossen kehrte sie ins Haus zurück. Sie klopfte sich die dicken Schneeflocken vom Kleid und trat wieder in die Stube.

„Dan war auch bei mir", begann sie. „Er hat mich beschimpft. Zuvor hat er beobachtet, wie Jason bei mir im Laden stand und wir uns unterhalten haben. Und ja, Dad, Jason hat meine Hand gehalten. Aber wir waren allein. Dan hat uns bespitzelt. Später schlich er sich ins Haus und hat mich erschreckt. Dann erzählte er etwas davon, dass ich seine Frau werden würde. Und ich solle mich nicht so … so … schlecht benehmen. Ich wäre verratscht und wie eine Englische. Ich habe gesagt, dass ich nicht seine Frau werde, weil er mich nicht wollte. Und er soll bitte gehen. Das hat er dann auch gemacht. Dad, Mom! Er war irre! Ihr hättet ihn dabei sehen sollen. Ich hatte wirklich Angst, dass er mich angreift."

„Tochter! Es ist nicht angemessen, dass du über Dan irgendwelche Dinge erzählst, nur weil dir meine Entscheidung nicht passt. Es stimmt. Ich habe meine Meinung geändert. Das kommt vor. Aber es ist nicht an dir, das in Frage zu stellen."

„Dad, ich dachte wirklich, die Sache mit Dan wäre erledigt. Warum glaubst du mir nicht? Warum kannst du dir nicht vorstellen, dass mit Dan etwas nicht stimmt? Nur weil er so raffiniert war, sich dir und dem Bischof gegenüber als Ehrenmann zu geben?"

Rosie hatte ihre Tränen bis jetzt zurückhalten können. Doch nun flossen sie über ihre Wangen und wieder konnte sie nicht weitersprechen.

„Die Hochzeit wird bald stattfinden…"

„Nein, Dad!" Rosie nahm all ihre Kraft zusammen. „Wann hättest du mir das gesagt, wenn wir nicht zufällig dieses Thema angeschnitten hätten? Und warum willst du mich an diesen furchtbaren Dan binden? Und wieso jetzt so schnell? Hast du Angst davor, dass da niemand sein wird, der sich um dich kümmert, wenn du es selber nicht mehr kannst? Du weißt genau, dass ich dich nicht im Stich lassen würde. Ich und Jason. Aber ich weiß auch, dass das nicht so sicher ist, wenn Dan hier der Herr sein wird. Nein, Dad. Ich heirate Dan nicht. Du kannst dafür sorgen, dass die Gemeinschaft einen Bann über mich verhängt, wo ich mich doch angeblich so unzüchtig verhalten habe, aber dann wird niemand mehr in meinem Laden einkaufen. Und das ist die Einnahmequelle unserer Familie."

Rosie erkannte sich selber nicht wieder. Was sie sagte war so ungeheuerlich, dass nicht einmal ihr Vater die Worte fand, um sie zu unterbrechen. Nun war sie leer. Ausgelaugt. Und schrecklich müde.

Eine kurze Pause entstand. Dann erhob ihr Vater wieder das Wort.

„Du willst mir drohen? Du bist ungehorsam und ungezogen. Du benimmst dich schlecht. Vor Zeugen, jedenfalls vor einem Zeugen! Du hältst mir meine Gebrechlichkeit vor! Was bist du für eine Tochter!" John hatte nicht laut gesprochen. Nicht einmal mit spürbarer Erregung. Fast erschien es den Frauen, als schwänge Trauer mit in seiner Rede. Nun stand er auf, setzte seinen Hut auf, zog seine Winterjoppe an und verließ schleppenden Schrittes das Haus.

Fast eine Minute stand Rosie am gleichen Fleck, währenddessen ihre Mutter ihr Flickzeug auf den Schoss gelegt hatte und ebenfalls stumm verharrte. Dann wandte sie sich an ihre Tochter.

„Was nur macht dich so ungezogen? Ist es diese Bridget? Es fällt uns auf, dass du schon so sprichst wie die Englischen. Und nun dieser offene Ungehorsam und die bösen Worte gegen deinen Vater. Ja, er hat nicht gehalten, was er dir gegenüber gesagt hatte. Aber wir sind eine Familie. Und er hat recht. Mit Dan käme ein Mann ins Haus, der all das fortführen könnte, was unsere Familie begonnen hat. Wenn du Jason heiratest, dann würdest du von hier weggehen. Also, ist es doch ganz einfach. Liebe ist etwas, was vergeht. Gerade die Liebe zwischen zwei jungen Menschen. Aber sich aufeinander verlassen zu können, seinen Ehemann und seine Eltern zu ehren, das ist etwas, was bleibt. Ich bin furchtbar enttäuscht von dir, dass du dich so weit von den Idealen unserer Gemeinschaft entfernt hast."

„Aber du warst doch immer auf meiner Seite, Mom! Warum bist du es jetzt nicht mehr?"

„Dein Vater hat mich überzeugt. Der Mann ist das Haupt der Frau. Das weißt du. Also werde ich tun, was er erwartet und für das Beste hält."

Rosie konnte nicht fassen, dass nun alles wieder von vorne beginnen würde.

„Hat der Bischof dich dazu gebracht, einer Meinung mit Dad zu sein?" Rosie wusste in dem Moment, da sie es ausgesprochen hatte, wie anmaßend es in den Ohren ihrer Mutter klingen musste.

„Du bist frech und respektlos. Das ist es, was deinem Vater aufgefallen ist und was ihn kränkt. Du bist noch sehr jung, Rosie. Und die Arbeit im Laden und in der Backstube hat dich sehr selbstbewusst gemacht. Aber es ist mehr. Du bist stolz geworden. Stolz ist keine gute Eigenschaft. Du bist so stolz, dass du deinem Vater vorhältst, dass die Einnahmen aus deinem Laden verlorengingen, wenn du gebannt würdest. Ehrlich, Rosie. Da fehlen mir die Worte, um zu beschreiben, wie … wie …", Elizabeth suchte nach dem richtigen Ausdruck. „… frech und gotteslästerlich das ist", sagte sie schließlich.

Rosie nickte. „Ja, Mom. Das ist es. Das sehe ich ein. Ich respektiere meine Eltern. Dich und Dad. Mehr, als du dir vorstellen kannst. Aber ich kann nicht glauben, dass ihr mich an Dan verschachern wollt zu eurer eigenen Sicherheit. Das kann ich nicht glauben. Und das kann auch nicht im Sinne des Herrn sein."

„Du wagst es, zu beurteilen, was im Sinne des Herrn ist? Was ist nur aus dir geworden?" Elizabeth schüttelte den Kopf. Sie erschien ruhig und ausgeglichen, doch in ihrem Inneren tobte es. Nein, Dan war nicht der Hausgenosse, den sie sich gewünscht hätte. Er war auch nicht der Ehemann, den sie sich für ihre Tochter ausgesucht hätte. Aber es ging nicht um sie und ihren Willen. Das Wichtigste war, was für die Familie und letztendlich für die Gemeinschaft am besten war. Und das war jemand, der als Rosies Ehemann in die Familie aufgenommen werden würde, sich um deren Mitglieder so kümmern würde, dass niemand die Unterstützung der Gemeinschaft annehmen müsste. So sollte es sein. Und das hatte der Bischof und ihr Ehemann ihr klargemacht. Ebenso, dass Dans böse Worte an jenem Abend falsch waren und ebenso, dass es nicht richtig von John war, Rosie die Zusicherung zu geben, Dan nicht heiraten zu müssen.

„Rosie, du wirst dich fügen müssen. Deine Worte haben deinen Vater sehr weh getan. Und ich fürchte, er ist auf dem Weg zum Bischof, um genau das zu tun, wofür du ihn erpressen wolltest. Er wird mit ihm über deinen Ungehorsam sprechen. Was dann kommt, hast du dir selber zuzuschreiben."

Rosie stand wie zur Salzsäule erstarrt.

„Ich kann es nicht glauben! Ich kann nicht glauben, dass ich dazu gezwungen werden soll, diesen schrecklichen Mann zu heiraten." Rosie schüttelte vollkommen konsterniert den Kopf. Dann wandte sie sich um und hielt auf die Treppe zu. Bevor sie aus dem Blickfeld ihrer Mutter verschwand, sagte sie noch einmal: „Ich kann es nicht glauben, Mom."

Kapitel 8

Der restliche Tag war ein Albtraum. Aus verschiedenen Gründen. Für Rosie schien es, als hätte sich die Hölle aufgetan.

Nachdem sie auf ihr Zimmer gegangen war, sich auf das Bett gelegt und bittere Tränen vergossen hatte, war sie vor Erschöpfung eingeschlafen. Ihr Zimmer ging hinaus zur Straße und so erwachte sie von Lärm, der von unten zu ihr heraufdrang. Die Dunkelheit hatte sich inzwischen auf House-at-the-Water gesenkt, doch der Schnee und einige Handlampen erhellten den Abend. Rosie warf einen Blick auf ihren Wecker, konnte ihn nicht ablesen und zündete deshalb die kleine Lampe an, die an ihrem Bett stand. Es war erst sechs Uhr am frühen Abend. Aber irgendetwas Aufregendes schien passiert zu sein. Sie eilte hinunter in die Stube. Dort hatte ihre Mutter den Tisch abgeräumt. Rosie dachte bei sich, dass sie wohl kaum fertig sein konnte mit der vielen Flickarbeit. Andererseits war es zum Abendessen noch zu früh.

„Was ist passiert?", fragte Rosie.

Sie fuhr überrascht herum, als ihr Vater hinter ihr aus dem Treppenhaus kam, wo er aus dem Keller Lampenöl geholt hatte.

„Es gab einen Unfall im Wald. Was genau passiert ist, wissen wir noch nicht. Auf jeden Fall ist ein Baum in die falsche Richtung gefallen und hat einige Männer unter sich begraben. Die Männer fahren hinaus, um zu helfen."

Er hielt sich nicht mit langen Erklärungen auf, sondern schlurfte mühsam hinüber zum Vorderausgang, der näher an der Straße lag. Er würde sich dadurch einen Marsch durch den tiefen Schnee im Garten ersparen.

„Wer ist es?" In dem Moment, da sie es aussprach, fiel ihr ein, dass auch Jason heute wieder zusammen mit Mitgliedern seiner Familie im Wald beschäftigt war.

Ihr Vater sah sie mit undurchdringlicher Miene an. „Die Burkholders."

„Ich möchte mitgehen!" Rosie hatte schon den Umhang vom Haken geholt und war dabei, in ihre dicken Winterstiefel zu steigen.

„Auf keinen Fall! Reicht es dir noch nicht, Tochter!"

Mit dieser Bemerkung verließ John Byler das Haus.

„Hat man den Rettungsdienst gerufen?", fragte Rosie, sich tapfer zusammennehmend.

„Natürlich! Wir holen sofort den Rettungsdienst, wenn wir nicht genau wissen, was eigentlich passiert ist." Diese sarkastische Antwort ihrer Mutter ließ Rosie herumfahren.

„Warum sagst du das, Mom?"

„Du weißt sehr genau, dass wir genau das nicht tun. Erst, wenn klar ist, dass wirklich Hilfe von außen gebraucht wird, wird diese angefordert. Dein Denken ist *englisches* Denken!"

Nein, ihr Denken war das Denken einer Frau, deren große Liebe womöglich schwer verletzt unter einem Baum begraben war.

„Ich gehe hinüber in die Backstube. Wenn du erlaubst, werde ich Verpflegung für die Männer vorbereiten."

„Tu das."

Es war genau das, wozu sie als Frau in diesem Augenblick zu tun verpflichtet war.

Sie hatte kaum die Brotaufstriche aus dem Kühlschrank geholt, als Bridget durch die Hintertür in die Backstube gestapft kam. Sie hatte die *Großdaddyhaus*-Türe benutzt, um nicht Rosies Eltern in die Hände zu fallen, denn Judy Finch hatte ihr einige sehr unerfreuliche Details über einen gewissen Skandal zugeflüstert.

„Wie geht es dir?", fragte sie, noch während sie den schweren Umhang und die Kappe ablegte.

Rosie sah auf.

„Wie soll es mir gehen?"

„Das war der Ärger, über den du mir nichts sagen wolltest, nicht wahr? Dieser Dan und die Sache mit der Hochzeit."

Bridget sagte es leichthin, da ihr die Tiefe der Zerrissenheit, in der sich Rosie gerade befand, nicht bewusst war.

„Woher weißt du davon?", fragte Rosie mit wenig Interesse. Zu sehr war sie in ihren eigenen Gedanken gefangen.

„Miss Finch hat mir ein paar Dinge erklärt. Die Männer haben sich in der Kutschenfabrik versammelt und haben eine der Lastenkutschen beladen, mit denen sie in den Wald zu diesem Unfall gefahren sind."

Rosie war klar, dass die paar Dinge, die ihr Miss Finch erklärt hatte, mit ihr zu tun hatten. Mit ihr und Jason und Dan.

„Lass mich raten: Der Bischof war auch dabei und auch die Millers."

„Miss Finch sagte, dass sie da waren und sich über dich unterhalten haben. Über dich und Jason. Vor allem Dan hat einige sehr ... sagen wir: farbige ... Beschreibungen geliefert. Sagt Miss Finch."

„Dann weißt du auch, dass ich kurz vor dem Bann stehe, nicht wahr?" Ein seltsam gleichgültiges Gefühl machte sich in Rosie breit. Ein Bann würde bedeuten, dass sie endlich ausschlafen konnte. Niemand würde etwas von ihr erwarten, weil auch niemand mit ihr sprechen würde. Sie würde ihre Mahlzeiten alleine einnehmen und so lange von allen wie Luft behandelt werden, bis sie öffentlich Abbitte leistete wegen des Ungehorsams gegen ihre Eltern. Und wer weiß, wogegen noch. Es war ihr egal. In diesem Moment war es ihr egal. Jason war wichtig. Dass er lebte war wichtig. Nur das!

Bridget hatte sehr wohl bemerkt, dass Rosie in sich gekehrt war. Sie hatte das Messer in die Erdnussbutter getaucht, es aber nicht mehr herausgezogen. Stattdessen richtete sich ihr Blick nach innen. So, als ob sie in ihrem eigenen Kokon gefangen war.

Bridget zog die Zutaten zu sich heran und begann ihrerseits Sandwiches zu schmieren und zu belegen. Sie erahnte, dass es sich um Verpflegung für die Männer auf der Rettungsmission handelte und packte jedes der Sandwiches in Butterbrotpapier.

Auch Rosie hatte schließlich weitergearbeitet, jedoch in unendlicher Langsamkeit. So standen sie schweigend am Tisch und stellten Stullen her.

Elizabeth betrat nach einiger Zeit die Backstube.

„Braucht ihr Hilfe?", erkundigte sie sich in ruhigem Ton.

„Es kommt darauf an, wie viele Leute verpflegt werden müssen", antwortete Rosie gelassen.

Obwohl ihr Kopf schmerzte vor Anspannung darüber, was wohl mit Jason sein mochte, versuchte sie, sich dies äußerlich nicht anmerken zu lassen.

„Wir verarbeiten alle Brötchen, die noch da sind", bestimmte Elizabeth nun und griff zu einem Messer, die sich in einem Behälter auf dem riesigen Tisch befanden.

Allzu viel hatten sie nicht mehr zu tun, deshalb holte Rosie einen der großen Körbe, in denen sie im Laden die Ware ausstellte. Sie fing an, die Sandwiches hineinzupacken.

Es interessierte Rosie brennend, wer wohl das Essen und den Tee, den ihre Mutter in der Zwischenzeit in ihrer eigenen Küche vorbereitet hatte, an den Unglücksort hinausfahren würde. Aber sie unterließ es zu fragen. Ihre Mutter würde nur wieder eine Bemerkung machen, dass sie Jason vergessen müsse.

Auf einem Regal hatte sie eine ganze Palette Thermoskannen stehen, die sie nun herunterholte und auf den Tisch stellte.

„Ich werde den Tee abfüllten. Bridget, vielleicht kannst du mir eine der Bäckerkisten holen, wo ich die Brötchen immer abkühlen lasse. Da stellen wir die Thermoskannen hinein. Und bringe noch eine Packung mit den Einweg-Kaffeebechern. Die liegen in einer Schachtel im untersten Fach im Lagerregal."

Es war ihr selber ein Rätsel, wie sie derart ruhig und gelassen sprechen konnte, obwohl ihr Herz in Flammen stand.

„Ich stelle dann alles auf deinen Küchentisch, damit jemand es abholen kann."

Eigentlich wollte sie diesen Satz nicht sagen, aber er entwischte ihr, bevor sie darüber nachdenken konnte. Dafür machte sie sich rasch mit ihren Thermoskannen aus dem Staub, um nur ja keine Entgegnung ihrer Mutter zuzulassen. Womöglich hätte es nur wieder in einer Zurechtweisung geendet.

Elizabeth jedoch war ihr gefolgt. Statt der befürchteten Antwort sagte sie nur: „Bridget und du könnt die Sachen zur Kutschenfabrik bringen. Einer der Stolzfus-Jungen wird an der Unfallstelle nach dem Rechten sehen und Bericht erstatten, wie es dort aussieht. Er wird die Sachen mit hinausnehmen."

Rosie nickte und war heilfroh, der düsteren Stimmung hier entkommen zu können. Wenn auch nur für kurze Zeit. Sie rief nach Bridget.

„Ich hab's gehört. Komme schon!", gab die zur Antwort und stand unverzüglich in Umhang und Kappe in der Stube. „Schaffen wir das zusammen? Die Kiste mit den Teekannen ist ziemlich schwer."

„Die nehmen wir zusammen. Und ich trage den Korb mit den Sandwiches."

Rosie klemmte den Korb in ihre Hüfte und griff nach einem Griff an der schweren Kiste. Bridget nahm den anderen und sie hoben sie vom Tisch herunter.

„Denkst du, das geht?", zweifelte Bridget stirnrunzelnd und wunderte sich darüber, dass Elizabeth ihre Hilfe nicht angeboten hatte. Doch die hatte sich angelegentlich ihrer Arbeit in der Küche zugewandt.

„Klar, muss! Jetzt komm!", forderte Rosie, die wusste, dass ihre Mutter nicht einspringen würde, Bridget auf.

Sie stapften tapfer über die verschneite Straße in Richtung der Kutschenfabrik. Mehrmals musste Rosie den Korb umlagern und bis sie ankamen, hatte die Kiste, die sie jeweils auf den Boden stellen mussten, einen dicken Schneefuß bekommen.

Miss Finch, die sie durch das Bürofenster kommen hatte sehen, hielt ihnen die Tür auf und nahm Bridget den Korb ab. Sie hatte ihn das letzte Stück getragen. Die beiden jungen Frauen säuberten die Kiste vom Schnee. Dann traten sie ein und freuten sich nach dem feuchtkalten Schneetreiben draußen über die Wärme in dem kleinen Raum.

„Gibt es schon Neuigkeiten, Judy?", fragte Bridget, was ihr angesichts der vertraulichen Anrede einen verwunderten Blick von Rosie einbrachte.

„Willi ist mit dem Pferd hinübergeritten. Mehr weiß ich nicht. Er wird sicher bald zurückkommen." Miss Finch zuckte mit den Schultern und bedachte Rosie mit einem mitleidigen Blick. „Ich warte hier, falls Anrufe zu erledigen sind."

„Du meinst, bisher wurde noch kein Rettungsdienst geholt?" Bridget konnte nicht fassen, wie viel Zeit bei einem derartigen Unglück vergeudet wurde. In der Stadt wäre in jedem Fall die Ambulanz geholt worden, auch wenn die Rettungskräfte letztendlich unverrichteter Dinge wieder abfahren würden, wenn ihre Hilfe nicht Not tat.

„Oh Bridget! Das geht hier nicht so schnell. Wenn ein Amisch zu einem Unfall kommt, in den ein Englischer verwickelt ist, dann holen sie schon den Rettungsdienst. Aber wenn nur ihresgleichen betroffen sind, dann funktioniert das so nicht", erklärte Miss Finch. Und mit einem Seitenblick auf Rosie, die sich wie ein Häufchen Elend auf einem der Schreibtischstühle niedergelassen hatte, sagte sie mitfühlend: „Tut mir leid, Rosie. Aber wir werden bald Bescheid hören."

Kaum hatte sie es ausgesprochen, hörten sie das Schnauben eines Pferdes im Hof. Wenige Sekunden später stand der kleine Stolzfus-Junge im Büro. Willi war gerade zwölf Jahre alt, aber ein exzellenter Reiter.

Rosie hielt es vor Anspannung nicht auf dem Stuhl. Sie sprang auf und erwartete seinen Bericht.

„Sie sollen die Rettung holen, Miss Finch. Mr. Burkholder und Jason wurden vom Baum getroffen. Sie sagen, dass er in die falsche Richtung fiel. Mr. Burkholder ist schon frei, aber er hat sich wohl den Arm oder so was gebrochen. Jason liegt direkt unter dem Stamm..." Der Bursche brach ab, weil Rosie beide Hände vor das Gesicht schlug und bitterlich weinte. „Was ist denn los mit dir, Rosie?"

Miss Finch lenkte seine Aufmerksamkeit auf sich.

„Ist Jason noch …, also, ich meine, wie geht es ihm?"

„Die Männer versuchen, ihn freizuschneiden. Aber der Stamm hat sich verkeilt. Und sie müssen vorsichtig sein, weil es Jason gar nicht gut geht. Er hat sich vielleicht auch was gebrochen."

Bridget wunderte sich, wie ausführlich der junge Kerl Auskunft geben konnte.

Miss Finch hielt sich nicht mehr lange auf und hatte bereits die Nummer des Rettungsdienstes gewählt. Wer wusste schon, ob sie überhaupt bis zum Wald durchkommen würden. Judy Finch konnte sich lebhaft vorstellen, wie es Rosie mit dieser schrecklichen Nachricht gehen musste – zumal sie am Nachmittag Zeuge des Geredes um sie und Jason und Dan geworden war.

Ein paar Augenblicke sprach sie in das Telefon, dann wandte sie sich wieder Willi zu.

„Gibt es noch mehr Verletzte?"

„Mick hat der Baum auch noch erwischt. Ihm ist schwindelig, sagt er."

Also waren sowohl Vater Burkholder, als auch die beiden Söhne verletzt worden.

Miss Finch gab die Information weiter und beendete das Gespräch dann rasch.

„Ich vermute, dass die Männer noch länger draußen sein werden?"

„Nein, Dad hat gesagt, sie kommen zurück, sobald die Rettung da war."

Gut, das bedeutete, dass sie den Imbiss hier einnehmen würden.

„Willi, was haben die Leute gesagt, könnte Jason fehlen?", fragte Rosie nun den Jungen direkt.

„Sie haben gar nichts gesagt. Aber dein Dad meinte, dass er vielleicht nicht überleben würde."

Damit stürzte Willi Rosie in noch schrecklichere Angst, als sie ohnehin schon die ganze Zeit empfunden hatte.

„Bridget, ich glaube, wir müssen wieder nach Hause gehen. Wenn ich Glück habe, wird Dad mir erzählen, was passiert ist", sagte sie resignierend.

Sie war so hilflos.

Sie konnte nichts tun.

Gar nichts.

Bridget folgte ihr hinaus in den Schneesturm.

Während Bridget sich den schweren Winterumhang eng um den Leib wickelte und mit der anderen Hand die Kopfbedeckung festhielt, die in Gefahr stand, ihr vom Kopfe gezogen zu werden, spürte Rosie die schneidende Kälte nicht. Ihr Umhang wehte im Wind wie die Fahne an Smuckers Restaurant, ihr Gesicht war nass von den dicken Schneeflocken, die in ihrem erhitzten Gesicht zu Wasser wurden und in Rinnsalen ihre Kleidung rund um den Hals befeuchteten. Als sie durch die Ladentüre das Haus betreten hatten, sah Bridget, dass Rosies Kleid an der Vorderseite klatschnass war.

„Komm, du musst dich umziehen und an den Ofen setzen." Bridget berührte Rosie leicht am Arm, doch die reagierte nicht. Sie hängte ihren Umhang an den Haken neben der Backstube und die schwarze Kopfbedeckung dazu.

„Rosie!" Bridget wurde lauter und tatsächlich hob Rosie den Kopf.

Zu Bridgets Überraschung begann Rosie zu reden.

„Ich kann Dan nicht heiraten!" Ihr Gesicht nahm einen unendlich gequälten Ausdruck an. „Ich halte seine Gegenwart nicht aus..." Sie hielt inne. Bridget spürte deutlich, dass Rosie noch nicht alles gesagt hatte, was in ihr gärte. Sie wartete geduldig ab.

„Ich kann nicht das Bett mit ihm teilen!" Jetzt war es gesagt, und kaum hatte Rosie es ausgesprochen, wurde ihr Gesicht weiß wie das Mehl, das in einem Behälter auf dem Tisch stand. Sie schlug sich die Hand vor dem Mund und begann zu würgen.

Bridget zog sie zur Hinterausgangstür, da es zum Badezimmer zu weit war und hielt sie fest, als Rosie sich in den schneebedeckten Busch gegenüber dem Haus übergab. Der tosende Sturm schnitt in ihre Gesichter und Bridget, die ihren Mantel noch nicht abgelegt hatte, nahm ihn sich von den Schultern und legte ihn Rosie um. Dann holte sie sich rasch Rosies Überwurf. Voller Anteilnahme umfing sie ihre Freundin mit den Armen und wartete ab, bis die sich wieder erholt hatte. Immer noch stand Rosie gebeugt über der Abgrenzung der kleinen Veranda und würgte ihren Lunch heraus. Dann, nach einer halben Ewigkeit, richtete sie sich auf, drehte sich um und barg ihr Gesicht an Bridgets Schulter. Die führte sie ins Haus zurück und sogleich hinauf in Rosies Zimmer. Wie Bridget ganz richtig annahm, würde Rosie in diesem Moment niemanden begegnen wollen.

Einige Zeit später, als Bridget Rosie beim Saubermachen und Umziehen geholfen hatte, saßen die beiden jungen Frauen auf der Bettkante und unterhielten sich. Den gequilteten Bettüberwurf um sich gewickelt, versuchten sie der Kälte im ungeheizten Raum zu trotzen.

„Warum ist das so? Dass eure Eltern euch die Partner aussuchen?" Bridget konnte es nicht fassen, dass amische Eltern so herzlos sein konnten.

„Es war immer schon so. Meistens fragen die Väter ihre Töchter, ob sie Absichten hegen. Und normalerweise lernt man sich beim Singen kennen und die Töchter haben jemanden im Auge, den sie mögen. Also ganz so schlimm, wie du jetzt denkst ist die Sache nicht." Rosie trank einen Schluck vom Tee, den Bridget ihr aus dem Laden gebracht hatte.

„Aber warum ist es dann bei dir so schlimm? Du und Jason seid euch doch auch einig?"

Rosie verdrängte die nagende Sorge um Jason und versuchte, konzentriert zu antworten.

„Jason muss den Hof seines Vaters übernehmen und sich um seine Schwester und die Eltern kümmern. Und ich muss die

Gärtnerei und den Laden versorgen und mich um meine Eltern kümmern. Das geht nicht zusammen. Denkt mein Vater, " seufzte Rosie.

Der plötzliche Ausbruch hatte sie zur Besinnung gebracht und sie war wieder Herr über sich selber.

„Du und Jason denkt anders darüber?"

„Es wäre möglich gewesen. Irgendwie wäre es möglich gewesen. Aber Daniel Miller und meinem Vater hat die Idee besser gefallen, die beiden Anwesen zusammenzulegen. Sie stoßen ja am Ende unseres Grundstückes zusammen. Jasons Familie wohnt zwei Meilen weit die Straße runter. Das ist zu weit, um beide Anwesen zu bewirtschaften." Rosie wunderte sich selber, wie nüchtern sie die Dinge erklären konnte.

„Ich bin so müde. Bridget, ich möchte ein wenig schlafen."

„Ich werde runtergehen und die Ohren offenhalten, ob ich etwas über das Unglück erfahre", bot Bridget an.

„Danke!" Rosie legte sich in ihr Bett und deckte sich zu, da sie plötzlich zu frösteln begann. Nicht allein die Kälte im Raum war daran schuld.

Bridget sah in der Backstube nach dem Rechten und ging dann hinüber zu Elizabeth, die gerade in der Küche werkelte. Inzwischen war es Zeit zum Abendessen.

„Kann ich Ihnen helfen, Mrs. Byler?", fragte Bridget gewohnt höflich.

„Du kannst das Brot hier aufschneiden." Elizabeth reichte Bridget das große Brotmesser mit den Sägezähnen und die Platte mit dem Bauernbrot, das Rosie am Morgen gebacken hatte.

Nun standen sie nebeneinander im Küchenbereich. Bridget räusperte sich.

„Mrs. Byler. Darf ich sie etwas fragen? Ich verstehe nicht, was hier gerade vorgeht? Rosie sagt mir nichts, ich sehe aber, dass gerade etwas nicht gut läuft."

Bridget-Mallory war keine Amisch. Eine kleine Flunkerei erlaubte sie sich deshalb.

„Es geht darum, dass Rosie bald heiraten wird. Und das macht sie nervös", antwortete Elizabeth.

„Aber das ist doch eigentlich ein Grund zur Freude, oder nicht?", hakte Bridget in aller Unschuld nach.

„Nun, sie ist nicht ganz von der Wahl überzeugt, die ihr Vater für sie getroffen hat."

„Wieso wählt Rosie nicht selber?"

„Weil wir das hier anders machen."

„Wie war das bei Ihnen?" Bridget war nicht ungeschickt in solchen Dingen.

Elizabeth sah sie überrascht an, aber Bridgets Gesicht spiegelte absolut harmloses Interesse.

„Als die Zeit gekommen war, hat mein Dad herausgefunden, dass es John gab, der mich vom Singen mehrmals heimgefahren hat. Dann trafen sich unsere Familien und dann wurde die Hochzeit verkündet."

„Und Rosie mag Jason plötzlich nicht mehr? Ich dachte, sie wären … sich … nun … irgendwie sympathisch." Bridget konnte kaum fassen, wie gut es lief und stellte sich enorm dumm.

Elizabeth schaute sie erneut an. Mit einem Blick, der Bridgets Absichten zu durchleuchten schien. Aber die sah derart harmlos aus der Wäsche, dass Elizabeth immer noch keinen Verdacht schöpfte.

„Es ist nicht Jason. – Aber nun sieh zu, dass du den Tisch deckst."

„Ist das denn hier üblich, mit mehreren Jungs etwas anzufangen?" Bridget ging jetzt reichlich forsch an die Sache heran.

Nun war Elizabeth irritiert.

„Wieso?"

„Na, wenn es nicht Jason ist, dann muss da doch noch ein anderer sein, den sie … nun … in Betracht zieht."

Elizabeth ließ eine Tasse klirrend in das Spülbecken fallen.

Dann sah sie Bridget offen an. Mit wütender Miene.

„Ich fürchte, das Gespräch ist beendet, Bridget."

„Es tut mir leid, wenn ich etwas gesagt…"

„Lass es, Bridget!"

Die hatte allerdings keinen Grund, sich an Elizabeths Autorität zu stören, weshalb sie nach einer kurzen Pause wieder zu sprechen begann.

„Hat man von den Verunglückten schon etwas gehört?"

Elizabeth scheuerte gerade eines der riesigen Einkochgläser, in dem die leckeren Kirschen in ihrem Saft darauf gewartet hatten, zu verschiedenen Mehlspeisen serviert zu werden. Seit drei Tagen gab es die Kirschen zu den Mahlzeiten als Beilage zu Pfannkuchen, einem leckeren Nussstrudel und einer köstlichen Mehlspeise, die Bridget noch nie gegessen hatte. Es war wohl ein Nudelteig, der in kleine Streifen geschnitten zuerst auf der Pfanne gebraten, dann in Milch im Backrohr gebacken wurde. Nun war das Glas leer und es würde in den nächsten Tagen wohl ein anderes Obst geben. John erhielt von diesen Leckereien nur winzige Portionen, stattdessen viel Gemüse und Steaks. Bridget vermutete, dass ihm das ohnehin lieber war.

Inzwischen hatte Elizabeth ihre verkappte Wut an dem dickwandigen Glas abgearbeitet. Sie hatte es abgetrocknet und zur Seite gestellt, um es später wieder in den Keller zu bringen.

„Mrs. Stolzfus war zuvor da und hat den Korb zurückgebracht. Die Männer sind bereits in der Kutschenfabrik und sitzen beim Essen. Außerdem vereinbaren sie, wer den Burkholders in der nächsten Zeit aushelfen wird…" Sie ließ den Satz in der Luft hängen und Bridget wartete ab.

Tatsächlich schlug Elizabeth mit der flachen Hand auf die inzwischen sauber gereinigte Arbeitsfläche zwischen Spülbecken und Ofen. Sie sah Bridget an.

„Jason lebt. Aber er ist schwer verletzt. Und Rosie wird Dan heiraten."

Bridget zuckte mit den Schultern.

„Ich verstehe nicht, warum Sie Rosie so einem … einem …",

Bridget hatte viele Bezeichnungen für Dan im Kopf, entschied sich dann aber, den Satz anders zu vollenden. „… Menschen anvertrauen wollen."

„Warum fragst du mich aus, wenn dir Rosie alles erzählt hat?" Elizabeth klang nicht wütend. Es war die entwaffnend ehrliche Art, mit der die Amisch hier miteinander umgingen. „Du hättest mich nicht anlügen müssen."

„Ich habe nicht gelogen. Allenfalls die Wahrheit ein wenig verdreht." Bridget war nun ebenso offen.

„Das ist es, was ihr Englischen wirklich gut könnt. Aber Rosie wird dir auch erzählt haben, dass es manchmal Notwendigkeiten gibt, die man nicht umgehen kann."

„Die Notwendigkeit, dass Rosie neben so einem Mann unglücklich wird? Sie … sie …", wieder suchte Bridget nach den richtigen Worten, sprach dann aber Klartext. „Sie ekelt sich vor ihm. Allein der Gedanke an Dan und sie im gleichen Bett … äh … und so weiter …", Bridget hatte Amisch noch nie von Sex reden hören, deshalb wählte sie die umständliche Variante. „Sie hat sich gerade übergeben. Warum muss sie sich so quälen?" Elizabeth seufzte.

„Wenn uns Rosie im Alter nicht versorgen kann, dann muss es die Gemeinschaft tun. Also ist sie praktisch verpflichtet, ihr Leben so zu führen, dass … nun … dass es passt."

„Passt für wen? Rosie hält Dan nicht aus…"

Elizabeth unterbrach sie unwirsch. „Sie wird es lernen. Und es geht dich nichts an!"

In diesem Moment betrat John die Stube durch die Vordertür des Hauses. Willi folgte ihm. Der Bursche hatte die Kiste mit den leeren Kannen in der Hand und stellte sie unmittelbar neben dem Eingang ab, da seine Schuhe eine dicke Schneespur im Raum hinterlassen würden. Er verabschiedete sich rasch. John zog seine Winterjacke aus und hängte den Hut an den Haken. Mit großer Anstrengung entledigte er sich seiner Winterstiefel. Wohl hatte er nach wie vor Kraft in den Armen, aber das Gehen fiel im zusehends schwerer. Der Arzt hatte ihm die Hoffnung gemacht, dass es vielleicht in wärmeren Monaten besser gehen würde, aber John glaubte nicht daran. Er sah den Zeitpunkt bald kommen, da er auf andere starke Arme angewiesen sein würde. Und er fragte sich, was der Herr sich dabei wohl gedacht hatte.

„Bridget, würdest du Rosie zum Abendessen holen?" Elizabeth holte Besen und Schaufel aus der Ecke und kehrte die kleinen Schneeberge zusammen, um sie sogleich ins Freie zu befördern. Als sie die Tür öffnete pfiff ein eiskalter Wind herein und dicke Schneeflocken umtanzten ihr Gesicht. Rasch schloss sie die Tür wieder und kehrte zurück zur Anrichte, um das Essen aufzutragen. John war inzwischen zum Spülbecken gegangen, um sich zu waschen. Anschließend maß er seine Zuckerwerte und trug sie in einen Bogen Papier ein, bevor er sich an seinen Platz am Tisch setzte.

Bridget kam ohne Rosie zurück.

„Es ging ihr zuvor nicht gut. Sie ist eingeschlafen und ich wollte sie nicht wecken", erklärte sie.

„Nun gut, dann setz du dich an den Tisch, damit wir beten können." John sprach das Gebet, das – wie es Bridget erschien – ein wenig kürzer als sonst ausfiel, zumindest sprach er schneller. Und kaum, da er geendet hatte, tat er sich vom Fleisch und dem Gemüse auf, das Elizabeth ihm hingestellt hatte.

Mrs. und Mr. Byler unterhielten sich über Johns Zuckerwerte und darüber, dass er heute wohl etwas vom Pfannkuchen und den Kirschen abbekommen würde. Ansonsten verlief das Abendessen schweigend und obwohl Bridget hungrig war, mochten die sicherlich leckeren Speisen ihr heute nicht so recht schmecken.

Kapitel 9

Bridget hatte gelauscht. Unabsichtlich. Natürlich!

Als sie und Elizabeth mit Spülen fertig waren, hatte sie sich entschuldigt und war in die Backstube hinübergegangen. Dort bereitete sie für Rosie einen Tee und ein Sandwich zu und legte beides auf ein Tablett. Dann war ihr eingefallen, dass sie die Teekannen noch mit herübernehmen hätte sollen. Als sie auf dem Weg hinüber war und gerade den Flur passierte, hörte sie Jasons Namen. Sie blieb stehen.

Da innerhalb des Hauses den ganzen Abend bereits Englisch gesprochen worden war, unterhielten sich Elizabeth und John jetzt auch in dieser Sprache. Glücklicherweise, denn auf diese Weise konnte Bridget dem Gespräch folgen.

„Keiner weiß, wie es mit Jason weitergehen wird. Er war stabil, als sie ihn abgeholt haben, aber er hat seine Beine nicht gespürt", erzählte John gerade.

„Wie schrecklich! Und Phil, wie geht es ihm?"

„Er hat einige Knochenbrüche. Rippen und wohl ein Bein. Diese englischen Ärzte wissen immer erst etwas Genaues, wenn sie die Leute in ihre Maschinen gesteckt haben." Johns Stimme klang gereizt.

Ein Stuhl scharrte über den Holzboden. Bridget wich zurück und wappnete sich, so auszusehen, als wäre sie gerade auf den Weg in die Stube, falls jemand in ihre Richtung kommen sollte.

„Nun wird auch Rosie einsehen, dass Dan die bessere Wahl ist. Es ist eine Fügung…"

„Nein, John. Wage nicht, so zu denken!" Zu Bridgets immenser Überraschung hatte Elizabeth die Stimme erhoben, als sie John unterbrach.

„Wie kommst du dazu…?" Auch John sprach nun in bestimmteren Ton, doch wieder kam ihm Elizabeth zuvor.

„John! Möchtest du wirklich von Dan Miller abhängig sein, wenn du alt bist und Hilfe brauchst? Ich hatte die Hoffnung, dass Dan wieder einen Rückzieher machen würde, aber diesmal wird er es nicht tun. Daniel hat wohl ein Machtwort gesprochen. So wie du mit Rosie!"

„Dan wird für uns sorgen. So wie Rosie. Und wie es die anderen jungen Leute unserer Gemeinschaft mit ihren Eltern machen."

Bridget hätte hundert Argumente gegen diese Sichtweise vorbringen können, nahm aber beinahe schon wütend zur Kenntnis, dass Elizabeth schwieg. Das Gespräch war beendet. John hatte sich wohl mit seiner Bibel an den Tisch gesetzt und Elizabeth handarbeitete im Schaukelstuhl. So wie sie es jeden Abend taten.

Bridget nahm ihren Weg wieder auf und ging hinüber, um die Teekannen zu holen.

Rosie war wach. Sie saß in ihrem eiskalten Zimmer auf der Bettkante und hatte gerade eben ihr Nachthemd übergestreift. Es war ein langes weißes Kleid mit langen Ärmeln, aus einem dicken Baumwollstoff genäht. Bridget fragte sich, ob sie das Gewand auch im Sommer trug. Dann konnte es hier im Raum brütend heiß werden. Aber nach all dem, was sie über ihre Gastgeber inzwischen herausgefunden hatte, würde sie das nicht davon abhalten, sich auch dann vermummt zu Bett zu legen.

„Jason ist am Leben. Und nach dem, was dein Vater gesagt hat, ist er stabil", begann Bridget, um Rosie aufzuheitern.

„Dem Herrn sei gedankt!" Rosie hatte ihr Gebet laut herausgerufen, nahm sich aber sofort zurück.

„Soll ich dein Haar kämmen?", schlug Bridget vor, da Rosie ihre *Kapp* bereits abgenommen hatte. Normalerweise setzte sie sie erst ab, wenn Bridget in ihr Zimmer gegangen war. So sah sie Rosies Haarpracht das erste Mal.

„Du hast wunderschöne Haare!", nahm Bridget erstaunt zur Kenntnis.

Rosie schüttelte ihre Haare und half mit der Hand nach, da sie den Knoten gerade erst gelöst hatte, der ihren Schopf tagsüber unter der Kapp verborgen hielt. Nun fielen die dicken, dunklen Strähnen bis hinunter zur Hüfte.

Erstaunlicherweise ließ Rosie Bridgets Vorschlag zu.

„Ja, warum nicht. Dort ist die Haarbürste."

Bridget kletterte hinter Rosie ins Bett und strich mit langsamen Strichen die Haare glatt.

„Wir berühren uns nicht allzu oft. Irgendwie wird das als nicht schicklich betrachtet", begann Rosie unvermittelt zu reden. „Als ich klein war, hat Mom meine Haare gekämmt. Aber man lernt schnell, wie man den Dutt feststecken muss, damit er den Tag über hält. Du weißt ja, wir haben keine Spiegel hier."

„Ja. Und ich habe auch andere seltsame Sachen kennengelernt. Aber nicht nur seltsame, auch gute. Ich weiß auch nicht. Am Anfang habe ich das Fernsehen vermisst, das Kino und die Klamotten. Aber inzwischen ist mir das egal. Es gibt so viel zu tun den ganzen Tag und am Abend weiß man, was man getan hat. Nur mit den Gottesdiensten komme ich nicht klar. Du glaubst tatsächlich, dass da jemand ist, oder etwas, nach dem Tod?" Einerseits interessierte Bridget das Thema, andererseits wollte sie Rosie ein wenig von ihrem Elend ablenken.

„Ich würde nirgends sonst leben wollen. Der Zusammenhalt hier und jeder weiß, worauf es ankommt. Und der Glaube an den Herrn. Das ist es, was mich im Moment aufrecht hält. Wenn da niemand mehr ist, dann habe ich immer noch den Herrn. Und wenn das Elend hier unten zu groß wird, dann habe ich die Verheißung, dass es im Paradies viel besser sein wird."

„Das ist der Grund, warum dein Vater seine Krankheit so gelassen nimmt?"

„Der Herr hat sie ihm geschickt. Es wird einen Grund haben."

Trotz der besten Absicht, Rosie abzulenken, kam Bridget nicht umhin zu fragen: „Und es gibt dir Trost, wenn du dein Leben mit einem Mann wie Dan verbringen musst."

„So ist es. Das Unglück in diesem Leben ist das Glück des nächsten Lebens."

Rosie konnte Bridgets skeptisches Gesicht nicht sehen. Und Bridget spürte, dass diese Sichtweise im Moment das Einzige war, was ihre Freundin derzeit nicht am Leben verzweifeln ließ.

Vorerst gab es täglich Neuigkeiten von Jason. Und diese Neuigkeiten bestanden darin, dass es nichts Neues gab. Er war stabil und würde überleben. Aber ob er jemals seine Beine wieder bewegen können würde, wusste niemand. Vor allem nicht die Ärzte. Die Männer hatten einen Hilfsdienst organisiert, damit auf der Burkholder-Farm alles in geregelten Bahnen lief.

Rosie vermisste Jason schrecklich. Sie durfte ihn nicht besuchen. Genauer gesagt: Sie fragte erst gar nicht, ob ihr Vater es ihr erlauben würde.

Andererseits sorgte die Arbeit im Laden für Abwechslung. Härter denn je steigerte sich Rosie in ihre täglichen Pflichten und Bridget konnte kaum Schritt halten mit ihrer Freundin.

Die Schneefräse hatte inzwischen auch zu House-at-the-Water gefunden und die Wege und Straßen von der weißen Pracht befreit. Damit kamen auch wieder Kunden für die Läden im Ort. Sogar eine ganze Menge an Touristen, die in dem amischen Dorf ein Wintermärchen erleben wollten, tauchten plötzlich auf. Die Läden öffneten wieder länger und die Geschäfte liefen erstaunlich gut.

Und trotzdem dachte Rosie in jeder Minute und mit jeder Faser ihres Körpers an Jason. Sie sprach nicht darüber, nicht einmal mit Bridget. Es war ihr Geheimnis.

Kapitel 10

Vollkommen überraschend stand zwei Tage nach dem Unglück Miss Finch im Laden, um Bridget abzuholen. Sie sollte ihre normale Kleidung mitnehmen, um sich unterwegs umziehen zu können. Detective Leary wollte sie in Harrisburg übernehmen, also in einiger Entfernung, nur um nicht ihren Aufenthaltsort preiszugeben. Sie sollte an einem geheimen Ort vor mehreren Beamten ihre Aussage wiederholen. Als sie in Miss Finch' Auto stieg wurde sie von Dan beobachtet.

Da Rosie den beiden bei ihrem Aufbruch hinterherschaute, sah sie ihn gegenüber in einer dunklen Ecke von Smuckers Restaurant stehen, ein Rootbier in der Hand, und ihren Laden beobachten.

Rosie tat, als hätte sie ihn nicht gesehen und fegte beflissen ein paar verirrte Schneeflocken von ihrer Veranda. Dann ging sie in den Laden zurück und beschäftigte sich angelegentlich mit den Waren in der Auslage. Aus den Augenwinkeln beobachtete sie, dass er noch lange dort stehen blieb und fortwährend durch die Schaufensterscheibe hereinblickte. Sie wusste, dass das Licht der Öllampen, die den Laden erhellten, es zuließ, alles zu beobachten, was im vorderen Bereich des Cafés vor sich ging.

Drei Touristinnen betraten den Laden. Sie kicherten unentwegt und starrten Rosie penetrant an. Mit einem kurzen Seitenblick sah sie, dass es Dan offensichtlich missfiel, wie offensiv ihre Kundinnen auftraten. Sein Gesichtsausdruck verdüsterte sich noch mehr als ohnehin schon und dann tat er etwas, was Amische normalerweise nicht taten: Er warf die Rootbier-Flasche offensichtlich wütend auf den Boden, so dass sie in tausend Scherben zerschellte. Rosie erschrak über den gewaltsamen Ausbruch Dans und wandte sich dann rasch den drei Frauen zu, die sie nach wie vor begutachteten.

Rosie war auch nicht sonderlich begeistert von dieser Art Besucher im Ort, aber auch sie hatten die gleiche zuvorkommende Behandlung verdient, die sie allen ihren Gästen zuteilwerden ließ.

Das war es, was die Männer vor einiger Zeit diskutiert hatten und was sie nach langem Überlegen zugelassen hatten: Das Eindringen von neugierigen *Englischen*, die keine Rücksicht kannten. Trotzdem sahen sie es als eine Notwendigkeit an, den Familien, die aus Mangel an gutem Bauernland ihr Auskommen in anderen Bereichen suchen mussten, dies auf diese Weise zu ermöglichen. House-at-the-Water hatte sich den Touristen geöffnet, auch wenn dies zuweilen sehr anstrengend für die Einheimischen war. Manche fühlten sich anfangs wie in einem Museum, doch mit der Zeit hatten sie gelernt, die Welt draußen zu akzeptieren und vor allen Dingen auch jene, die sich unangemessen verhielten, weil sie es nun einmal nicht besser wussten. Allerdings sahen die Ältesten, dass die Bewohner des Ortes zunehmend fast ausschließlich englisch sprachen, da dies während des Tages notwendig geworden war. Lediglich in den Abendstunden, oder wenn die Familien ihren üblichen Arbeiten im Haus oder im Garten nachgingen, unterhielten sie sich in ihrem eigenen alten süddeutschen Dialekt, den die Außenstehenden früher als „Dutch" bezeichnet hatten, zwar „Deutsch" meinten, der jedoch in der englischen Sprache „Holländisch" bedeutete. Für diese Feinheiten hatte Rosie gerade keinen Sinn. Zum einen schwirrten ihr ihre eigenen Probleme im Kopf herum, zum anderen gingen ihr die drei Frauen gehörig auf die Nerven.

Sie waren nur wenig älter als Rosie selber, trugen dicke Winterjacken und überdimensionale Mützen mit Bommeln daran. Da derzeit ständig Leute in dieser Kleidung auftauchten, nahm Rosie an, dass es wohl die neueste Mode in der Welt draußen sein musste. In solchen Augenblicken war sie froh, sich keine Gedanken über Mode und derlei Unwichtigkeiten machen zu müssen.

Die Damenschaft indes war ausgeschwärmt. Sie betatschten die Öllampen, die auf den Tischen standen und an den Wänden hingen. Eine verbrannte sich die Finger, weil sie versuchte, das Schutzglas anzuheben. Ihr spitzer Schrei ließ Rosie zusammenzucken. Dann sagte sie gleichmütig:

„Vorsicht! Feuer ist heiß." Und als das Öllampenopfer sich ein wenig angesäuert zu ihr umdrehte, lächelte Rosie verbindlich und sah aus wie eine Mutter, die ihr Kind vor den Gefahren der Welt warnte.

Die beiden anderen hatten sich inzwischen an der Ladentheke eingefunden und quetschten ihre Fingerspitzen gegen das Glas der Auslage. Die Handschuhe, die sie eben ausgezogen hatten, legten sie auf die Theke und prompt fiel einer davon auf der anderen Seite herunter auf Rosies frisch gebackene Nussstrudel, die heute auf der Tageskarte standen. Rosie angelte nach dem Handschuh und legte ihn wieder auf die Theke zurück. Sie schob beide dort befindliche Handschuhpaare ein wenig in die Richtung der Frauen und weg von ihrer Ware.

„Und was kann ich für Sie tun?" Ein klein wenig hatte sich Rosies Miene von verbindlich bis ausdruckslos verändert und sie konnte keine Garantie dafür übernehmen, dass nicht *verärgert* hinzukam.

„Ach, dieses herrliche Stück Strudel hätte ich gerne!" Diejenige, die sich die Finger verbrannt hatte, kam näher und zeigte auf den angeschnittenen Nussstrudel.

Rosie hob ein Stück davon heraus.

„Zum Hier-Essen oder zum Mitnehmen?"

„Mädels, was machen wir? Hier einen Kaffee trinken oder vielleicht *to go*?"

„Ach, bleiben wir hier. Ist so urig hier. Wie in der Scheune meiner Großeltern, wenn die ihr Erntedankfest gefeiert haben."

Rosie kniff die Lippen zusammen und legte das Stück Strudel auf einen Teller.

„Ach, nee, doch nicht. Ich mag lieber von dieser Pflaumentorte", entschied sich das Mädchen um.

Rosie stellte den gefüllten Teller beiseite und hob ein Stück Torte auf einen weiteren Teller.

„Dafür nehm ich den Strudel", meldete sich nun eine der anderen.

Heureka! dachte Rosie, die das Wort von Bridget gelernt hatte.

„Und ich möchte einen der Brownies dort. Die sehen ja lecker aus."

Rosie stellte die Teller auf die Theke und die Frauen zogen ab zu einem der Tischchen in der Mitte des Raumes. Sie bestellten noch Kaffee.

„Macht dir das Spaß, in solchen Klamotten herumzulaufen?", fing das Tortenmädel an, wurde aber sogleich von der, deren Handschuh auf den Strudel gefallen war, unterbrochen.

„Ach Quatsch! Das ist doch bloß so `ne schräge Uniform. Wie im Museum."

„… oder im Freizeitpark!", mischte sich die Dritte ein.

Rosie rollte nun ganz offen mit den Augen.

„Nein. Es ist die Kleidung, die wir tragen. Außer beim Schlafen. Da ziehen wir Nachtkleidung an. Und das hier ist der Ort in dem wir leben. Mit Licht von Öllampen, selbstgebackenem Strudel und selbstgenähter Kleidung. Das hier ist kein Freizeitpark und kein Museum." Rosie straffte sich. Noch nie hatte sie ihren allzu aufdringlichen Kunden eine solche Rede gehalten. „Kann ich noch etwas für Sie tun?"

„Mann, warum gleich so frech? Ich habe es doch nicht böse gemeint." Diejenige, die sich über Museen ausgelassen hatte, zog einen Schmollmund.

„Sicher. Ich auch nicht." Nun lächelte Rosie. „Ich hoffe, der Kuchen schmeckt."

Sie wandte sich um und ging zur Theke, um das zu tun, was sie ursprünglich begonnen hatte, als Bridget abgeholt worden war. Sie vervollständigte das Bestellformular.

Viel später, als die drei allzu lustigen Mädchen wieder abgezogen waren, fiel Rosies Blick wieder hinüber zu Smuckers Restaurant. Dan stand immer noch da. Oder schon wieder? Rosie fröstelte. Genauer gesagt lief ihr ein gruseliger Schauer über den Rücken.

Diesmal tat sie nicht so, als würde sie ihn nicht sehen. Sie ging hinaus auf die Veranda, und rief zu ihm hinüber.

„Warum stehst du dort wie angewachsen?"

„Ich muss auf dich aufpassen!"

„Sagt wer?"

Dan drückte sich lässig von der Wand weg, an die er sich gestützt hatte. Er schlenderte über die Straße zu Rosie auf die Veranda.

„Ich. Ich muss auf dich aufpassen. Das gehört sich so."

„Was gehört sich so?"

„Dass der Mann auf die Frau aufpasst. Dass sie nichts anstellen kann."

„Passt dein Vater rund um die Uhr auf deine Mutter auf?" Rosie konnte nicht fassen, dass sie dieses Gespräch führte – führen musste.

„Lass meine Eltern da raus!" Dans Ton wurde unvermittelt heftiger.

Doch Rosie ließ sich davon nicht beeindrucken.

„Und? Ist das so?"

„Hör auf, so mit mir zu sprechen!"

„Warum? Du bist es doch, der vor meinem Laden steht und mich beobachtet. Das gehört sich nicht."

„Wage du nicht, mir zu sagen, was sich gehört!" Dan war richtig laut geworden. Simon Glick, der Nachbar der Bylers, war aus dem Hintereingang seines Hauses getreten, weil er draußen laute Stimmen gehört hatte.

„Stimmt was nicht, Dan?" Simon schaute zu Dan und dann zu Rosie. „Rosie?"

„Du darfst mich nicht fragen. Dan steht seit Stunden bei Smuckers Restaurant und beobachtet den Laden."

Rosie sah, wie Simon missbilligend die Stirn runzelte. Dann sagte er: „Geh du nach Hause Dan und du wieder rein, Rosie. Es ist kalt."

Rosie hätte zu gerne gewusst, wem seine Missbilligung galt. Während des Gespräches war sie die wenigen Verandastufen heruntergegangen und wandte sich nun um, um sie wieder hinaufzusteigen. Doch sie stolperte auf der obersten Stufe und fiel vornüber hinauf auf die Veranda. Ein stechender Schmerz fuhr sofort in ihr rechtes Bein. Sie schrie auf. Dan hatte sich bereits ein paar Schritte entfernt. Nun drehte er sich um, machte aber keine Anstalten, zu ihr zu eilen. Stattdessen kam Simon herüber und half ihr auf. Als sie sich auf das schmerzende Bein stellen wollte, fuhr der Schmerz wie ein glühend heißes Eisen durch ihren Knöchel.

„Oh, Simon. Nein. Ich kann nicht draufstehen!" Sie wand sich aus seinen Armen und setzte sich auf die oberste Verandastufe.

„Warte, Mädchen. Ich schau mir das mal an." Simon, der ein wenig jünger als ihr Vater war, fuhr mit der Hand durch seinen strubbeligen Bart. Dann tastete er Rosies rechten Knöchel ab. Sie schrie auf.

„Ich weiß nicht. Irgendwas ist da. Ich fürchte, er ist gebrochen. Dein Dad sollte dich zum Arzt bringen." Er lächelte aufmunternd. „Komm, ich helfe dir in den Laden. Sonst erfrierst du mir noch."

Rosie schlang den rechten Arm um seine Schulter und er hielt sie fest an der Taille umfangen. Dann humpelte sie die wenigen Schritte hinein ins Warme ohne den rechten Fuß zu benutzen und setzte sich dann an einen der Gästetische.

„Tut's weh?", fragte Simon mitfühlend.

Rosie atmete tief durch. Ihr Bein tobte und der stechende Schmerz war nach wie vor da.

„Geht schon", presste sie hervor.

„Warte, ich hole deinen Dad. Dann helfe ich dir auf die Kutsche."

Rosie sah Simon nach, als er durch die Backstube hinüber in das Haus ihrer Eltern ging. Elli Glicks Ehemann war freundlich. Er war einige Jahre älter als Elli, aber stets liebevoll und sehr umgänglich. Rosie wünschte sich, dass ihr Vater zuweilen weniger hart wäre, leistete aber sofort Abbitte für diesen Gedanken. Sie liebte ihren Vater und der Herr wusste schon, warum er Mom und Dad zu ihren Eltern gemacht hatte.

Die kamen schnell herüber, nachdem Simon ihnen Bescheid gesagt hatte.

„Rosie! Was ist denn passiert?" Ihre Mutter schien sehr besorgt zu sein.

„Ach, ich bin dummerweise die Treppe heraufgefallen. Mein Knöchel tut arg weh." Das war durchaus eine Untertreibung. Sie konnte die Schmerzen kaum mehr aushalten.

„Ich spanne an und dann fahre ich dich zum Arzt." Ihr Dad hatte einen kurzen Blick auf ihr schmerzverzerrtes Gesicht geworfen und erkannt, dass sie um einen Arztbesuch nicht herumkommen würden. Rosie war bleich und Schweißperlen standen auf ihrer Stirn.

Simon hielt ihn an der Schulter fest. Dann sagte er etwas, was Rosie zutiefst erstaunte.

„Dan Miller hat sie auf dem Boden liegen sehen, es aber vorgezogen, ihr nicht zu helfen."

John brummte etwas, was Rosie nicht verstand, dann verschwand er durch die Backstube.

Simon blieb noch, bis sie Rosie auf vielen Decken im *Dachwägle* verstaut hatten. Um diese Jahreszeit war es auch im Inneren der Kutsche eiskalt, so dass schon ein paar Decken notwendig waren, um Rosies Frösteln zu bändigen. Ihr Vater trieb das Pferd an und Rosie spürte jeden Tritt des Tieres. Es würde eine lange, schmerzhafte Fahrt werden bis zur Arztpraxis. Als John Byler seiner Tochter mühsam in die Praxis von Dr. Powell half, standen ihr Tränen in den Augen. Sie war durchgefroren und ihr Bein schmerzte bis hinauf zum Knie. Mrs. Powell, die zuweilen in der Praxis aushalf, wenn die Arzthelferin nicht da war, packte sie sofort auf eine Liege. Sie schickte John hinaus und half Rosie das Bein freizumachen.

„Tut höllisch weh, nicht wahr?", fing die freundliche ältere Dame mit ihrer Patientin ein Gespräch an.

„Ja, die Fahrt war ein wenig holprig." Rosie lächelte schief und Mrs. Powell sah sie mütterlich an.

„Ich hole Ihnen ein Glas Wasser, Miss Byler. Und sage meinem Mann, dass er gleich zu Ihnen kommt."

„Aber das Wartezimmer ist doch noch voller Patienten." Rosie war es peinlich, den anderen vorgezogen zu werden.

„Ich fürchte, er wird nicht lange brauchen mit deinem Bein", sagte Mrs. Powell vielsagend und verließ den Raum, noch bevor Rosie fragen konnte, was sie damit meinte.

Tatsächlich kam Dr. Powell noch vor dem Glas Wasser. Er begrüßte sie freundlich, betastete aber sofort ihren Knöchel, der inzwischen zu doppelter Größe angeschwollen war.

„Ich weiß nicht so recht. Kann gebrochen sein, aber vielleicht auch ein Bänderriss oder eine Bänderdehnung. Wir werden eine Röntgenaufnahme brauchen, vielleicht sogar ein MRT."

Rosie zog es vor, nicht danach zu fragen, was ein MRT war.

„Ich muss ins Krankenhaus?"

„Ich hole gleich eine Ambulanz. Die Fahrt in der Kutsche bis zum Krankenhaus werde ich Ihnen sicher nicht zumuten, Miss Byler."

Er sah sie aufmunternd an, bemerkte aber, dass sie offensichtlich noch etwas auf dem Herzen hatte.

„Dr. Powell. Wissen Sie, wie es Jason Burkholder geht? Haben Sie etwas gehört?" Rosie wusste, dass Dr. Powell mit der ärztlichen Versorgung nach dem Unfall nichts zu tun hatte, aber sie hoffte, dass er vielleicht von einem anderen Patienten etwas mitbekommen haben könnte. In Amischland verbreiteten sich Nachrichten auch ohne moderne Medien rasch und umfassend. Da Dr. Powell in die Kategorie „vertrauenswürdiger Englischer" fiel, wurde so manche Neuigkeit auch an ihn herangetragen.

„Leider weiß ich nicht, wie es ihm geht. Tut mir leid. Aber nachdem mir von deinem Dilemma nun bereits mehrmals berichtet worden ist, kann ich vielleicht etwas für dich tun."

Rosie war klar, dass sie, Jason und Dan durchaus Thema bei den Quiltabenden, den Tee- oder Kaffeestunden oder Verwandtenbesuchen waren. Dass die Kunde von ihren Vergehen oder was auch immer gerade Thema war, so detailliert bis in die Arztpraxis vorgedrungen war, überraschte sie nun doch.

Der weißhaarige Arzt, der das Vertrauen der Amisch genoss, deshalb praktisch alle Familien im Bezirk schon behandelt hatte und diese in und auswendig kannte, setzte sich auf einen kleinen Rollhocker, den er sich zuvor herangezogen hatte.

„Ich schicke dich in die gleiche Klinik, in der auch Jason behandelt wird. Und ich werde gleich, nachdem du in der Ambulanz liegst, meinen guten Freund anrufen. Er arbeitet in der orthopädischen Abteilung dort und wird sich deiner annehmen. Und er wird für dich etwas über Jason herausfinden. Aber junge Dame: Ich habe nichts gesagt! Sonst vertraut man mir nicht mehr."

Rosie konnte kaum fassen, dass sie auf diese Weise in Jasons Nähe gelangen würde. Sie war so aufgeregt, dass sie einen Teil des Wassers verschüttete, den ihr Mrs. Powell eben in die Hand gedrückt hatte. Der Arzt hatte seine Frau gebeten, gleich einen Krankenwagen zu ordern und Rosies Vater hereinzuholen, um ihn zu informieren. Je nach dem Befund würde Rosie vielleicht nur eine Nacht in der Klinik verbringen müssen. Wenn eine Operation nötig wäre, dann könnte sich ihr Krankenhausaufenthalt auch verlängern. Das teilte er John Byler nun mit.

John nickte. Gebrochene Beine waren nichts, was ein amischer Heiler reparieren konnte. Und seit die alte Fran Stolzfus tot war, gab es in ihrem Bezirk ohnehin niemanden, der die alte Heilkunst beherrschte, die Infekte ebenso heilen konnte, wie schwermütige Anwandlungen oder Erschöpfungszustände.

„Du kannst Miss Finch anrufen und Bescheid sagen, wie es dir geht, Rosie. Deine Mutter und ich kommen auf jeden Fall morgen in die Klinik, holen dich entweder ab oder bringen dir die notwendigen Sachen."

Erstaunlicherweise tätschelte John Rosies Schulter und sie lächelte ihn tapfer an. John ging nicht gerne auf Tuchfühlung mit anderen Menschen, daher war diese liebevolle Berührung ein großer Ausdruck seiner Zuneigung. Rosie rechnete ihm das hoch an und fühlte sich auf seltsame Art und Weise bei ihrem Vater geborgen – eine Empfindung, die sie lange nicht mehr hatte.

„Es ist gut, Dad. Ich werde mich melden, sobald ich etwas weiß." Rosie nickte ihm mit zuversichtlicher Miene zu.

John verließ den Raum.

Dr. Powell, der die Szene beobachtet hatte, lächelte noch einmal in Rosies Richtung und verließ dann ebenfalls den Raum, um sich seinem überfüllten Wartezimmer zu widmen.

Kurze Zeit später lag sie ein wenig ängstlich, aber gut versorgt im Bauch eines Ambulanzfahrzeuges und fühlte langsam aber sicher eine angenehme Leichtigkeit in sich aufsteigen. Sicher hatte die Spritze etwas damit zu tun, die Dr. Powell ihr zuvor noch verabreicht hatte. Während der Fahrt schlief sie tatsächlich ein.

Kapitel 11

Bridget saß – wieder in züchtiger quasi-amischer-Kleidung in Miss Finch' kleinem Auto und hatte sich nachdenklich gegen den Türholm der Beifahrerseite gelehnt. Sie war todmüde, aber viel zu aufgewühlt, um tatsächlich einschlafen zu können.

„War ein heftiger Tag, nicht wahr?" Miss Finch starrte auf die Straße vor ihr, die inzwischen im Dunkel lag und deren Schneedecke nicht wirklich vom Straßenrand zu unterscheiden war.

„Ach, irgendwie bin ich froh, dass endlich was weitergeht." Bridget wusste, dass sie eigentlich nichts von dem ganzen Unglück preisgeben sollte, aber zu Miss Finch hatte sie ebenso großes Vertrauen gefasst wie zu Rosie. Sie freute sich auf die Freundin, auf eine Tasse Tee, ein köstliches Sandwich und noch irgendetwas Süßes, das sicherlich in der Bäckerei übriggeblieben war.

Judy Finch überholte eine Pferdekutsche, was in dieser Gegend zwar nichts Besonderes, bei den durch die Schneemassen noch schmäler gewordenen Straßen durchaus schwierig war. Bridget warf einen kurzen Blick auf das Fuhrwerk, als sie es langsam und vorsichtig passierten.

„Das ist Johns Pferd!" Sie erkannte das Tier an einem ungewöhnlichen, kleinen weißen Fleck an der linken Hinterflanke.

„Was der bei diesem Wetter wohl unterwegs macht?"

Miss Finch zuckte mit den Schultern. „Vielleicht war er beim Arzt?", erriet sie beinahe die Wahrheit. „Oder auch nicht – manchmal kann man die Gepflogenheiten der Amisch nicht nachvollziehen. „Selbst die Stolzfus-Frauen wundern sich über Daniels und Johns Starrsinnigkeit in Bezug auf diese seltsamen Hochzeitspläne."

„Rosie ist todunglücklich. Ehrlich, dieser Dan ist mir schwer suspekt. Ich kann nicht verstehen, dass hier die Leute immer noch zum Heiraten gezwungen werden", wunderte sich Bridget missbilligend. „Das ist doch Mittelalter."

„Eigentlich ist das auch bei den Amisch nicht mehr so. Normalerweise finden die jungen Leute einen Weg zueinander, aber manchmal sprechen halt die Umstände ein Machtwort."

„Welche Umstände sollen das wohl sein?" Bridget blies die Backen auf und ließ die Luft sirrend entweichen.

Judy Finch lachte. „Ich hatte auch lange Zeit damit Probleme, wie die Amisch die Dinge zuweilen angehen." Dann verdunkelte sich ihre Miene wieder. „Das Problem ist, dass es John wohl ziemlich schlecht geht. Seine Krankheit schreitet schneller voran, als alle dachten. Weißt du, es ist nicht allein die Arbeit, die er vielleicht bald nicht mehr tun wird können. Die Gärtnerei ist ihr Einkommen, zusammen mit Rosies Café. Aber so, wie ich das sehe und manchmal auch höre, wenn die Männer in der Kutschenfabrik sich unterhalten, fressen die Behandlungskosten und die teuren Medikamente die beiden Einkommen auf."

„Da reden die Leute einfach so drüber?"

„Amisch haben keine Geheimnisse untereinander. Sie sprechen zwar nicht direkt darüber, halten aber auch nicht hinter dem Berg, wenn sie gefragt werden. Du weißt, dass die Amisch keine Krankenversicherung haben. Sie zahlen alles selber."

„Ja, Rosie erwähnte so was. Sie sagte aber auch, dass die Gemeinschaft einspringt, wenn eine Familie in Not gerät."

„Schon richtig. Aber grundsätzlich sind die Amisch bei ihren Geschäften nicht auf großen Profit ausgelegt. Sie wollen und müssen verdienen, was sie zum Leben brauchen. In die Gemeinschaftskasse gibt jeder, was er entbehren kann. Großartige Rücklagen haben sie nicht. Das würde als ungehörig gesehen. Aber jetzt stell dir doch mal so eine Erkrankung wie die von John vor. Ich vermute, dass die Familie irgendwann nicht mehr selber dafür aufkommen wird können. Die anderen halten die Augen offen, wann dieser Zeitpunkt gekommen sein könnte und werden dann mit John sprechen, ob Hilfe Not tut. Und der

nimmt sie dann auch an. Hilfe muss man auch annehmen können und nicht stolz zurückweisen. Jetzt haben die Leute in und
um House-at-the-Water aber in den letzten Monaten eine
Menge Unglück erlitten. Die Sturmschäden zum Beispiel oder
eben der schwere Unfall von Jason und seinem Vater. Dann
sind die Einnahmen im Winter ohnehin nicht so gut, wie in den
Sommermonaten oder auch noch im Herbst. Und wenn man
das alles bedenkt, dann kann man verstehen, dass John daran
gelegen ist, möglichst ohne Hilfe zurechtzukommen. Da käme
die Verbindung zwischen Dan und Rosie gerade recht."
Bridget hatte aufmerksam zugehört.
„Aber ob es richtig ist, ist eine andere Frage."
„Richtig, das ist eine ganz andere Frage."
Sie verfielen in Schweigen. Dann fing Bridget erneut an.
„Wenn Jason jetzt gelähmt bleiben würde, dann könnte ihn Rosie praktisch nicht mehr heiraten. Wegen des Geldes."
„Na ganz so schwarz-weiß ist die Sache dann doch nicht. Wäre
die Situation bei den Bylers anders, dann sähe es schon wieder
nicht so schlecht aus mit Rosie und Jason. Aber das Problem
haben ja auch die Burkholders. Jason ist der Hoferbe. Das heißt,
er wäre es…" Judy Finch brach ab und überlegte. „Es ist wirklich ein Dilemma!", sagte sie schließlich.
Sie waren ohnehin angekommen. Der Parkplatz am Ortsrand,
der dazu da war, um den Ort autofrei zu halten, wurde täglich
von den Arbeitern in der Kutschenfabrik von den Schneemassen geräumt. Auch Miss Finch parkte dort. Sie und Bridget stiegen aus und gingen noch gemeinsam bis zur Ortsdurchgangs-
straße. Dort trennten sich ihre Wege, weil Miss Finch nur noch
wenige Schritte über den Hof in ihr Büro hatte, Bridget hingegen noch einen kurzen Weg die Hauptstraße entlang bis zu Rosies Café gehen musste.
Dort wunderte sie sich, dass der Laden zwar geschlossen war,
drinnen aber einige der Lampen brannten. Sie zuckte mit den
Schultern und ging um die Ecke zum Hintereingang des *Großdaddyhauses*. Dort hängte sie Mantel und Winterkapp an den

Haken und stellte die Tüte mit der weltlichen Kleidung in eine Ecke, um sofort zu Elizabeth in die Küche hinüberzugehen. Sie hatte sie dort rumoren hören, Geklapper von Topfdeckeln und das quietschende Geräusch der Backofenklappe des Holzherdes. Zuvor setzte sie sich noch Großmutter Rosettas *Kapp* auf den Kopf, die Rosie ihr gegeben hatte. Auch wenn sie auch damit nicht als amisch durchging, war ihr Stil doch angepasster als ohne Kopfbedeckung. Rosie war auch dabei, ihr ein Kleid von Rosetta zu ändern, das für die schlanke Bridget gehörig eingenäht werden musste. In den nächsten Tagen sollte es fertig werden.

„Ist etwas passiert?", fragte sie, sich am heißen Ofen die kalten Hände wärmend.

„Wie kommst du darauf?"

„Der Laden ist zu und wir haben John mit der Kutsche gesehen." Nun, da sie es ausgesprochen hatte, fiel es ihr wie Schuppen von den Augen. „Ist was mit Rosie? Oder mit Jason?"

Elizabeth hielt darin inne, den Rinderbraten zu begießen und erhob sich überrascht.

„Wieso fragst du nach Jason?" Elizabeths Frage klang spitz.

„Weil jeder normale Mensch Rosie, die Jason liebt, in das Krankenhaus fahren würde, wenn etwas mit ihm wäre. Nicht einmal Sie, Mrs. Byler und Mr. Byler würden das übers Herz bringen."

Elizabeth sah sie sonderbar an und wurde letztlich einer Antwort enthoben, weil John das Haus polternd betrat.

„Rosie muss über Nacht ins Krankenhaus. Sie müssen erst einmal sehen, was genau mit dem Knöchel passiert ist. Sie wird uns morgen früh anrufen", tat er schon von der Schmutzschleuse aus kund. Er wechselte die schweren Winterstiefel mit den bequemeren Hausschuhen und hängte seine warme Überkleidung an den Haken.

Bridget hatte verstanden, dass Rosie sich wohl am Knöchel verletzt haben musste, bei lediglich einer Nacht im Krankenhaus aber sicherlich nicht schwerwiegend. Sie atmete innerlich auf.

„Elizabeth, denkst du, du könntest das Pferd noch versorgen?"
John setzte sich, kaum, dass er den Tisch erreicht hatte.
„Macht dein Bein Probleme?", erkundigte sich Elizabeth besorgt.
„Die Kälte tut nicht gut." John nahm die Tasse Kaffee, die seine Frau ihm hingestellt hatte.
Bridget schaltete sich ein.
„Ich könnte das Pferd versorgen. Rosie hat es mir mehr als einmal gezeigt, wie man es ausschirrt und richtig versorgt. Mrs. Byler, Sie können ja hinterher nach dem Rechten schauen. Nicht, dass ich etwas falsch gemacht habe."
Beide Bylers sahen ihren Gast erstaunt an.
„Wenn du es dir zutraust?", sagte Elizabeth schließlich.
Bridget nickte und ging hinüber zum Hintereingang des kleineren Anbaus, um ihre Wintersachen zu holen. Dann verließ sie das Haupthaus durch die Vordertür.
Sie hatte Rosie anvertraut, dass sie lange Jahre ein Pferd besessen hatte, das in einem Stall untergestellt war. Erst, als sie erwachsen geworden und in die Stadt gezogen war, musste sie ihre Pippa schweren Herzens verkaufen. Immerhin wusste sie, dass das Mädchen, das ihre Stute übernommen hatte, gut für sie sorgte. Ihr waren die Handgriffe vertraut, als sie Sammy in seinen Stall führte, abschirrte und begann, ihn sauberzumachen. Dann legte sie eine Decke um ihn, da es selbst im Stall empfindlich kalt geworden war und er doch eine ganz schöne Strecke getrabt und entsprechend verschwitzt war. Sie hatte ihm Futter gegeben und war noch eine Weile bei ihm geblieben. Bridget hatte es selbst nicht bemerkt, dass sie begonnen hatte, mit dem friedlichen Pferd zu sprechen.
„Ach, Sammy. Was für ein Tag. Rosie hat schon recht, wenn sie sich zu dir setzt und mit dir spricht. Und gerade heute, wo ich so viel zu erzählen hätte, liegt sie im Krankenhaus und hat Schmerzen. Dabei weiß ich noch gar nicht wirklich, was eigentlich passiert ist."

Bridget schob sich eine dickwandige Futterkiste zurecht und stieg darauf – nicht ohne vorher auszuprobieren, ob der Deckel sie aushalten konnte. Damit war sie groß genug, um über die Bretterwand schauen zu können, hinter der Sammy sein Domizil hatte. Sie klopfte dem Tier sanft auf die Schulter.

„Ich habe Angst vor dem Prozess. Die sagen, dass es sicher nicht einfach werden wird, all das zu sagen, was ich mit der Zeit herausgefunden habe. Ach hätte ich doch meine Klappe gehalten! Jetzt ist nicht einmal sicher, ob ich nach Philadelphia zurückkehren kann. Kannst du dir vorstellen, wie es ist, alle meine Freunde verlassen zu müssen, nur damit mir keiner in den Rücken schießt?" Sie hielt inne, weil ein frostiger Schauer ihren Körper schüttelte. „Aber zuerst muss ich noch ein paar Monate hierbleiben. Sie wollen alles ganz genau herausfinden. Immerhin meinten sie, vielleicht müsse ich gar nicht aussagen. Vielleicht finden sie selber genug. Das ist so eine Scheiße, Sammy! So eine Scheiße! Jetzt bin ich vielleicht noch hier, wenn dieser dämliche Dan hier einzieht. Na ja. Der wirft mich wahrscheinlich sowieso gleich raus. Denn meinen Mund würde ich sicher nicht halten können. Was für ein Idiot!" Bridget hatte nicht gemerkt, dass sie in ihren üblichen Slang verfallen war. „Ich hoffe mal, dass Rosie bald wieder heimkommt. Ich brauche dringend jemanden zum Quatschen, weißt du Sammy. Und ganz ehrlich, ein Pferd ist zwar ein prima Kumpel, aber ich hätte doch ganz gerne mal ein Feedback."

Sammy hob seinen Kopf und wandte ihn Bridget zu. Die tätschelte seine Wange und spielte mit seiner seidigen Mähne. Dann legte sie ihren Kopf an den Kopf des Pferdes.

„Wie kann ein Leben nur so schnell so scheiße werden?" Bridget atmete tief durch, weil sie keine Lust hatte, jetzt und hier in Tränen auszubrechen, aber im Moment hatte das Selbstmitleid ziemlich heftig von ihr Besitz ergriffen. In ihrem Kopf wirbelten die Gedanken bunt durcheinander und das Kuscheln mit dem Tier tat ihr gut. Sie hatte dabei die Haube abgestreift, die nun im Begriffe war, von ihrer Schulter auf den Boden zu fallen. Rasch griff sich Bridget die aus feinem Organza herge-stellte *Kapp*. Auch wenn diese Kopfbedeckung nicht wirklich ei-nen Kälteschutz darstellte, fühlte sie plötzlich die schneidende Kälte am Kopf. Wohl waren ihre Haare inzwischen gewachsen und ließen sich mit einigen geschickt gesetzten Klammern gut unter der Kapp verstecken, aber wirklich ordentlich sah es im-mer noch nicht aus. Um ihr getunneltes Ohr trug sie dauerhaft ein Heftpflaster.

Bridget betrachtete das mit feinen Stichen liebevoll hergestellte Kunstwerk. Rosie hatte ihr einmal erklärt, dass die jungen Mäd-chen erst ordentlich nähen lernen müssten, bevor sie darange-hen konnten, sich eine *Kapp* zu schneidern. An deren Form hatte sich über Jahrhunderte kaum etwas geändert. Vielleicht war der Stoff feiner geworden, wie Bridget vermutete, denn auch in der Wahl ihrer Kleiderstoffe verwendeten die amischen Frauen durchaus hochwertige, trage- und pflegeangenehme Stoffe. Die Ehrfurcht vor Gott ist es, die die Frauen zu der Kopfbedeckung greifen ließ. Man ließ sich nicht mit entblößtem Kopf sehen. Der Anblick der langen Haare war ausschließlich dem Ehemann vorbehalten, und vielleicht noch der eigenen Mutter oder den Schwestern, sofern man welche hatte. Rosie hatte wunderbare, dicke Haare, die ihr bis an den Hintern reichten. Und das, ob-wohl sie sie nicht besonders pflegte, zwar täglich bürstete, aber auch nur einmal in der Woche wusch. Trotzdem hatten sie ei-nen seidigen Glanz und sahen gesund und attraktiv aus. Bridget wandte ihren Blick von der *Kapp* zu Sammy, der gedul-dig wartete, bis neuerliche Streicheleinheiten für ihn abfielen.

„Na ja, Sammy, wenn ich es mir so überlege, hat Rosie schon noch ein größeres Problem. Ein ganzes Leben lang einen Mann an der Backe, der sie nicht liebt, sondern ablehnt, und der grundsätzlich schon mal ein Arsch ist. Ich kann wenigstens schlimmstenfalls in einer anderen Stadt neu anfangen." Sie fühlte, wie ihr kalt wurde und klopfte Sammy noch einmal auf-munternd an den Hals. Dann stieg sie von ihrer Kiste und wandte sich der Stalltür zu. Sie fuhr erschrocken zusammen.

Dort stand, groß und bedrohlich, eine männliche Gestalt, wie sie an der Silhouette mit dem breitkrempigen Hut und der ausschließlich den Männern hier vorbehaltenen Hose erkannte. Sie konnte im ersten Augenblick nicht erfassen, um wen es sich handelte. Jedenfalls war es nicht John. Der war kleiner und breiter.

Sie sah sich hektisch nach einem Werkzeug um, mit dem sie notfalls zuschlagen konnte, doch die hingen sauber aufgeräumt an der gegenüberliegenden Wand des Stalls. Rufen würde wahrscheinlich keinen Sinn machen, da draußen zwar kein großer Sturm herrschte, aber der Wind dennoch lautstark um die Ecken pfiff.

„Wie sprichst du über mich?" Der Schatten näherte sich.

„Dan?" Dass Bridget den Mann erkannt hatte, machte ihre Situation nicht im Mindesten komfortabler.

„Du bist eine dahergelaufene Person. Eine *Englische*, die nur Unfrieden in unser Dorf bringt. Ich werde dafür sorgen, dass du uns verlassen wirst." Seine Stimme klang schrill und hart.

„Ich habe mit einem *Pferd* gesprochen!" Bridget straffte sich und versuchte, sich an ihm vorbeizudrängen. „Ein *Pferd*, Dan. Aber umgekehrt. Wie kommst du dazu, so mit *mir* zu sprechen? Und wie kommst du dazu, mir zu nachtschlafender Zeit nachzustellen? Denkst du nicht, dass das eure Ältesten auch interessieren könnte?"

„Du meinst, sie hören auf eine *Englische* ?" Er verstellte ihr den Weg.

„Na gut, vielleicht nicht. Aber wenn es schon so egal ist, was ich denke, dann kannst du mir sagen, warum du unbedingt Rosie heiraten willst, obwohl du sie nicht liebst." Bridget klang kühl und beherrscht. Sie hoffte, dass Dan ihre Angst nicht heraushören konnte.

„Ich will sie, damit sie kein anderer bekommt. Sie ist eine gute Hausfrau. Sie kann kochen und backen. Und sie arbeitet fleißig. Sie ist stark und wird viele Kinder bekommen."

Bridget war fassungslos über seine Antwort. Doch sie versuchte, sich das nicht anmerken zu lassen.

„Was bringt dich zu der Meinung, dass sie viele Kinder bekommen kann? Ihre Mutter hatte nur zwei. Ist das nicht wenig für eine amische Familie? Vielleicht ergeht es Rosie einmal genauso."

Mit jedem Wort war sie näher an den Ausgang, den Dan immer noch belagerte, herangekommen. Dan hatte tatsächlich einen Schritt zurückgemacht, so sehr beeindruckten ihn ihre deutlichen Worte. Sie hatte ihm etwas zum Nachdenken gegeben und er überlegte noch, was er ihr entgegnen konnte. Bridget vermutete, dass er ihr gleich das Wort verbieten würde. Deshalb sprach sie ohne Pause weiter.

„Weiß du, Dan, was ich glaube? Du hasst sie. Du liebst sie nicht, du hasst sie. Aber dürft ihr Amisch hassen? Sollt ihr nicht liebevoll mit den Menschen umgehen? Nicht mit solchen wie mir. Aber mit euresgleichen?" Sie sah die Veränderung in seiner Miene, da sie die Laterne, die sie bei sich hatte, vom Haken genommen hatte und in Höhe seines Gesichtes hielt. „Du bist unehrlich, Dan. Du hattest Rosie schon einmal gesagt, dass du sie nicht magst. Daran hat sich nichts geändert. Nicht wahr, Dan?"

Dan schnaubte wie Sammy nach einer anstrengenden Tour.

Bridget hatte ihn wütend gemacht. Normalerweise waren die Amisch die Ruhe selbst.

Sie setzte noch eins drauf.

„John glaubt, du würdest für ihn und Elizabeth sorgen. Wirst du das, Dan? Wir beide wissen, dass du dich nur um dich selbst kümmern wirst." Das war nun eine mutige Behauptung. Denn so gut kannte Bridget Dan nun wieder nicht.

Dan lachte eine Spur zu laut.

„Ich werde jedenfalls keine Pflanzen züchten. Oder Äpfel pflücken. Keine Gärtnerei, kein Obst und Gemüse. Aber das Café. Rosie kann gut backen. Sie wird das Café führen. So wie jetzt."

„Und was wirst du machen?"

Dan zuckte mit den Schultern. „Vielleicht diese blöden Touristen mit der Kutsche herumfahren? Ihnen blöde Geschichten erzählen. Die wollen doch so gerne was über uns hören. Da kann ich ihnen genauso gut Märchen erzählen. Was geht die unser Leben an?"

„Ihr habt euch entschieden, mit den Touristen zu leben."

„Ja und? Dann kann man ihnen genauso gut das Geld aus der Tasche ziehen." Dan grinste.

Bridget war in diesem Moment davon überzeugt, dass Dan in irgendeiner Weise gestört war. Er war boshaft und gemein. Er sprach davon, Leute betrügen zu wollen oder sie zumindest zu schröpfen. Irgendwie ging das für sie nicht zusammen mit dem, was sie bisher über die Amisch gelernt hatte. Als sie noch überlegte, veränderte sich Dans spöttische Stimmung urplötzlich. Im fahlen Licht der Lampe konnte sie erkennen, wie er seine Augen zusammenkniff.

„Du bist eine dahergelaufene *Englische!* Was geht dich das alles an? Du hast …" Seine Stimme war beständig lauter geworden, da erhob sich der Wind und warf einen Blecheimer, der auf dem im Winter ungenutzten granitenen Wassertrog stand, scheppernd auf den Boden. Dan hielt erschrocken inne und Bridget entwischte hinüber zum Haus.

„Was bist du nur für ein Mensch?", rief sie ihm noch zu, bevor sie die Tür hinter sich schloss.

Dan blieb erst noch unschlüssig stehen, dann stapfte er im tiefen Schnee durch den Byler-Garten hinauf zum Hof seines Vaters. Was beide nicht gesehen hatten, war, dass Simon Glick ebenfalls sein Pferd versorgte und im Stall nebenan, der sich eine Wand mit Bylers Pferdestall teilte, jedes Wort der beiden mitangehört hatte.

Bridget zitterte am ganzen Leib. So sehr, dass die Aufhängung, an der sie die Laterne hielt, im Befestigungsring klapperte. John und Elizabeth hatten von dem Vorfall nichts mitbekommen. Stattdessen saßen sie am Tisch und warteten offensichtlich mit dem Abendessen auf sie. Die junge Frau atmete tief durch und fragte sich zum tausendsten Male, wie ihr Leben, das vor wenigen Wochen noch so geordnet war, so aus dem Ruder laufen konnte.

*****

Rosie war benommen, als sie in der Klinik ankamen. Sie ließ die Untersuchungen über sich ergehen und musste einige Fragen beantworten. Dann wurde sie geröntgt und in einen kleinen Behandlungsraum geschoben. Es dauerte fast eine Stunde, bis sich wieder jemand um sie kümmerte. Wohl schaute hin und wieder eine junge Schwester herein, aber sie fragte nicht einmal, wie es der Patientin ging. Das Mädchen schien damit zufrieden zu sein, dass Rosie noch lebte. Die betrachtete ihren nackten Fuß, der inzwischen rund um den Knöchel arg angeschwollen war und begann, immer heftiger zu schmerzen. Aber nicht des Fußes wegen war sie ungeduldig. Nach dem, was Dr. Powell ihr gesagt hatte, hatte sie angenommen, den ominösen Freund gleich zu sehen und zu Jason zu dürfen. Nun war sie enttäuscht, auch wenn sie grundsätzlich schon wusste, dass dies eigentlich ja gar nicht möglich gewesen wäre. Vielleicht hatte der befreundete Arzt heute gar keinen Dienst, oder seine Arbeit bereits beendet. Das Fenster in dem kleinen Raum, der mit allerlei medizinischen Geräten und hellgrünen Schränken vollgestopft war, bestand zwar aus Milchglas, aber trotzdem konnte man erahnen, dass es draußen inzwischen stockdunkel geworden war. Also saß sie da, inzwischen ein wenig wacher geworden, das schmerzende Bein ausgestreckt, das gesunde Bein angezogen und abgestützt durch das hochgestellte Bett in ihrem Rücken. Die Uhr tickte ihre Sekunden herunter und die Kleine hatte in der letzten halben Stunde fünf bis sieben Blicke hereingeworfen. Rosie zählte ihre Kurzbesuche nicht mehr. Sie seufzte, sang das kleine Liedchen von der Spinne an der Wand und eines der Kinderlieder über Jesus, den Freund der Kinder, das sie aus ihrem Gesangbuch kannte.

Die Tür öffnete sich und Rosie dachte schon, dass die junge Schwester wieder ihre Runde drehte, aber diesmal kam sie in Begleitung eines Arztes, den Rosie bislang noch nicht zu Gesicht bekommen hatte und einer weiteren Schwester, allerdings diese mit strengem Blick und in etwa im Alter ihrer Mutter.

Der Arzt, der lustig aussah mit seinem roten Haarschopf und einem kleinen Oberlippenbart von derselben Farbe, klemmte eines der Röntgenbilder an den Leuchtkasten und ging einen Schritt zur Seite, um Rosie einen Blick darauf werfen zu lassen.

„Sehen Sie, Miss Byler. Da ist der Knöchel. Und dieser Splitter da...", Er kreiste einen Bereich des Röntgenbildes ein, „... der ist durch ihren Sturz abgesplittert. Es ist keine große Operation, aber wir müssen ihn entfernen und sehen, wie wir ihren Knöchel dann stabilisieren."

Rosie ahnte den Splitter mehr, als sie ihn wirklich sehen konnte. Aber sie nickte.

„Ich muss also operiert werden."

„Richtig. Allerdings müssen wir zusehen, dass Ihre Schwellung erst ein wenig zurückgeht und damit auch die Entzündung, die sich bereits gebildet hat. Die Fahrt in einem Einspänner über holprige Wege ist so einer Verletzung eher nicht zuträglich." Er schmunzelte auf eine recht sympathische Art.

„Und wie lange werde ich außer Gefecht sein?"

„Ach, gar nicht so lange. Nach der OP lassen wir Sie noch eine Woche hier, wobei es immer noch darauf ankommt, wie sich das alles entwickelt. Fürs Erste bekommen Sie jetzt einmal ein Zimmer und wir behandeln ihr Bein. Und weil ich heute einen guten Tag habe, werde ich Sie persönlich in Ihr Zimmer chauffieren, sofern mir die liebe Schwester Miles mir einen Rollstuhl beschaffen kann."

Schwester Miles schaute den Arzt in äußerster Verwirrung an.

„Aber ich kann doch..."

„Unsere junge Kundin werde ich übernehmen. Vielen Dank Schwester Miles, dass Sie mir einen Rollstuhl bringen." Er wandte sich Rosie zu. „Ich bin Dr. Singer. Und wir haben einen gemeinsamen Freund: Dr. Powell." Er zwinkerte ihr zu und Rosie wurde warm ums Herz.

Wenig später brachte Dr. Singer seine Patientin in ihr Zimmer, nicht jedoch, ohne einen gehörigen Umweg zu machen. Noch hatte der Arzt mit Rosie gescherzt, doch nun wurde er ernst.

„Dr. Powell hat mir ein wenig etwas von Ihrer Geschichte erzählt und mir ans Herz gelegt, Sie zu Mr. Burkholder zu bringen. Allerdings geht es ihm nicht besonders gut. Er ist zwar wach und orientiert, aber die Verletzung … nun … er hadert mit seinem Schicksal. Auch wenn er es nicht zugeben mag."

Rosie senkte den Kopf. Ihre Frisur unter der Kapp hatte sich ein wenig gelöst und einzelne Strähnen lugten aus der Haube hervor. Sie bemerkte es nicht einmal, aus Sorge, aber auch aus Vorfreude, Jason gleich sehen zu dürfen.

Dr. Singer bugsierte sie in den Intensiv-Raum, der mit Glasscheiben vom Schwesternstützpunkt aus einsehbar war. Vom Gang aus jedoch nicht, so dass Rosie Jason erst erkannte, als sie direkt vor seinem Bett standen. Er lag flach in den weißen Laken, das Gesicht beinahe ebenso bleich wie diese. Seine Augen waren geschlossen und Rosie brachte es nicht über sich, ihn zu wecken. Stattdessen schaute sie unschlüssig zum Arzt.

„Ich gehe wieder. Holen Sie die Schwester, wenn es ein Problem gibt. Hier ist der Knopf. Und außerdem werden Sie sowieso meistens beobachtet." Er nickte ihr freundlich zu und verließ den Raum durch die Tür in Richtung des Schwesternraums. Aus den Augenwinkeln sah Rosie, dass er sich kurz mit der dort befindlichen jungen Frau unterhielt, um dann endgültig die Abteilung zu verlassen.

Sie war unsicher. Dr. Singer hatte leise gesprochen und Jason hatte nicht reagiert. Nun sah sie sich um. Jason trug ein weißes Krankenhaushemd und war an unzählige Kabel angeschlossen, zumindest erschien es ihr so. Ein Monitor zeigte stumm irgendwelche Kurven an und große spritzenähnliche Apparaturen waren auf der anderen Seite des Bettes aufgereiht. Sie erregten

ihr Interesse und sie betrachtete die fünf übereinander ange-
brachten großvolumigen Spritzen eine Weile. In dreien befand
sich eine Flüssigkeit, die in unendlicher Langsamkeit in einen
Schlauch tropfte, der wiederum mit einer Infusionslösung ver-
bunden war. Rosie nahm an, dass es sich um Medikamente handelte, die auf diese Weise sehr genau dosiert wurden. Sie widmete ihre Aufmerksamkeit wieder ausschließlich Jason.

Er war blass, was sie auf den ersten Blick bereits wahrgenommen hatte. An der linken Seite, dort wo sie saß, erkannte sie
halsabwärts rote Striemen, die vermutlich durch einen der Äste
des fallenden Baumes verursacht worden waren. Das weite
Hemd gab den Blick frei auf einen Teil der Brust, wo blau-
schwarze Flecken ebenfalls Zeugnis vom Unfall gaben. Rosie
suchte seine linke Hand. Sie nahm sie in die ihre und drückte
sie sanft. Jason wandte kaum merklich den Kopf in ihre Richtung.

„Rosie?", fragte er leise. „Das ist jetzt kein Traum, oder?"
Rosie grinste über beide Backen. Erst jetzt, da er sprach, fiel ihr
ein Stein vom Herzen.

„Nein, ganz sicher nicht. Ich musste dich unbedingt sehen."

„Dann hat dein Dad das zugelassen?" Jason sprach ein wenig
verwaschen, was vielleicht von den Medikamenten kam. „Oder
du hast gegen seinen Willen..."

„Weder noch!" Rosie drückte seine Hand, so glücklich war sie
allein aufgrund der Tatsache, dass sie in seiner Nähe war. „Ich
habe mich am Knöchel verletzt. Und Dr. Powell hat ein paar
Fäden gezogen. Ist das nicht nett?"

Jason runzelte die Stirn. „Aber dein Dad?"

„Er hat nicht gesagt, dass ich nicht in dieses Krankenhaus gebracht werden darf und dass ich dich dann nicht besuchen darf.
Wir Amisch besuchen uns, wenn jemand krank ist. Weißt du."
Sie hörte sich ein wenig altklug an und Jason verzog das Gesicht
zu seinem Grinsen.

„Jetzt im Moment kann ich mir nichts Schöneres vorstellen, als
dich hier bei mir zu haben." Sein Blick verdüsterte sich.

„Du weißt, was mit mir passiert ist?"

„Ich weiß, dass du einen Unfall hattest und dass ich beinahe selber gestorben wäre, bis ich hörte, dass du lebst", gab Rosie ernst zurück. „Aber ich weiß nicht genau, was dir fehlt."

„Der Baum lag auf meinem Rücken. Sie wissen noch nicht, ob ich wieder gehen kann." Seine Erklärung war mehr als dürftig, aber Rosie fragte nicht weiter.

„Ich vermisse dich", sagte sie stattdessen.

„Ja, ich dich auch. Aber so…", er nickte in Richtung seiner Brust, „… werde ich niemanden heiraten. Und außer dir will ich sowieso keine."

„Jason. Wir werden zusammen sein. Die Angst um dich hat mich darin bestärkt, in diesem einen Punkt ungehorsam zu sein. Ich kann Dan nicht heiraten. Es geht nicht. Und ich werde darüber auch nicht mehr diskutieren."

Rosie hatte sich soeben zu diesem Entschluss durchgerungen und sie wusste selber nicht, wie es dazu gekommen war. Der Anblick Jasons, ihres geliebten Freundes, war es vermutlich, der ihr den Mut dazu gab, es zumindest einmal auszusprechen.

„Und ich werde dich heiraten, so wie wir es vorhatten. Auch darüber diskutiere ich nicht!" Sie klang so entschlossen, dass Jason überrascht schwieg.

Rosie fühlte eine plötzliche Leichtigkeit in sich. Endlich hatte sie sich befreit von der Last, die sie seit Wochen niederdrückte. Deutlich konnte man an Jasons Gesicht ablesen, dass er stark zweifelte, ob sich ihr plötzlicher Einfall wohl durchführen ließe. Dann fiel ihm seine Situation wieder ein. Tatsächlich hatte er sein Los für einen kurzen Moment vergessen.

„Ach Rosie. Du weißt, dass du dich nicht an einen Mann binden kannst, der nichts zum Familieneinkommen beitragen kann. Du brauchst einen *richtigen* Mann an deiner Seite. Einen, der dir auch Kinder schenken kann."

„Hä?" Rosie war so überrascht von der Wendung, die dieses Gespräch nahm, dass ihr nur jener Ausdruck einfiel, den Bridget anfangs für alles übrig hatte, was sie nicht verstand.

Jason musste tatsächlich schmunzeln, so ungewohnt war es, so einen weltlichen Ausdruck aus ihrem Munde zu hören.

„Ach, Rosie!", sagte er schließlich. „Du weißt doch selber, dass wir nicht so leben wie die Englischen. Wir arbeiten für unseren Lebensunterhalt. Aber genau das werde ich nicht mehr können!"

„Ach, du Blödmann!" Rosie hörte sich reden und war nicht ganz sicher, ob das Beruhigungsmittel irgendeinen Bereich in ihrem Gehirn lahmlegte.

„Bridget färbt ganz schön auf dich ab!", stellte Jason heiter fest. Er genoss Rosies Anwesenheit und ihre seltsame Ausdrucksweise.

„Die haben mir ein *englisches* Beruhigungsmittel gegeben, bevor sie mich hergebracht haben, vielleicht färbt *das* ab."

„Ja, das muss es wohl sein! Wenn mir nicht alles so weh tun würde, würde ich jetzt lachen."

„Was tut dir denn weh?"

„Alles oberhalb dem Bauchnabel."

„Dann ist das ja zur Hälfte schon mal gut. Die andere Hälfte wird auch wieder. Du wirst sehen."

Jason lachte nun doch und zuckte sofort zusammen, weil ihn die Prellungen doch arg schmerzten.

„Wir Amisch nehmen unser Schicksal doch an. Und wenn du wirklich im Rollstuhl landen solltest – was im Übrigen noch gar nicht sicher ist – dann findest du auch eine Arbeit, die eine Familie ernährt. In der Kutschenfabrik gibt es doch einige Handgriffe, die man im Sitzen ausführen kann. Und in der Gärtnerei auch. Wir verkaufen den Hof und deine Eltern und Milli ziehen ins Dorf. Die Gärtnerei und die Bäckerei werden uns ernähren." Rosie sprach ohne Punkt und Komma und sogar Jason erkannte, dass sie ein wenig neben sich stand. Er wand seine Hand aus der ihren und wischte ihr eine der besonders widerspenstigen Strähnen aus dem Gesicht.

„Du bist wirklich schön, Rosie. Und wenn wir in einem Märchen leben würden oder im Paradies, dann könnte deine Vision

Wirklichkeit werden. Aber leider fristen wir unser Dasein auf der Erde und müssen deshalb auf unsere Erlösung warten."

Rosie sah ihn liebevoll an.

Jason sprach weiter, noch ernster als zuvor. „Rosie, ich möchte, dass du erlöst wirst. Du kannst dich nicht gegen deine Eltern wenden. Du darfst nicht ungehorsam sein. Auch wenn es bedeutet, dass wir beide das größte Opfer bringen müssen, das ich mir im Moment vorstellen kann. Nicht einmal der Rollstuhl kann mich mehr ängstigen, als die Aussicht, das Leben ohne dich verbringen zu müssen. Oder dich an der Seite Dans zu sehen und zu wissen, wie er dich behandeln wird."

Rosie sah Tränen in Jasons Augen schimmern. Ja, es war traurig. Und ungerecht.

„Jason. Denkst du, dass alle anderen Leute auf der Welt der Verdammnis zufallen, nur weil sie nicht amisch sind? Denkst du, dass wir nicht zum Herrn kommen können, wenn wir …"

Sie hatte sagen wollen: Von unseren Familien abwenden. Doch sie erkannte, dass dies eine wirklich schwere Verfehlung wäre.

„Die Menschen in der Welt wissen es nicht besser. Aber wir wissen es besser. Wir haben viel bekommen vom Herrn. Und er erwartet auch viel von uns." Jason wandte seinen Blick von Rosie ab und starrte an die Decke. „Ich darf es nicht zulassen, dass du ungehorsam bist, Rosie. Du darfst es nicht sein."

„Selbst wenn du mich nicht willst. Ich kann Dan nicht heiraten. Man würde mir Gewalt antun, wenn ich ihn heiraten müsste."

Noch deutlicher konnte sie es nicht sagen. Warum nur glaubte ihr niemand die schrecklich übergriffige Art von Dan Miller?

Jason seufzte. Er war so unendlich müde und konnte nichts dagegen machen, dass ihm die Augen zufielen.

Rosie senkte den Kopf.

„Ich werde jetzt gehen, Jason. Damit du schlafen kannst. Ich werde demnächst operiert und ich werde vermutlich noch eine Woche hierbleiben."

Jason schlief bereits.

Kapitel 12

In den nächsten Tagen passierte nichts, außer, dass die Bäckerei geschlossen war und Bridget gerne der gedrückten Stimmung im Byler-Haus in Richtung des Stolzfus-Büros entfloh.

Sie war mit Elizabeth mittels eines mennonitischen Chauffeurs im Krankenhaus gewesen, um nach Rosie zu sehen und ihr Kleidung zu bringen. Das war kurz vor deren Operation und sie wünschte ihr Glück. Niemand konnte ihr verbieten, auch bei Jason vorbeizuschauen, der reichlich bleich und kraftlos in seinen Kissen lag. Sie wechselten ein paar Worte und Bridget verstand mehr und mehr, warum Rosie sich in den freundlichen jungen Mann verliebt hatte. Er war zurückhaltend, machte wenig Worte. Dabei dachte er viel über die Dinge nach und war sehr tiefschürfend in seinen Überlegungen. Hätte Jason eine umfassendere Bildung erhalten und womöglich ein Studium absolvieren können, wäre er sicherlich ein hervorragender Wissenschaftler geworden. Nur über das Fach war sie sich nicht ganz sicher. Bridget musste lächeln, als sie den Weg zu Rosies Zimmer zurück antrat. Sie dachte tatsächlich darüber nach, in welchem Fach Jason wirklich gut hätte sein können! Biologie kam ihr in den Sinn oder vielleicht ein anderes naturwissenschaftliches Fach. Er dachte über Zusammenhänge nach und sie hatte schon öfter gehört, wie Rosie und er sich über bessere Anbaumethoden oder spezielle Gemüsesorten ausgelassen hatten. Er sprach über Düngemethoden, biologischen Anbau, besonders ertragreiche Feld- und Gartenfrüchte. Dabei benutzte er Wörter, mit denen Bridget nichts anfangen konnte und die man in der Stadt im Allgemeinen und im Finanzamt im Besonderen eher nicht brauchte. Rosie und er hatten vor kurzem darüber philosophiert, dass sie die Gärtnerei komplett auf Bioprodukte umstellen würden … Das war noch, bevor Dan wieder auf den Plan trat und alles durcheinanderbrachte und Rosie und Jason in ihr Unglück stürzte. Schlagartig wurde Bridget traurig. Es konnte einfach nicht wahr sein, dass die Bylers ihren überkommenen Regeln aus dem vorvorigen Jahrhundert folgten und Rosie so eine Bürde auferlegten. Und das nur, weil John versorgt sein wollte.

Ein drittes Mal wechselte ihre Befindlichkeit. Sie wurde wütend. Und in dieser Stimmung kam sie in Rosies Zimmer an. Die bekam davon allerdings nichts mehr mit, da eine lustige Pille sie in äußerst gelöste Stimmung versetzte, weshalb sie alles furchtbar komisch fand. Das brachte Bridget dann doch wieder zum Schmunzeln und sie ging auf den lockeren Ton ein, der zwischen Elizabeth und ihrer Tochter herrschte. Als Rosie abgeholt wurde, verließen auch ihre Besucherinnen den Raum. Elizabeth wirkte nervös. Nicht nur die ungewohnte Atmosphäre im Krankenhaus, auch die Tatsache, ihre Tochter der weltlichen Medizin anvertrauen zu müssen, ängstigte sie. Bridget zog sie zum Krankenhauscafé. Sie holte zwei Portionen Kaffee und zwei Stück Kuchen und stellte ein Gedeck davon Elizabeth vor die Nase. Wenigstens waren Amische hier in der Gegend ein alltägliches Bild, so dass sie nicht auch noch den neugierigen Blicken der übrigen Anwesenden ausgesetzt waren. Tatsächlich gab es am Rande der großen Discounter hier in der Stadt spezielle Parkplätze für die Einspänner und die Pferde. Auf der Herfahrt sah Bridget eine Kutsche mit Pferd an einer normalen Parkuhr stehen, und in einer Drive-Inn-Bank wartete ein Gespann in einer Reihe mit motorisierten Fahrzeugen.

„Vielleicht können wir mit Rosie noch sprechen, bevor uns Mr. Zylinsky wieder mit nach Hause nimmt." Bridget wollte Elizabeth ein wenig ablenken.

Mr. Zylinsky war einer der Mennoniten, die den nicht-motorisierten Amisch ihre Fahrdienste anboten. Da die Mennoniten ebenfalls sehr gläubige Menschen waren, wenngleich ihre Glaubensinhalte insbesondere auf dem Gebiet der Erlösung sich von denen der Amisch deutlich unterschieden, nahmen die

Amisch diese Dienste gerne in Anspruch. Mr. Zylinsky arbeitete in der Stadt und so würden sie den ganzen Tag hier verbringen, bevor er sie am Abend wieder mit nach Hause nehmen konnte. Bridget ahnte, dass es schwierige Stunden zusammen mit Elizabeth werden würden. Da hatte sie eine Idee.

„Warum besuchen Sie nicht auch Jason, Mrs. Byler? Der würde sich über ein wenig Ansprache sicher freuen. Wo der arme Kerl nur den ganzen Tag auf dem Rücken liegt und die Decke anstarrt. Vielleicht mögen Sie ihm was vorlesen. Oder ich könnte es tun und sie hören einfach mit zu?"

Bridget lächelte ihr aufmunternd zu. Elizabeth standen ihre Gedanken förmlich ins Gesicht geschrieben, doch dann stimmte sie erstaunlicherweise zu. Nun war es relativ deutlich zu sehen, dass Bridget über ihre Zustimmung sehr überrascht war.

Das erste Mal an diesem Tag hellte sich Elizabeths Miene auf. Es war nicht die zur Schau getragene Fröhlichkeit, die sie Rosie gegenüber anschlug. Es war eine tiefe Erheiterung, die Bridgets erstauntes Gesicht bei ihr ausgelöst hatte.

„Ach Bridget. Ich mag Jason. Daran ändert die ganze Situation doch nichts. Er ist ein guter Mann und wird sicher einmal eine große Familie haben. Die Umstände sprechen eben dagegen, dass er diese Familie mit Rosie gründen wird."

„Sofern er überhaupt je eine Familie gründen wird. Es ist nicht wirklich klar, inwieweit er sich wieder erholt. Hat er mir gerade erzählt."

„Das täte mir leid. Aber der Herr wird sich etwas dabei gedacht haben, ihm dieses Schicksal aufzuerlegen." Elizabeth lächelte Bridget an.

Bridget, die sich an die Ausdrucksweise der Bylers und ihrer Nachbarn mittlerweile gewöhnt hatte, wusste im Moment dennoch nicht, was sie Elizabeth entgegnen sollte. Ihr von ihrem Zusammenstoß mit Dan berichten? Wer wusste schon, wie die Bylers es aufnehmen würden. Vielleicht dachten Sie, dass Bridget log. In dieser Hinsicht mochte Dan tatsächlich Recht haben. Bridget war eine *Englische* und sie blieb es auch. Trotz ihrer

Verkleidung. Und aus irgendeinem Grund empfand sie ihre Kleidung in diesem Moment als Maskierung. Viel lieber hätte sie jetzt Jeans und T-Shirt an und könnte ihren Standpunkt authentisch vertreten. Stattdessen kam sie sich jetzt gerade genauso verlogen vor, wie ihre Kleidung es war.

„Elizabeth, ich würde gerne etwas verstehen." Bridget begann häufiger mit diesem Satz, weil sie vieles nicht verstand, was im Byler-Haus und im Ort vorging.

Elizabeth wurde ernst. Es war das erste Mal, dass Bridget sie Elizabeth genannt hatte. Beide bemerkten es gleichzeitig.

„Verzeihung, Mrs. Byler. Also, ich verstehe nicht, warum Rosie und Jason nicht zusammenbleiben können. Oder anders gefragt: Wieso ausgerechnet Dan?" Sie wollte noch hinzusetzen, dass ihr Dan unheimlich war, ließ es aber dann doch.

„Du kannst mich ruhig Elizabeth nennen. Ich stelle es mir sehr schwierig vor, sich in eine Welt wie die unsere einzufügen, wenn man aus deiner Welt kommt."

„Ja, das war es. Schwierig. Aber nicht, weil die Amisch anders sind, als alle anderen. Es war schwierig, weil es so still und dunkel war. Man ist so reduziert. Man hört sein Herz schlagen, man hört seine Gedanken, als ob sie jemand neben dir aussprechen würde. Und ich war fremd. Es ist etwas anderes, wenn man in Stille und Dunkelheit jemanden um sich hat, den man liebt. In dieser Umgebung auch noch alleine zu sein, das war das Schwierigste für mich. Das muss Rosie gespürt haben. Sie hat mir meine Beklemmung genommen. Sie saß bei mir im Zimmer, als ich Panik hatte, weil ich mich so alleingelassen fühlte."

Bridget hatte in ihre Kaffeetasse gesprochen, nun hob sie den Kopf und schaute Elizabeth offen an. „Sie würde Sie nie allein lassen, Elizabeth. Sie würde sich immer um ihre Eltern kümmern. Und glauben Sie mir, auch wenn ich keine Amisch bin, habe ich Augen und Ohren. Mit Jason als Schwiegersohn würde es Ihnen weit besser ergehen, als mit Dan."

Elizabeth nahm einen Schluck aus ihrer Kaffeetasse, was ihr eine kleine Pause verschaffte. Dann sagte sie: „Bridget, lass es unsere Sache sein, wie unser Leben funktioniert. Und lass uns hoffen, dass der Herr Jason sein Schicksal annehmen lässt. Was auch immer er für ihn bereithält."

Bridget zog es vor zu schweigen. Sie dachte an ihre Großmutter, die sich die Knie aufscheuern würde, um darum zu bitten, dass Gott einen geliebten Kranken wieder gesundwerden hätte lassen. Diese Menschen hier beten darum, dass jemand sein Schicksal annehmen kann. Sie musste sich eingestehen, dass es eine ehrlichere Art war, mit Schicksalsschlägen umzugehen.

Ohne sich weiter zu unterhalten, tranken die beiden Frauen ihren Kaffee und aßen den Kuchen, der nach all den Köstlichkeiten, die Rosie und ihre Nachbarinnen anboten, stark nach Fabrik schmeckte.

Dann gingen sie zu Jason, der, wie Bridget prophezeit hatte, die Decke anstarrte.

Falls Jason überrascht war, zeigte er es nicht. Elizabeth und er unterhielten sich über das Wetter, die Touristen, die im Moment nur spärlich kamen, über Johns Zustand und über Rosies Unfall. Dabei hörte Bridget das erste Mal, wie es eigentlich passiert war. Nach der beunruhigenden Begegnung mit Dan hatte sie vollkommen vergessen, danach zu fragen. Was Bridget allerdings nicht wusste war, dass auch bei Rosies Unfall Dan eine Rolle gespielt hatte. Diese Tatsache ließ Elizabeth in ihrem Bericht wohlweislich aus.

Als Rosie erwachte, fiel ihr zuerst die große Uhr auf, die an der Wand genau gegenüber ihrem Bett die Sekunden heruntertickte. Ihre zweite Wahrnehmung war, dass sie sich nackt fühlte. Sie, die an die dicken, beinahe bodenlangen Nachthemden gewohnt war, spürte das dünne Krankenhaushemd kaum. Das ungute Empfinden von Scham stellte sich in dem Maße ein, in dem der Nebel in ihrem Gehirn wich. Dann begann sie zu frieren. So sehr, dass es sie schüttelte. Eine Schwester bemerkte es und kam mit einer dicken Decke, die sie über ihre Patientin breitete. Zwar fühlte sich Rosie nun weniger entblößt, aber die

Kälte kam von innen, fast, als hätte sie Eiswürfel im Magen. Es dauerte eine ganze Weile, bis sie sich gefangen hatte und endlich auch unter der Decke warm wurde. Sie schlief wieder ein.

Als sie das nächste Mal erwachte, war es eine Stunde später. Sie fühlte sich ungleich wacher und weniger gedämpft, so dass sie sich für ihre Umgebung interessierte. Links neben ihr lag ein alter Mann, der noch schlief, rechts gab es lediglich die Wand. Weiter konnte sie nicht sehen, da ein Medizinschrank ihren Blick verstellte. Auf Anraten der Schwester heute Morgen hatte sie ihre dicken, langen Haare zu einem Zopf geflochten. Nun drückte er an ihrem Hinterkopf und sie zerrte daran, um ihn sich über die Schulter zu legen. Diese Aktion war gar nicht so einfach, da an ihrem linken Arm eine Blutdruckmanschette hing, die sich dann und wann schmerzhaft um ihren Oberarm zusammenzog, und im rechten Handrücken eine Infusionsnadel steckte, in die Flüssigkeit aus den beiden Fläschchen am Metallstander neben ihrem Bett tropfte. Als sie sich bewegte, schlug das Signal an ihrem Monitor Alarm und die Schwester warf einen Blick darauf. Doch Rosie hatte bereits wieder Farbe im Gesicht und wirkte ansonsten ganz wach, so dass sie sich wieder dem alten Herrn widmete, der ihr offensichtlich mehr Sorgen bereitete.

In den folgenden Tagen konnte sie sich vor Besuch kaum retten. Obwohl das Krankenhaus relativ weit von House-at-the-Water entfernt lag, kamen nach und nach alle Nachbarn zu Besuch, verbanden mit der weiten Fahrt, die sie mit englischen Fahrern unternahmen, mit Einkäufen und sonstigen Besorgungen. Außerdem galt es, gleich zwei Gemeindemitgliedern beizustehen und so war auch der Tag der Besucher reichlich ausgelastet. Erst am Abend gelang es Rosie deshalb, sich von einer Schwester zu Jason hinüberfahren zu lassen. Zumindest in den ersten Tagen. Später, als sie gelernt hatte, an Krücken zu gehen und auch bald entlassen werden sollte, humpelte sie den kurzen Weg zu Fuß.

Sie nahm zur Kenntnis, dass Jason auch gesünder aussah, als noch vor einer Woche. Er machte kleine Fortschritte, so spürte er in einem Fuß ein unbestimmtes Kribbeln, das zwar unangenehm war, aber einen Riesenschritt in Richtung einer vollständigen Genesung bedeutete.

„Die Ärzte meinten, es gäbe eine Chance, dass ich wieder gehen könnte. Auch wenn es lange dauern würde. Die Frage ist nur, wie lange ich dazu brauchen darf."

Diese unverständliche letzte Bemerkung ließ Rosie aufhorchen.

„Was meinst du damit?"

„Ich kann der Gemeinschaft nicht endlos auf der Tasche liegen. Meine Familie kann schon lange nicht mehr für mich aufkommen. Wir hatten gerade so viele Rücklagen, dass es für die Verletzung meines Vaters ausreichte. Aber ich brauche teure Medizin, all die Geräte, die Spezialärzte…"

„Du weißt doch, dass die Gemeinschaft alles tut, was nötig ist." Rosie verstand wohl, was er meinte, wollte ihn aber aufmuntern.

„Heute brauchst du Hilfe, morgen ein anderer. Sieh dir meinen Vater an. Auch seine Versorgung wird irgendwann über unsere Kraft gehen. Die Medikamente sind teuer. Und die Arztbesuche."

„Und du konntest nichts verdienen in dieser Woche und vielleicht auch noch eine Weile länger." Jason war heute in düsterer Stimmung. Er hielt ihre Hand, schaute sie aber nicht an.

„Jason, es wird immer irgendwie gehen. Du musst gesund werden. Das ist deine jetzige Aufgabe. Deine Familie braucht dich und da ist es leichter, wenn du auf deinen Beinen stehst, wenn du die Chance dazu hast."

Es war eine Gratwanderung, das zu sagen, denn noch war es ganz und gar nicht sicher, dass er seine Beine jemals wieder benutzen würde können.

„Ja, schon gut. Und trotzdem ist es … ach … ich weiß auch nicht! Es ist alles so bodenlos."

„Die beiden Stolzfus-Brüder machen gute Geschäfte, auch Smucker mit dem Restaurant, da ist Geld in der Gemeinschaftskasse…", versuchte Rosie es erneut, wenn auch nicht ganz geschickt.

„Ja, die drei stemmen derzeit alle unsere Ausgaben. Es ist einfach zu viel passiert in unserem Bezirk. Das weißt du so gut wie ich."

„Der Herr weiß, was er mit uns vorhat. Auch wenn wir es noch nicht wissen."

Jason schwieg. Was in erster Linie daran lag, dass er sich im Moment nicht wirklich sicher war, was den Herrn betraf.

„Wann wirst du entlassen?", fragte er nach einer langen Pause, in der sie ihre Hände ineinander verschlungen haben und ihren Gedanken nachhingen.

„Übermorgen, denke ich. Ich werde morgen noch einmal geröntgt und dann zeigen sie mir, wie ich den Fuß versorgen muss."

Sie trug eine enge Stütze, die aussah wie ein aufgeblasener Stiefel. Der Vorteil bestand darin, dass man ihn abnehmen, das Bein säubern und die Operationswunde neu verbinden konnte.

Trotzdem musste sie noch eine Weile mit Krücken gehen.

„Hast du noch Schmerzen?"

„Hin und wieder. Ist aber eigentlich nicht tragisch. Nachts ist es am Schlimmsten. Ich muss beim Gehen aufpassen, dass ich kein Gewicht darauf stütze."

Rosie zuckte mit den Schultern. Ihr Knöchel war daran schuld, dass sie einige wertvolle Stunden ungestört mit Jason verbringen konnte. Also schien es dem Herrn wohl zu gefallen, dass sie sich trafen.

„Und wie ist es mit dir?", traute sich Rosie zurückzufragen, obwohl sie nicht sicher war, dass Jason in der richtigen Stimmung für derartige Fragen sein würde.

„Das Kribbeln im Fuß hält mich aufrecht." Er seufzte, dann schaute er ihr direkt in die Augen. „Ach Rosie, es tut mir leid. Heute ist ein schlechter Tag. Ich weiß auch nicht, warum. Es ist so furchtbar langweilig hier. Ich kann nicht einmal lesen, weil ich die Arme nicht so in die Höhe halten kann, dass ich die Buchstaben erkenne."

Unvermittelt lächelte er.

„Ehrlich gesagt: Ich warte jeden Tag auf deinen Besuch. All die Nachbarn und Verwandten, die sich täglich abwechseln sind mir nicht so wertvoll wie die Stunden am Abend, wenn du kommst."

„Ich weiß nicht, ob ich es zugeben darf, aber ich warte immer schon, dass die letzten Besucher gehen, damit ich zu dir her-überhumpeln kann." Sie grinste.

Jason hob mühsam den Arm und strich ihr über die Wange. Dabei stellte er sich sehr ungelenk an und wischte ihr in einer ungewollten Bewegung die *Kapp* vom Kopf, die sie auch hier ständig trug. Lediglich der Tag der Operation war davon ausgenommen.

In einem Reflex wich sie zurück, was zur Folge hatte, dass die *Kapp* an einer der Haarnadeln hängen blieb und den aufgesteckten Dutt teilweise auflöste. Am Ende hing Jasons Krankhausarmband zwischen ihren Haaren fest und die Kopfbedeckung über Rosies Schulter. Es blieb ihr nach einer Schrecksekunde nichts Anderes übrig, als die übrigen Haarnadeln herauszuziehen und die Haare über ihre Schultern fallen zu lassen. Sie schaffte es, Jasons Arm loszumachen.

„Dein Haar ist wunderschön!" Es war eine schlichte Bemerkung, doch Jason hatte all seine Liebe hineingelegt, die er tief im Inneren für sie empfand – und die er einfach nicht leugnen konnte. So sehr es die Eltern auch wünschten. Vor allem Rosies Eltern.

Rosie war peinlich berührt. In der Hochzeitsnacht sollte ihr Ehemann der erste und einzige sein, der die Haarpracht seiner Ehefrau zu sehen bekam.

„Du solltest sie nicht sehen." Sie beeilte sich, die langen Haare zu bändigen, um sie wieder aufzustecken.

„Warte! Sie sind so seidig und lang." Jason wickelte eine Strähne um seinen Finger und zog sacht daran.

„Bitte, lass das! Wenn jetzt jemand hereinkommt…"

„Dann sieht er, dass ich mit deinen Haaren spiele." Eine Weile ließ sie es zu, dann zog sich den Kopf ein wenig nach hinten und fasste ihre Haare energisch wieder zusammen. Sie konnte kaum aussprechen, was diese zurückhaltende Berührung in ihr ausgelöst hatte. Jason war so sanftmütig. Er war ehrlich und liebevoll. Er war ….

Dan würde niemals ihr Ehemann werden!

Kapitel 13

Bridget hatte ein komisches Gefühl. So als würde sie beobachtet. Morgens ging sie zu Judy Finch ins Büro, am Mittag kehrte sie zu den Bylers zurück, um dort beim Zubereiten des Essens zu helfen und ihren Lunch einzunehmen. Am Nachmittag half sie noch einmal zwei oder drei Stunden im Büro.

Dies hatte zum einen zur Folge, dass viele der Rückstände dort aufgearbeitet werden konnten, was Judy Finch zunehmend erleichterte.

Zum anderen bedeutete es aber auch, dass Bridget mehrere Male am Tag über die Hauptstraße marschierte. Da es in den letzten Tagen getaut und in den Nächten wieder gefroren hatte, musste sie höllisch aufpassen, auf den glitschigen Wegen nicht auszurutschen. An einem besonders kalten Morgen hangelte sie sich von Gartenzaun zu Gartenzaun, um nicht seitlich wegzurutschen.

Und während dieser kurzen Spaziergänge fühlte sie sich beobachtet. Sie schaute sich um, untersuchte jeden Winkel, zu dem sie gelangen konnte, und versuchte, so gut wie möglich in die Gärten zu spähen, um sich selber zu beruhigen. Aber wie das so ist, wenn man sich nicht wohl in seiner Haut fühlt – sie wähnte überall dunkle Schatten, düstere Gestalten, die sich zu bewegen schienen und unheimliche Geräusche. Dass ihr ihre Psyche einen Streich spielen konnte, dessen war Bridget sich wohl bewusst. Sie wunderte sich nur darüber, dass sie jetzt gerade damit anfing, sich ängstlich und unsicher zu fühlen. Wäre es reine Einbildung, hätte sie diese auch schon von Beginn an haben können.

So überlegte Bridget hin und her, wie sie sich selber beruhigen konnte und kam letztlich zu keinem wirklichen Ergebnis. Tatsächlich fing sie an, sich wieder besser zu fühlen, als Rosie wieder nach Hause gekommen war und mit ihren Krücken überall im Weg herumstand. Sie lachten beide darüber, dass es vollkommen egal war, wo sich Rosie gerade befand – selbst wenn es in der letzten Ecke war – irgendwer stolperte immer über sie. Trauriger Weise häufig auch ihr Vater, der selber nur noch eingeschränkt beweglich war.

Er litt unter einem weiteren Schub seiner MS-Erkrankung, war ständig müde, hatte Schmerzen und neuerdings auch Einschränkungen mit dem Augenlicht. Begonnen hatten die neuen Probleme damit, dass er doppelt sah und ihm deshalb schwindelig wurde. Erst später fing auch das Bein an, stellenweise taub zu werden und hartnäckig auch zu bleiben. Dr. Powell behandelte ihn so gut er konnte und es die Forschung zuließ, aber wirklich erfolgreich war er damit nicht.

Bridget fand es bemerkenswert, mit welcher Geduld John sein Leiden trug. Er bat Nachbar Smucker um einen seiner höheren Restaurantstühle, die der an einem der beliebten höheren Tische stehen hatte, die die Weltlichen so gerne mochten. Den stellte er sich ins Gewächshaus, legte alles, was er dazu brauchte, um für die neue Saison anzusäen, in seine Reichweite und vertiefte sich darin, die winzigen Saatkörner in die feuchte Erde zu stecken. Um einigermaßen gut sehen zu können, kniff er das von den Sehstörungen betroffene Auge zu.

So kam das Frühjahr, schneller und früher als sonst. Die dicke Schneedecke schmolz in der kräftigen Märzsonne sehr schnell dahin und hinterließ große Pfützen auf den Feldern und bis an die Ränder gefüllte Flüsse und Bäche.

Rosie hatte ihren Unfall schnell überwunden und selbst, wenn ihr das Bein noch hin und wieder weh tat, gab sie dem Impuls nicht nach, sich selbst zu bemitleiden. Sie hatte zwei Wochen, nachdem sie aus dem Krankenhaus zurückgekehrt war, das Café wieder geöffnet, was bedeutete, dass Bridgets Zeit im Stolzfus-Dorfbüro wieder beendet war.

Die beste Nachricht in dieser Zeit kam von den Burkholders, die verlauten ließen, dass Jason damit begonnen hatte, wieder gehen zu lernen. Das Gefühl in den Beinen war zurückgekehrt und nun musste er wie ein kleines Kind wieder zu seinem Gleichgewicht finden und zusehen, dass sich die Muskeln an seinen durch das lange Liegen kraftlos gewordenen Beinen wieder bildeten.

Überraschenderweise hatte Daniel Miller seinen Sohn Dan zu einem erkrankten Verwandten geschickt, damit er dort einige Zeit aushelfen sollte. Dies war durchaus ungewöhnlich, da für solche Hilfseinsätze zumeist jüngere Söhne geschickt wurden, die im Falle der Millers auch zur Verfügung gestanden hätten. Vielleicht erkannte Daniel Miller, dass es Dan guttun konnte, einige Wochen aus dem Dorf wegzukommen. Das zumindest nahmen sowohl Bridget als auch Rosie an, nachdem Judy Finch ihnen die Neuigkeit mitteilte und dafür extra ins Café gekommen war.

„Wer weiß, vielleicht kann dir das einen Vorsprung verschaffen, wenn er mal einige Zeit weg ist", mutmaßte Bridget, während sie für Rosie einen Mehlsack in die Truhe leerte. Mit schweren Gewichten musste Rosie noch vorsichtig sein.

„Wie meinst du das?" Rosie steckte ohnehin bis zu den Ellenbogen im Strudelteig, den sie in großer Menge in einer Riesenschüssel vorbereitete. Ihre Großmutter hatte vorgezogen, jeden Strudel extra vorzubereiten, was natürlich entsprechend mehr Zeit beanspruchte. Rosie hatte herausgefunden, dass es dem guten Geschmack keinen Abbruch tat, wenn sie den ersten Schritt der Vorbereitung in einer großen Schüssel erledigte und dann erst mit den einzelnen Portionen weiterarbeitete. Das sparte ihr täglich eine halbe Stunde.

Genaugenommen hatte Bridget sie dazu animiert, sich zu überlegen, ob sie nicht Arbeiten zusammenfassen, Dinge anders sortieren und die Abläufe optimieren könnte. Zuerst hatte Rosie nicht verstanden, was Bridget meinte, doch dann hatte die Freundin sie einige Tage beobachtet und verschiedene Zutaten in anderer Reihenfolge und teilweise an anderen Stellen untergebracht und Rosie hatte vollkommen überrascht festgestellt, dass sie viel weniger laufen musste. Nun, da sie verstanden hatte, was Bridget mit ihren Optimierungsvorschlägen erreichen wollte, machte sie sich selber Gedanken darüber. Und Rosie entdeckte, dass sie eine phantastische Optimiererin war! Da Bridget Buch darüber führte, womit sie wie lange brauchte und was sie durch ihrer beider Überlegungen eingespart hatte, erfassten sie, dass es tatsächlich eine ganze Stunde weniger war, die Rosie am Morgen in der Backstube zubringen musste.

Bridget hatte selbstverständlich angenommen, dass diese Stunde Rosies Nachtruhe verlängern würde, doch weit gefehlt! Rosie stand genauso früh auf wie sonst und fand stets das eine oder andere zu tun, um die gewonnene Zeit zu füllen.

„Sag mal, bist du nicht müde? Ich stehe weit nach dir auf und habe am Nachmittag das Gefühl, im Stehen einschlafen zu können", sagte Bridget, nachdem sie herausgefunden hatte, dass Rosie den Wecker nach wie vor auf dem gleichen Zeitpunkt gestellt hatte.

„Ich schlafe ja am Nachmittag. Jeden Tag eine Stunde. Ehrlich gesagt, fällt es mir nach diesem Mittagsschlaf fast schwerer, wieder aufzustehen, als am Morgen." Rosie lachte. „Müde zu sein gehört für uns dazu. Wir dienen dem Herrn durch die Arbeit. Müßiggang ist nichts für einen Amisch." Und zum Beweis dafür knallte Rosie einen Hefeteigkloß, aus dem leckeres Weißbrot werden würde, auf die Tischplatte. Mehl stob in alle Richtungen und Bridget musste niesen.

Rosie lachte noch lauter und Bridget stimmte mit ein.

Sie wogen sich in Sicherheit. Beide. Bridget hatte die Angst, die sie einige Wochen empfunden hatte, abgelegt und Rosie war nicht zuletzt aufgrund von Jasons bevorstehender Genesung gut gelaunt. Sicher spielte Dans inzwischen mehrwöchige Abwesenheit auch eine Rolle dabei.

Die Bäckerei florierte und dank Bridgets Überlegungen konnte Rosie ihre Arbeit viel effizienter erledigen. Sie hatten einige

neue Lieferantinnen gewinnen können, die nach einem festge-
legten Plan zu bestimmten Wochentagen ihre Backwerke ablieferten und damit ein wenig Geld verdienen konnten. Beinahe
jede Frau in und um House-at-the-Water lieferte mittlerweile
mindestens einen Kuchen, Strudel oder Kleinteile in die Bäckerei und das Café.

Millie, Jasons behinderte Schwester, hielt sich gerne bei Rosie
auf. Mit Wissen ihrer Mutter machte sie sich beinahe täglich auf
den Weg in das Dorf, um bei Rosie einen Kakao zu trinken, ein
wenig beim Saubermachen und sogar in der Backstube zu helfen oder an ihrem bevorzugten Platz am Fenster den Leuten auf
der Straße zuzusehen und dabei auf einem Block zu malen. Eines schönen Frühlingstages wollte Millie ihren Kakao mit hinausnehmen. Rosie dachte, sie würde sich an einen der kleinen
Tische setzen, die auf der Veranda standen. Doch Millie nahm
einen Stuhl, trug ihn über die Straße auf den Gehsteig und
setzte sich darauf. Ihren Malblock hatte sie auf ihren Knien abgelegt, was furchtbar unbequem aussah, wie sie so mit zusam-
mengepressten Knien und hochgestellten Füßen dasaß. Die
Tasse mit dem Kakao stand neben dem Stuhl auf dem Boden.
Nach einiger Zeit kehrte sie zurück ins Café, reichlich durchgefroren vom doch recht kühlen Frühlingswind, aber mit strah-
lendem Gesicht.

„Ich habe dir ein Bild gemalt!", verkündete die junge Frau freu-
destrahlend, die auf dem geistigen Stand eines Grundschulkin-
des war.

„Dann lass mal sehen!" Rosie mochte Jasons Schwester gerne.
Ihr unbekümmertes und stets freundliches, ja liebevolles, Wesen nahm die Menschen für sie ein. Nun nahm sie Millie die
leere Kakaotasse ab und stellte sie auf den Tresen, nicht ohne
Wendy zu bitten, gleich noch einmal ein heißes Getränk für Millie vorzubereiten. Sie wollte nicht, dass sie sich erkältete.

Rosie nahm das Bild aus Millies Händen und betrachtete es
staunend. Millie hatte die Bäckerei gemalt. Auf eine rührend
kindliche Art war es ihr gelungen, den Charme des kleinen

Großdaddyhauses einzufangen, das zum Geschäft umgebaut worden war. Besonders großen Wert hatte Millie auf das Ladenschild gelegt, das Jason Rosie nach dem großen Sturm anstelle des zerbrochenen geschenkt hatte.

„Oh Millie, das ist ja zauberhaft! Darf ich das hier im Café aufhängen?", rief Rosie ohne zu überlegen.

Millie strahlte über das ganze Gesicht. Sie schlürfte ihren Kakao, den Wendy ihr gebracht hatte. Dann nickte sie eifrig.

Wendy runzelte die Stirn, schwieg aber. Später, als Millie gegangen war, sprach sie Rosie darauf an.

„Bist du sicher, dass du ein eitles Bild aufhängen willst?" Eine Spur von Missbilligung schwang in ihrer Stimme mit.

Rosie hob den Blick von den Brötchen, die sie gerade in den Verkaufskorb geschüttet hatte.

„Daran habe ich gar nicht gedacht." Sie machte ein bekümmertes Gesicht. „Denkst du wirklich, so eine Kinderzeichnung ist verboten?"

„Millie ist kein Kind", gab Wendy zu bedenken.

„Aber auf dem Stand eines Kindes. Ich glaube, das geht schon in Ordnung." Rosie nahm das Bild, schnitt den unregelmäßigen Rand weg, der durch das Heraustrennen vom Block entstanden war, und pinnte es mit vier Reißnägeln neben die Ladentheke an die Wand. Im nächsten Moment kam ein Schwarm von Touristen in den Laden und Rosie vergaß Millies Kunstwerk.

„Wieso solltest du Millies Bild nicht aufhängen?", fragte Bridget später, als sie zusammen ihren Lunch einnahmen. Sie saßen in der Backstube und vertilgten ein lecker belegtes Sandwich. Da Mom und Dad nicht zu Hause waren, fiel das gemeinsame Mittagessen heute aus. Wendy erledigte das Kundengeschäft und hatte damit alle Hände voll zu tun.

„Bilder aufzuhängen gilt als eitel. Sich mit vermeintlich Schönem zu umgeben ist weltlich und Amisch glauben einfach nicht daran, dass man sich in der Welt mit Schönem schmücken muss. Du weißt doch, dass ich auf den Tischen immer ein paar Wildblumen stehen habe. Eigentlich stellen wir keine Blumen in Vasen. Weil Blumen in die Natur gehören, an den Platz, den unser Schöpfer für sie vorgesehen hat."

Bridget dachte eine Weile über Rosies Worte nach. Dann sagte sie: „Aber wieso darf Dan dann sagen, dass du ihm zu dick bist? Hat ja auch was mit Schönheit zu tun. Oder mit der Schönheit, die er für sich beansprucht."

So hatte Rosie es noch nie gesehen. Viel zu verletzt war sie über Dans gemeine Bemerkungen, als dass sie sich darüber Gedanken gemacht hätte.

„Scheint so, als ob du recht hättest. Zumindest ein klein wenig. Aber ehrlich gesagt, weiß ich nicht, wie die Ältesten das sehen. Es kann ja sein, dass Dan deshalb Ärger bekommen hat. Weil immerhin hat er sich ja entschuldigt. Na ja, so irgendwie. Und er hat ja auch seine Meinung geändert." Rosie seufzte. „Da wäre es mir ehrlich gesagt lieber, er würde auf die Schönheit einer schlanken Frau beharren."

Ihr Gesichtsausdruck war so komisch, dass Bridget lauthals lachen musste. „Tut mir leid, aber irgendwie ist es komisch. Ich weiß schon, dass dir in der Beziehung nicht zum Lachen ist."

Rosie vertilgte den Rest ihres Sandwiches und schwieg eine Weile, dann sagte sie, während sie sich die Krümel vom Kleid klopfte, beiläufig: „Ich werde ihn nicht heiraten. Ich werde mich weigern. Die Gefahr, dass ich dann gebannt werde, ist groß, aber ich kann es nicht tun."

„Wieso wirst du gebannt?" Bridget wusste inzwischen, dass der Bann die schlimmste Strafe in einer amischen Gemeinschaft war. Niemand würde mit Rosie sprechen dürfen, oder bei ihr einkaufen, oder mit ihr an einem Tisch sitzen. Bis sie Abbitte geleistet hatte. Dann würde niemand mehr darüber sprechen und alles wäre wieder gut.

„Weil ich ungehorsam bin. Gegenüber meinen Eltern. Und der Gemeinschaft." Rosie zuckte mit den Schultern.

„Das ist ganz schön hart."

„Aber es hat grundsätzlich seinen Sinn. Abgesehen davon ist es eine Strafe, die es schon in der Bibel gibt. Der Bestrafte soll über seine Vergehen nachdenken. Ihm tut keiner was zuleide. Er hat die Wahl, ob er in die Gemeinschaft wieder zurückkehrt oder ob er gebannt bleibt."

„Ich stelle nicht die Strafe an sich in Frage. Ich stelle in Frage, wieso man wegen so etwas überhaupt bestraft werden muss. Es ist doch dein Leben. Das wäre ja so, als würde jemand bestraft, wenn er die falschen Klamotten anhat." Bridget erkannte in dem Moment, da sie es ausgesprochen hatte, dass dies ein schlechtes Beispiel war.

„Wegen der falschen Klamotten kannst du auch gebannt werden. Jedenfalls wenn du dich beharrlich weigerst, dich an die Vorschriften zu halten."

„Ja, aber Vorschriften bezüglich des Heiratens?" Bridget ließ nicht locker.

Rosie zuckte mit den Schultern. Sie verstand Bridgets Einwände. Aber so war es eben hier schon immer.

Da Rosie ihr eine Antwort schuldig blieb, sprach Bridget weiter. „Es muss doch einen Einfluss darauf haben, wie schäbig sich Dan benimmt. Wie er dir auflauert oder mit dir spricht. Warum sagst du das den Ältesten nicht?"

„Weil sie mir nicht glauben würden. Denke ich. Jeder weiß doch, dass mir Jason etwas bedeutet. Und da hat Dan eben die älteren Rechte. Ich hatte damals den Fehler gemacht, dass ich mich nicht vehement genug geweigert hatte, Dan zu nehmen. Nun sieht es so aus, als wäre mir Dan nicht gut genug, weil ich ein Auge auf Jason geworfen habe." Rosie brach ab, weil sie den fragenden Ausdruck in Bridgets Gesicht bemerkte.

„Ist reichlich kompliziert, euer Heiratsmarkt. Aber dennoch: jeder weiß auch, dass deine Eltern dir Dan ausgesucht haben, weil sie gerne versorgt sein möchten."

„Das ist aber nichts Verwerfliches." Rosie atmete tief durch. Genaugenommen verstand sie die ganze Sache auch nicht wirklich. Vor allem nicht, warum Dan seine Meinung geändert

hatte. Sie kannte aber auch Bridgets unheimliches Scheunenge-
spräch mit Dan nicht. Vielleicht wäre sie dann doch zu den Ältesten gegangen.

Mom und Dad waren beim Arzt gewesen. Die gute Nachricht
war, dass Johns Zuckerwerte sehr gut eingestellt waren. Und es
schien, dass auch die Auswirkungen des letzten MS-Schubes
wieder zurückgingen. Bis auf einen dunklen Fleck, den er beständig vor seinem rechten Auge sah, war ihm nichts weiter geblieben. Das seltsame Taubheitsgefühl in seinem Bein hatte er
vorher schon. Und er konnte selber nicht einschätzen, ob es sich
verschlimmert hatte oder nicht. Jedenfalls ging es ihm besser.
Rosie war darüber sehr erleichtert und so war die Stimmung
am Abendbrottisch so gelöst wie schon lange nicht mehr.
Dad hatte sich mit seiner Krankheit erstaunlich gut abgefun-
den. Er murrte und klagte nicht, nahm die Einschränkungen geduldig hin, die ihm auferlegt wurden. Besonders schwer fiel es
ihm aber, dass er nicht mehr in der Lage war, seinen geliebten
Budget, die amische Zeitung, zu lesen. Dazu war das Licht der
Laternen zu dunkel. Bridget bot sich an, ihm daraus vorzulesen
und er nahm das Angebot gerne an.
Während Bridget also laut vorlas und damit auch Rosie und Elizabeth unterhielt, die den Abwasch machten und sich bemüh-
ten, besonders leise dabei zu sein, meldete sich draußen Sammy
laut wiehernd zu Wort. Für das ansonsten äußerst gelassene
Pferd war dies ungewöhnlich.
„Ich schau mal nach draußen. Nicht, dass sich ein Waschbär in
den Stall verirrt hat und Sammy nervös macht!", bot Rosie sich
an, die gerne noch ein wenig die laue Nachtluft genoss.
Sie verließ das Haus durch den Vordereingang.
Die Sterne leuchteten in der Neumondnacht heller als sonst und
schienen sich gegenüber jenen Nächten, da der Mond am Himmel stand, vervielfacht zu haben. Schon als Rosie ein Kind gewesen war, liebte sie es, sich in den warmen Sommernächten in
das Gras zu legen und die Sterne zu betrachten. Ein paar der

Sternbilder kannte sie, besonders jene, die die Menschen früherer Zeiten zur Orientierung benutzten. Ihr Großvater hatte sie ihr gezeigt. Anderen gab sie selber Namen. Nun, da ihre Augen sich an die Dunkelheit gewöhnt hatten, stand sie eine Weile da und schaute nach oben. Blinkende Lichter bewegten sich durch die Unzahl an Sternen. Das waren die Auswirkungen der englischen Welt. Flugzeuge, Satelliten, vielleicht sogar Raketen, wer wusste schon, was die Menschen in der Welt draußen gerade wieder anstellten? Rosie seufzte und betrat den Stall durch die kleine Seitentür, die problemlos geöffnet werden konnte. Das größere Scheunentor hingegen war recht schwergängig und sie wollte vermeiden, es wieder zuziehen zu müssen. In der Scheune tastete sie nach der Laterne, die immer an ihrem Platz hing und zündete sie an. Das Licht warf flackernde Schatten an die Scheunenwände, doch sie hatten nichts Unheimliches für Rosie. Die Schattenspiele der Öllampen begleiteten sie seit ihrer Geburt und bedeuteten Wärme und Geborgenheit.

Sie hob die Laterne in die Höhe, um sich mit dem Licht nicht selbst zu blenden, aber auch, um einen größeren Bereich überblicken zu können. Sammy war wieder ruhig. Rosie ging zu ihm hin und tätschelte seine Schulter. Das behäbige Pferd hob den Kopf über die Abgrenzung seiner Box und senkte ihn zu Rosie herab. Sie tat Sammy den Gefallen, streichelte ihm über die Stirn und kraulte ihn am Ohrenansatz. Sie wusste, dass er das besonders gern hatte. Dann tat Sammy einen unruhigen Schritt. Er hatte das kleine Geräusch ebenso gehört wie Rosie, die sich umwandte und wieder begann, mit der Lampe die Scheune abzusuchen. Sie ging ein paar Schritte in die Richtung des Raschelns und rief: „Wer ist da?"
Sie fühlte eine Gänsehaut über den Rücken rieseln. Aus irgendeinem Grunde fühlte sie sich in der ansonsten sicheren Umgebung ganz und gar nicht sicher. An einen Waschbären glaubte sie nicht mehr.

Tatsächlich erhob sich eine in dunkle Kleidung gehüllte Gestalt, hielt auf sie zu, stieß sie zur Seite und verschwand durch die offene Nebeneingangstür. Das alles ging so schnell, dass Rosie es gerade noch schaffte, die Laterne in der Hand zu behalten. Nicht auszudenken, was passieren hätte können, wäre sie ihr heruntergefallen. Rosie sortierte sich mit zitternden Knien und ging langsam zur Tür. Immer wieder blickte sie sich um, doch von dem unheimlichen Fremden war nichts mehr zu sehen. Rasch wischte sie ins Haus, um ihren Vater über den Eindringling zu informieren. Der reagierte gelassen, was wiederum Bridget kaum glauben konnte.

„Ist dir etwas passiert? Hat er dir etwas getan?", war seine erste Frage und als Rosie verneinte, lehnte er sich zurück. „Wenn er meint, uns etwas stehlen zu müssen, dann soll er es tun."

„Holen Sie nicht die Polizei?", fragte Bridget erstaunt. Sie dachte an ihre Begegnung mit Dan, wollte es aber nicht preisgeben. Sie vermutete, dass das eine zu große Einmischung in die Sache der Bylers gewesen wäre. Wenn sie eines bisher gelernt hatte, dann war das, dass diese Menschen eher nicht geneigt waren, die Einschätzung von Fremden zu teilen.

„Wenn dieser Dieb meint, etwas stehlen zu müssen, dann hat ihn der Herr in unsere Scheune geschickt. Vielleicht will er unsere Vergebungsbereitschaft testen", erklärte John vollkommen ernst und Bridget musste an sich halten, um nicht laut herauszulachen. Das konnte doch nicht wahr sein, dass es jemand akzeptiert, bestohlen zu werden!

Bridget schwieg, auch wenn es ihr schwerfiel. Rosie zitterte immer noch und sie verschüttete einen Teil des Tees, den ihre Mutter ihr gebracht hatte. John legte Rosie die Hand auf den Arm, was sofort eine beruhigende Wirkung auf sie hatte. Bridget nahm dies überrascht zur Kenntnis. Bei aller Uneinigkeit zwischen Vater und Tochter, waren die Bande in der amischen Familie offensichtlich sehr stark. Sie dachte an die Auseinandersetzungen in ihrer eigenen Familie, die weit weniger weitreichend waren als Rosies zukünftiges Leben. Während

Rosie im Normalfall den Mund hielt und die Meinung ihrer Eltern hinnahm, knallten im Haus der Summers die Türen. Dabei war es unerheblich, ob ihr Vater genervt den Raum verließ, ihr Bruder, mit dem es die meisten Dispute gab, oder sie – Bridget/Mallory – selber wutentbrannt weglief. Man sprach tage- oder gar wochenlang nicht mehr miteinander und irgendwie standen die tiefgreifendsten Streitigkeiten immer zwischen den Parteien.

Sie ließ sich dazu hinreißen, doch noch eine Frage zu stellen.

„Was wäre gewesen, wenn Rosie überfallen worden wäre?"

„Ich nehme an, sie hätte gerufen. In kürzester Zeit wären eine ganze Menge Menschen in unserer Scheune gewesen." Obwohl es sich beinahe wie ein kleiner Scherz anhörte, blieb Johns Miene ernst.

„Aber wenn sie niedergeschlagen worden wäre…?"

„Lass es gut sein, Bridget." Es war Rosie, die sie darum bat. „Ich möchte ehrlich gesagt jetzt gerade nichts mehr davon hören."

„Hm!", machte Bridget, folgte aber dann den Wunsch der Freundin. Und dachte im gleichen Moment an ihr Zusammentreffen mit Dan. Ob er es war…?

Zufällig traf sich ihr Blick mit Rosies und Bridget erkannte entsetzt, dass Rosie das Gleiche dachte.

Und dann, ganz plötzlich, drängte sich Bridget ein unangenehmer Gedanke auf, der sich in ihrem Unterbewusstsein festsetzte: Was wäre, wenn der Fremde gar nicht auf Rosie aus war, sondern auf die junge Frau aus dem Zeugenschutzprogramm? Konnte es tatsächlich sein, dass jemand sie entdeckt hatte? Sie beließ es bei dem Gedanken und besprach es nicht mehr mit den Bylers. Aber ihr war eiskalt.

Kapitel 14

„Denkst du, dass es Dan war?", fragte Bridget unumwunden, als sie später in Rosies Zimmer zusammensaßen und redeten. Sie hatte beschlossen, nichts von ihrem nagenden Verdacht zu sagen, sondern sich selber dazu zu überreden, dass sie hier sicher war.

„Ich weiß nicht. Aber irgendwie hat er mich schon an ihn erinnert. Aber warum hat er nichts gesagt?" Rosie runzelte die Stirn.

„Weil er einer ist, der einem lieber auflauert?", gab Bridget trocken zurück. Immer noch hielt sie es für besser, nichts über ihre Begegnung mit Dan zu sagen.

Rosie schwieg dazu. Auch wenn sie sich sehr gut mit der wenige Jahre älteren Bridget verstand, hielt sie sich bei bestimmten Themen zurück. Bridget war zu sehr *englisch*, als dass sie manche amischen Gepflogenheiten verstanden hätte, selbst wenn man es ihr lang und breit erklärte.

„Wieso lasst ihr euch bestehlen? Einfach so?" Bridget wechselte das Thema, zumindest einen Teil des Themas.

„Weil wir vergeben. Wir richten nicht."

„Dann überlasst das doch der Polizei."

„Wir glauben nicht an die Polizei."

„Ach, das ist jetzt eine billige Antwort!", Bridget musste bei allem Ernst des Problems lachen. „Ihr habt mich aufgenommen, weil die Polizei euch darum gebeten hat."

„Die Ältesten haben es zugelassen, weil wir hier mit unserem Touristendorf, wie es viele nennen, auch irgendwie in der Welt leben. Es war eine Entscheidung, uns anzupassen. Und davon abgesehen, hast du Hilfe gebraucht. Wenn uns einer bestiehlt, dann geht das nur uns was an. Und wir verzeihen dem, der uns Böses will. Steht schon in der Bibel."

„Dan kannst du nicht so leicht verzeihen, was?" Bridget schlug sich auf den Mund, weil sie diesen Gedanken gar nicht aussprechen wollte.

Nun lachte Rosie, wenn auch etwas gequält.

„Das Geheimnis im Verzeihen liegt darin, dass man vor allem denen gegenüber großzügig ist, die man so gar nicht leiden kann, vermute ich." Rosies Miene verriet Verwirrung über ihre eigene Aussage.

„Verstehst du nicht so wirklich, was?" Bridget lachte über Rosies komischen Gesichtsausdruck, wurde aber schnell wieder ernst. „Tut mir leid. Gar so komisch ist das Ganze wahrlich nicht."

„Ich überlege nur gerade, was das bedeutet. Denn wir Amisch sollen alle Menschen gleich gut leiden können. Aber Dan… ach, das ist schwierig. Und weißt du, dass ich Dan eigentlich schon mag, aber anders, als ich sollte. Er tut mir einfach leid. Wenn er sich so tapsig benimmt und ihm Sachen runterfallen. Und wenn er sich immer so aufregt. Das wirkt dann so … so … komisch. Und wenn ich mir dann Dan und mich als Ehepaar vorstelle, dann gruselt es mich." Rosie schüttelte sich bei dem Gedanken.

„Ganz schön verworren", stimmte Bridget zu.

Sie war dabei, ihre Kapp abzunehmen und sich die Haarnadeln aus den Haaren zu ziehen. Da ihre einst stiftelkurzen Haare wild nachgewachsen waren, standen sie jetzt nach allen Seiten ab und waren kaum zu bändigen. Bridget ertappte sich sogar dabei, die hiesige Gepflogenheit, das Haupt zu bedecken, praktisch zu finden.

„Das kann ich mir denken. Du kennst Dan doch schon immer. War der immer schon so … so…", Bridget suchte nach einem Wort, das sich nicht so gehässig anhörte.

„Da Dan gut sechs Jahre älter ist als ich, haben wir als Kinder eigentlich wenig Zeit miteinander verbracht, schon deshalb, weil er ein Junge und ich ein Mädchen war … also immer noch bin." Rosie grinste.

Dann wandte sich ihr Blick nach innen. Tatsächlich überlegte sie, wie sie Dan früher wahrgenommen hatte.

„Als ich in die Schule kam, war er in der vorletzten Klasse. Ich weiß noch, dass er in Rechnen sehr gut war. Und ich weiß auch, dass er die Klassenpolizei war. Er fühlte sich nur wohl, wenn alles in Reih und Glied stand. Wenn wir Bücher eingesammelt und in das Regal gelegt haben, dann marschierte er stets hinterher und zirkelte alles genau ins Regal. Und genaugenommen war er immer schon ein Einzelgänger. In der Pause stand er lieber an Stolzfus' Weidezaun und beobachtete die anderen. Und wenn jemand sich danebenbenahm, dann meldete er das Miss Linnie. Sie war unsere Lehrerin, bevor sie heiratete und in den Nachbarbezirk zog. Er war erst zufrieden, wenn die Übeltäter zur Rechenschaft gezogen wurden."

„Typisch Dan also."

„Irgendwie schon. Dann ist er aber immer sehr hilfsbereit. Er hat Dad letztes Jahr, als der seine Diagnose bekam, in der Gärtnerei geholfen. Weißt du, er wirkt dann immer so, als hätte er keine Lust darauf. Wenn du ihn dann aber mit den Pflanzen beobachtest und ihn einfach machen lässt, dann sieht es wirklich so aus, als mache er das mit Liebe. Er zählte jedes Samenkorn einzeln in die Anzuchttöpfe. Und war erst zufrieden, wenn jedes der Töpfchen exakt in Reih und Glied stand. Andererseits kann das schon auch mal lästig werden, wenn du mit so jemanden arbeiten musst. Aber der Herr wird sich schon was dabei gedacht haben, dass er Dan so speziell gemacht hat."

Der letzte Satz Rosies ließ Bridget aufhorchen. Irgendetwas daran setzte sich in ihr fest und beschäftigte sie die ganze Nacht über, so sehr, dass sie kaum Schlaf fand. Aber so sehr sie sich auch mühte, ihr mochte nicht einfallen, warum dieser Satz vom „speziellen Dan" etwas in ihr geweckt hatte.

Am nächsten Morgen marschierte sie in das Stolzfus-Büro zu Judy, um die Bestellung für die Bäckerei aufzugeben. Sie hatte mit Rosie vereinbart, ein wenig bleiben zu können, um Judy bis zum Mittag zur Hand zu gehen. In der letzten Zeit hatten sie es so gehalten, dass Bridget die Korrespondenz mit den Kunden des Quilt-Shops, die - ebenso wie die Smuckers - einen Online-Verkauf unterhielten, übernahm. Die Bestellungen, die hereinkamen, wurden gesammelt, bestätigt und dann, zusammen mit dem Lieferschein oder der Rechnung, an Smucker und Glick übergeben. Die packten die Ware versandfertig und brachten sie selber zur Post. Auch diesen Ablauf hatte Bridget ausgetüftelt, da Judy bis dahin alles selbst erledigte und sogar die Pakete zur Post brachte.

An diesem Morgen kam ein Kunde in das Büro während Bridget am Computer saß und eifrig tippte. Judy beschäftigte sich mit dem Mann, der sich freundlich gab und sich für eine der Stolzfus-Kutschen interessierte. Ausführlich ließ er sich den Ablauf einer Bestellung erklären. Judy entging es nicht, dass der Fremde immer wieder zu Bridget herüberblickte.

„Hören Sie, Sir. Wie wäre es, wenn Sie in die Fertigung gingen und sich dort umschauen wurden. Da können Sie sich ein gutes Bild davon machen, wie eine Original-Amisch-Kutsche entsteht." Neugierig setzte sie hinzu: „Da Sie offensichtlich nicht Amisch sind: Warum brauchen Sie denn so eine Kutsche? Es gibt sicher auch billigere, die nicht auf die traditionelle Art hergestellt wurden, sondern mit allen Mitteln der modernen Welt." Das brachte ihn ein wenig in Verwirrung, da er im Moment gerade wieder dabei war, Bridget zu fixieren.

„Äh, ich … nun ich habe mich schon immer für die Religion der Amisch interessiert. Und ich habe ein paar Pferde. Dafür möchte ich die Kutsche. Und mein Leben ein wenig, sagen wir, verändern. Da wäre es schön, eine wirkliche traditionelle Kutsche zu haben."

Bridget blickte ob dieser lahmen Erklärung auf und warf einen kurzen Blick auf ihren Besucher, der ein wenig fahrig und unkonzentriert wirkte. Dann wandte sie sich wieder ihrer Arbeit zu. Wenn sie bis Mittag fertig werden und Smuckers und Glicks die Unterlagen bringen wollte, musste sie sich ranhalten.

Mr. Miller zog sich ohnehin zurück. Er hatte genug erfahren, würde sich wieder melden und hatte auch keine Lust, in die Werkstatt zu gehen.

„Was war das denn für ein Vogel?" Judy schüttelte missbilligend den Kopf, als sie ihm hinterher sah. Er marschierte über den Hof, blieb an der Einfahrt stehen und schaute die Dorfstraße hinunter, so als überlege er etwas. Dann wandte er sich dem Parkplatz zu, der sich unterhalb der Stolzfus-Werkstatt befand. Wenn man sich ein wenig reckte, konnte man von hier aus die Ausfahrt des Parkplatzes einsehen. Judy versuchte neugierig, einen Blick zu erhaschen.

„Der interessiert sich für zurück zur Natur, eine traditionelle Amisch-Kutsche und deren Religion und fährt einen der teuersten Sportwagen, die es gibt und trägt eine Uhr, die sicher über tausend Dollar gekostet hat."

Bridget hatte mit halbem Ohr zugehört.

„Ist wahrscheinlich einer, der irgendein Geschäft im Sinn hat und auf der Amisch-Exoten-Welle reitet.", murmelte sie vor sich hin und nahm die eben ausgedruckten Papiere vom Drucker. „So, Smuckers und Glicks haben wieder eine Menge Arbeit. Der Online-Shop funktioniert wirklich gut. Bin mal gespannt, ob Smucker die Menge an Marmelade vorrätig hat, die die von dem Homemade-Restaurant in Philadelphia geordert haben."

„Da mache ich mir eher immer Gedanken darüber, ob Mrs. Glick die ganzen Quilts herbringen kann, die bei ihr bestellt werden. Die hat schon eine ganze Menge an Frauen beschäftigt, die an den Decken arbeiten."

„Schon erstaunlich, dass so viele Menschen sich eine Decke für über tausend Dollar leisten."

„Das sind meistens Hochzeitsgeschenke. Wenn du auf die Adressen siehst, dann kommen die meisten Bestellungen derzeit aus dem mittleren Westen. Dort liebt man es ländlich gemütlich. Da passt so eine original-handgequiltete Decke hervorragend dazu. Und die überdauert Generationen. Anders, als so manch andere, die irgendwo in Asien hergestellt wurde." Judy packte die Verkaufsunterlagen, die sie für potentielle Kunden hergestellt und für den Fremden benutzt hatte, wieder zusammen und schaute Bridget über die Schulter.

„Vielen Dank für deine Hilfe. Ich weiß nicht, was ich ohne dich machen soll, wenn du nicht mehr da bist." Sie seufzte.

„Dann wirst du ein Wörtchen mit den Leuten reden und denen sagen, dass du keine Firma alleine stemmen kannst. Und mit Firma meine ich das ganze Dorf. Es reicht doch schon die Kutschenfabrik mit all den Nebenschauplätzen." Bridget machte eine umfassende Handbewegung in Richtung der Werkstatt, die durch das große Fenster gut einzusehen war.

„Die Gartendeko, das Holzspielzeug, die Hundehütten und so weiter. Wird Zeit, dass du dauerhaft Hilfe bekommst."

„Ich glaube, die wissen gar nicht, wie viel Arbeit das macht." Judy seufzte und holte sich Kaffee aus der Maschine, die sie in einer Ecke des kleinen Büros platziert hatte.

„Dann muss man es ihnen sagen. Ich glaube, dass es nur die Unwissenheit ist, die sie nicht darüber nachdenken lässt. – Also, ich muss jetzt."

„Wie geht es an der Rosie und Dan-Front?"

„Ach, trostlos." Bridget hatte die Tür schon geöffnet und machte sie nun noch einmal zu. „Rosie wird ihn nicht nehmen. Das ist, glaube ich, ziemlich sicher. Und dann droht ihr der Bann, soweit ich das verstanden habe."

„Warum nur drängt Daniel Miller derart darauf, Dan an die Frau zu bringen? Es gibt amische Männer, die allein leben. So wahnsinnig außergewöhnlich ist das nicht." Judy zuckte mit den Schultern. „Na gut, nicht normal. Aber auch nicht unmöglich."

„Vielleicht ist er nicht in der Lage, sich alleine durchzubringen?" Bridget sagte es leichthin, dann fiel es ihr wie Schuppen vor den Augen. „Oh Mann! Bin ich blöd! Jetzt weiß ich, was mich die ganze Nacht schon beschäftigt hat!"

Erregt legte sie die Papiere, die sie in der Hand hielt, auf ein Regal. Dort machten sie sich selbstständig und segelten durch das ganze Büro. Doch Bridget kümmerte sich nicht weiter darum. Sie setzte sich an den PC und hackte eifrig auf die Tastatur ein. Judy schenkte sich ihre Frage, sammelte stattdessen die Papiere ein und versuchte, sie wieder zu sortieren.

„Ich hatte mal einen Kollegen. Der hatte das Asperger-Syndrom. Und der war genauso, wie Rosie mir Dan beschrieben hat. Der sortierte alles und jedes und war total nervös, wenn irgendwas nicht an seinem Platz war, oder wenn plötzlich eine Konferenz angesagt war, die er nicht im Tagesplan hatte. Außerdem redete er wenig. Hörte sich auch immer ziemlich stereotyp an, wenn er etwas sagte." Während sie aufgeregt erzählte, hantierte sie hektisch mit der Maus, bis sie gefunden hatte, was sie suchte. Dann druckte sie die Informationen aus.

Judy hatte sie beobachtet und runzelte nun die Stirn.

„Du könntest tatsächlich recht haben. Aber ich rate dir: Hau ihnen das nicht gleich um die Ohren. Beobachte die Sache ein wenig und sag vor allem nichts zu Rosie. Nicht, dass du ihr Hoffnung machst." Judy war sich allerdings sicher, dass eine etwaige Krankheit Dans kein Hinderungsgrund für eine Hochzeit war.

„Keine Angst, Judy. Ich bin ein guter Beobachter!" Bridget grinste, schnappte ihre Papiere und die eben ausgedruckten Blätter und wischte zur Tür hinaus.

Jason war im Café als Bridget zurückkam. Sie hatte die Bestellungen abgeliefert und nun große Lust auf eine Tasse Café.

„Hallo, Jason!" Bridget mochte den höflichen jungen Mann und konnte sehr gut verstehen, was Rosie an ihm fand.

„Hallo, Bridget!" Jason saß am Fenster und hatte ein Thunfischsandwich und eine Cola vor sich auf dem blankgeputzten Tischchen stehen. Inzwischen konnte er mit Hilfe der Krücken wieder gut gehen und selbst diese Hilfsmittel würde er bald ablegen können. Wie Bridget mit einem Seitenblick auf Rosie, die gerade einige Touristen bediente, sehen konnte, war die selig, ihren Freund wieder beinahe gesund vor sich zu sehen. Auch Jason konnte kaum einen Blick von Rosie wenden. Ihre Freundschaft war perfekt. Warum nur hatten alle etwas dagegen? Bridget schüttelte den Kopf, als ihr dieser Gedanke durch ihre Gehirnwindungen schoss. Jason grinste sie an.

„Stimmt was nicht?", fragte er.

Bridget grinste zurück.

„Alles gut, Jason. Alles gut. Es freut mich, dich gesund und munter hier zu sehen."

„Ja, mich freut das auch! Trinkst du einen Kaffee mit mir?"

„Ich würde sagen, ich gehe an die Theke und Rosie soll dir Gesellschaft leisten."

Jason schwieg, auch wenn die Unterhaltung im Moment ungefährlich war. Die Touristen würden sicher nichts über die Vertrautheiten verraten, die sich zwischen Jason, Bridget und nun auch Rosie abspielten. Und Rosies Eltern waren nicht zu Hause. Sie besuchten Rosies Bruder auf dem Anwesen der Zooks im Nachbarbezirk. Wendy hatte heute ihren freien Tag.

Also setzte sich Rosie mit einer Tasse Kaffee zu Jason und himmelte ihn verliebt an, während Bridget die Straße draußen im Auge behielt. Es musste nicht sein, dass man sich wieder einmal über Rosie und Jason den Mund zerriss.

Da trotz des freundlichen Frühlingswetters die Luft noch empfindlich kühl war, ließen sich nicht allzu viele Leute auf der Straße sehen. Und diejenigen, die vorbeikamen, hatten ihre Jacken eng um sich geschlungen und die Hauben und Hüte tief ins Gesicht gezogen, um sich vor dem bissigen Wind zu schützen. Lediglich die Touristen, die mit einem Bus heute Morgen gekommen waren, frequentierten die Geschäfte. Zwei von ihnen hielten auf das Café zu, schwer bepackt mit den großen Tüten aus Elli Glicks Quiltshop und den kleineren Verpackungen aus Smuckers Spezialitätenecke. Nun ließen sich die jungen Frauen stöhnend auf dem zweiten Fenstertisch nieder und schielten hungrig in Bridgets Richtung, um möglichst bald bedient zu werden. Die tat ihnen den Gefallen und nahm die umfangreiche Bestellung auf. Jede der beiden hatte Lust auf Sandwich und Strudel und ein Kaltgetränk und eine Tasse Kaffee. Bridget fragte noch nach, ob sie die Gänge nacheinander servieren solle, doch die eiligen Touristen wollten alles auf einmal aufgetischt haben. Nach nicht einmal zwei Minuten bog sich der kleine Tisch unter den Tassen, Tellern und Gläsern.

Das junge Glück indes ließ sich nicht stören. Jason hielt sogar Rosies Hand versteckt unter dem Tisch. Nach der kurzen Zeit, die sie gemeinsam im Krankenhaus verbracht hatten, waren sie noch inniger einander zugetan, als ohnehin schon. Nun sprachen sie nicht viel miteinander, schauten sich stattdessen ganz unziemlich in die Augen und lächelten sich an.

Einige Gedanken wirbelten in Bridgets Kopf herum. Zum einen freute sie sich für Rosie, dass sie in Jason ganz offensichtlich ihre große Liebe gefunden hatte. Zum anderen litt sie mit ihr wegen des ungewissen Ausgangs dieser tiefen Freundschaft. Und dann überlegte sie, was Dan wohl noch alles einfallen würde, um Rosie ins Unglück zu stürzen. Sie seufzte, was ihr vier erstaunte Blicke einbrachte. Doch während die zwei jungen Frauen ihr kurz unterbrochenes Gespräch wieder fortsetzten, wandte sich Rosie ihr zu.

„Ist was, Bridget?"

„Nein, nein. Aber um ehrlich zu sein, ich habe mich gerade gefragt, wie das mit euch noch ausgehen wird."

Eigentlich hatte sie nicht vor, die beiden zu bedrücken, andererseits schwebte diese Ungewissheit aber über den beiden. Das ließ sich nicht wegleugnen.

„Es wird irgendwie ausgehen. Aber wir genießen die Zeit, die wir haben, weißt du, Bridget." Jason zog die Stirn in Falten, weil ihm der Gedanke, was Rosie und ihm vorgezeichnet war, nicht gefiel. „Und alles andere weiß nur der Herr."

Bridget nickte, wenn auch wenig überzeugt. Ganz so hingebungsvoll wie Jason tat, waren beide nicht. Sie hatte das Wechselbad der Gefühle von Rosie hautnah mitbekommen. All die durchweinten Nächte, die Zweifel, dann wieder ihre Absicht, dem Willen der Eltern zu folgen, am nächsten Tag wieder das genaue Gegenteil. Sie vermutete, dass es Jason ähnlich erging. Aber vermutlich trösteten sie sich in ihrer vermeintlich ausweglosen Situation mit ihrem Glauben. Es war bewundernswert, wie Bridget zugeben musste, aber auch quälend.

Sie wandte sich um, um hinter der Theke ein wenig aufzuräumen, als ihr Blick durch das Fenster nach draußen fiel.

„Dan kommt die Straße runter", meldete sie angespannt.

Jason und Rosie ließen sich los. Rosie stand auf und huschte hinter die Theke, während Jason sich wieder über sein halb aufgegessenes Sandwich hermachte.

Selbst die beiden selbstvergessenen Touristinnen wurden auf die veränderte Situation aufmerksam. Interessiert und ganz offen verfolgten sie die Szene. Die eine beugte sich zur anderen hinüber und flüsterte ihr etwas zu. Da ging auch schon die Tür auf und Dan kam herein.

„Hallo Dan!", grüßte ihn Jason freundlich.

Dan tippte sich an den Hut und wandte sich ohne Umschweife Rosie zu. Bridget stand am Durchgang zur Backstube und beobachtete ihn. Er nahm die kleinen Bestellzettel, die Rosie auf ihrer Ladentheke an einer Ecke liegen hatte, und die die Kunden benutzten, um spezielle Bestellungen aufzugeben, und stapelte sie ordentlich aufeinander. Den Stift, der an einer Schnur an der Theke befestigt war, legte er auf die Mitte des Stapels.

„Kann ich was für dich tun, Dan?", fragte Rosie beflissen. Sie wollte ihm keine Angriffsfläche für Kritik bieten.

„Sandwich", sagte er kurzangebunden. Er deutete auf die Reihe mit den Thunfisch-Sandwiches.

„Eines oder mehrere?", fragte Rosie freundlich.

„Eins natürlich. Und Nussstrudel." Er deutete auf die Platte mit den köstlichen Nussstrudeln. „Einen natürlich", setzte er mit bestimmtem Ton hinterher.

„Natürlich!" Rosie holte die bestellte Ware aus der Auslage. „Zum Hier-Essen oder zum Mitnehmen?"

„Mitnehmen." Das „natürlich" schenkte er sich diesmal. Er gab ihr einen Fünf-Dollar-Schein und sie gab ihm das Wechselgeld heraus. Dann verließ er den Laden.

Die beiden Touristinnen kicherten. Sie hatten die Unterhaltung nicht verstanden, da Dan Pennsylvania-Dutch gesprochen hatte, aber sein mürrischer Tonfall war beredt genug.

Auch Bridget hatte die Unterhaltung nicht verstanden, doch mittlerweile hatte sie sich ein wenig eingehört in die seltsame Sprache. Rosie brachte ihr hin und wieder ein paar Dinge bei, die häufig verwendet wurden. Aber eigentlich wurde im täglichen Leben mehr Englisch als die amische Sprache gesprochen, weil zu viele Besucher im Ort waren. Und immer, wenn Bridget anwesend war, verwendeten die Leute ohnehin die Sprache, die auch sie verstehen konnte. Im Haus der Bylers sprach man seit Bridgets Anwesenheit nur Englisch. Selbst wenn die Bylers unter sich waren. Wie Judy ihr erklärt hatte, war dies ein großes Zugeständnis und zeugte von Respekt dem Besuch gegenüber. Das alles ging ihr gerade durch den Kopf, als Rosie sie antippte. „Ist was, Bridget?" Sie grinste. „Du warst gerade ganz schön weit weg."

„Nein, eigentlich nicht. Ich habe gerade darüber nachgedacht, dass ihr so nett seid und in diesem Haus Englisch sprecht. Selbst, wenn es mich eigentlich nichts angeht oder ihr unter euch seid. Wenn ich in der Backstube bin und ihr in der Küche miteinander redet, macht ihr das auch in Englisch."

„Ach, das kommt daher, dass wir in der Saison ohnehin die meiste Zeit Englisch sprechen. Da fällt uns das gar nicht mehr auf. Ich würde dir ja gerne Honig um den Mund schmieren, aber es hat nichts mit dir zu tun."

„Ja, dachte ich schon, dass ich zum Inventar gehöre!", ging Bridget auf Rosies Witzelei ein. „Trotzdem hört es sich interessant an, wenn ihr Amisch sprecht."

Bridget hatte einmal gelesen, dass die Sprache sich „Pennsylvania-Dutch" nannte, weil die nicht-Amischen Leute diese Bezeichnung so verstanden hatten. Eigentlich sollte es wohl „Pennsylvania-Deutsch" heißen. Nun denn, es war letztlich egal. Es war so schwierig zu lernen, dass außerhalb der Gemeinschaft ohnehin niemand Lust hatte, es sich anzueignen. Rosie hatte ihr erzählt, dass manche sehr gut Hochdeutsch sprechen konnten, was man zum Zwecke des Bibelverständnisses in der Schule lernte, und sich daher mit den deutschsprachigen Besuchern gerne unterhielten. Und noch etwas erschien Bridget sonderbar: Die Bibel wurde nach wie vor in Deutsch gelesen, obwohl die ersten Amischen vor fast dreihundert Jahren hier ankamen, weil sie in Europa verfolgt wurden und hier in Frieden leben konnten. Und warum verzeihen sie zwar Fremden, die ihnen ihr Eigentum stehlen, sich gegenseitig aber nur unter erschwerten Bedingungen? Diese Frage stellte sie Rosie und Jason jetzt, da die beiden Kundinnen gegangen waren.

„Du siehst das falsch. Wir wissen ja, wie wir es machen sollen. Wie wir zusammenleben sollen, wie wir Gott dienen sollen. Deshalb wird von uns auch mehr verlangt, als von den Weltlichen, die dieses Wissen nicht haben."

„Hm!" Wirklich zufrieden war Bridget mit dieser Erklärung von Jason nicht, aber sie beließ es dabei. Vor einiger Zeit hatte Rosie ihr so etwas Ähnliches erzählt. Damals hatte sie es auch nicht verstanden.

Jason und Rosie lachten über ihr skeptisches Gesicht.

„Siehst du, deshalb finden wir die *Englischen* manchmal ein wenig komisch. Weil sie mitunter so aussehen, wie du jetzt gerade", amüsierte sich Rosie.

„Ganz ehrlich, ich glaube, das beruht auf Gegenseitigkeit", gab Bridget trocken zurück und lachte schließlich mit den beiden. Die beiden Frauen standen bei Jason, doch während Rosie der

Straße draußen halbwegs den Rücken zukehrte, schaute Bridget direkt in Richtung des Restaurants von Smuckers. Dan stand dort und beobachtete die heitere Szene im Café. Er ballte die Fäuste und als er Bridgets Blick bemerkte, ging er festen Schrittes weg.

Bridget blieb das Lachen im Halse stecken.

Rosie bemerkte es. „Was ist los?"

„Dan hat uns beobachtet. Er tut das ständig. Ich habe ihn schon häufiger in der Ecke dort beim Restaurant stehen sehen. Und immer, wenn er mich bemerkte, ging er weg. Jetzt gerade auch wieder."

Jason runzelte die Stirn.

„Ich sollte gehen. Nicht, dass er einen der Ältesten schickt, um nachzusehen, was hier Unzüchtiges vorgeht."

Er erhob sich mühsam und nahm seine Krücken an sich. Das linke Bein wollte noch nicht so recht, aber alle, die damit befasst waren, trösteten ihn damit, dass es nur noch eine Frage der Zeit war, bis er auf die Krücken verzichten konnte.

„Ich gehe zur Kutschenfabrik. Dort werde ich mal sehen, ob mir Mr. Stolzfus nicht eine Arbeit geben kann. Ich langweile mich und auf dem Hof bin ich noch nicht zu gebrauchen."

Rosie hielt ihm die Tür auf. Die heitere Atmosphäre hatte sich verzogen und wich einer greifbaren Beklemmung.

„Wiedersehen, Jason." Rosie senkte den Kopf, als er an ihr vorbeiging. Ganz so, wie es die Gepflogenheiten in ihrer Gemeinschaft erforderten.

„Wiedersehen, Rosie." Jason berührte sie am Arm, als er an ihr vorbeiging. Er wusste, dass es bald eine Lösung für ihr Dilemma geben musste. Die Hochzeit zwischen Dan und Rosie jedenfalls war inakzeptabel.

Kapitel 15

Der Prozess, bei dem Bridget aussagen sollte, verzögerte sich. Immer weitere Kreise zog der Skandal und es kristallisierte sich heraus, dass es nicht nur um großangelegten Betrug, sondern auch um umfangreiche Drogengeschäfte ging. Mehrmals war Bridget bereits auf verschlungenen Pfaden zu Detective Leary gebracht worden und von dort aus nach Philadelphia, um zu immer neuen Erkenntnissen auszusagen. Schließlich wurde vereinbart, sie nicht mehr von House-at-the-Water wegzuholen, da die Gefahr bestand, dass es irgendwo eine undichte Stelle geben könnte.

Aus irgendeinem Grunde machte es Bridget nicht allzu viel aus, weiterhin bei den Bylers wohnen zu bleiben. Das hieß, der Grund war durchaus augenfällig.

Nun, das Motiv war Cousin Frank, der seit einigen Wochen bei den Bylers aufgeschlagen war, um John zur Hand zu gehen.

Amische Männer hatten Bridget bislang wenig interessiert. Sie fand Jason ganz nett, sogar hübsch, auch wenn sie der seltsame Männerhaarschnitt irritierte. Die Haare, die halblang bis über die Ohren reichten und arg altmodisch wirkten – nein, nicht wirkten! Die Haartracht war immens altmodisch, denn ganz vergessen hatte Bridget ihre hippe Vergangenheit dann doch nicht. Bei Frank war dies anders. Auch er trug die Haare halblang, allerdings waren diese von hellblonder Farbe und lockig. Sein Teint war durch die beständige Arbeit im Freien stets von einer gesunden Bräune. Und damit wirkte er wie ein schwedischer Sportler.

Was Bridget ausnehmend gut gefiel!

Sie ertappte sich dabei, sich in ihrem Taschenspiegel anzuschauen und zu prüfen, ob nicht ein Hauch Rouge oder Make up im Nude-Look ihr zum Vorteil gereichen würde, doch sie verwarf den Gedanken sofort wieder. In erster Linie durfte sie nicht auffallen und sollte sich so wenig wie möglich unter den Amischen im Dorf hervorheben. Also steckte sie Taschenspiegel und Kosmetiktasche zusammen mit all den interessanten Überlegungen zurück in ihren Rucksack, der in einer Ecke ihres Zimmers darauf wartete, mit ihr zurück in die Zivilisation gebracht zu werden.

Im gleichen Augenblick wurde es Bridget bewusst, dass sich Frank sicher nicht für eine *Englische* interessieren würde. Letztendlich war diese Idee auch mehr als absurd. Denn Frank und sie trennten Welten, im wahrsten Sinne des Wortes.

Also richtete sie seufzend ihre Kapp und zog das mit Nadeln geschlossene Kleid zurecht. Sie wunderte sich selber darüber, wie gut sie inzwischen ohne Spiegel zurechtkam und sogar das seltsame Kleid aushielt, von dem sie am Anfang, als Rosie ihr liebevoll anziehen half, das Gefühl hatte, einen Sack zu tragen.

Als sie die Treppe hinunterging traf sie auf Frank. Er kam gerade vom Hintereingang her ins Haus und zog die vom matschigen Boden schmutzigen Arbeitsstiefel aus. Er und John waren damit beschäftigt, die erste Ernte aus den Frühbeeten einzubringen und so hielt er eine Schüssel voll Radieschen in der Hand, die Elizabeth in der Küche benötigen würde. Wie Bridget gesehen hatte, gediehen Salat, Radieschen und eine spezielle Art von Karotten in den beheizten Gewächshäusern bereits prächtig und so konnte die Familie den Laden von Aaron Glick, Simons Bruder, mit frischem Salat-Gemüse beliefern. Über den Winter boten den Glicks ihren Kunden Obst und Gemüse aus einer großen Bio-Gärtnerei an, doch das Angebot war begrenzt. In dieser Jahreszeit verkauften die Glicks auch Eingemachtes, das sie von den Nachbarn bezogen.

„Hallo Bridget." Frank wusste, warum sie hier war und wirkte seltsam befangen im Umgang mit ihr. Genau wusste es Bridget nicht, aber er war wohl etwa zwei Jahre jünger als sie selber. Rosie hatte ihr anvertraut, dass Frank eine junge Frau aus seiner Gemeinde heiraten wollte, die aber von heute auf morgen die

Gemeinschaft verlassen hätte. Nun traf es sich gut, dass Frank bei den Bylers ein wenig Luftveränderung bekommen würde.

„Hallo Frank. Schöne Radieschen hast du da."

„Ja, nicht wahr. Gute Ernte. Wir werden sogar bald Tomaten haben. John ist glücklich darüber. Er dankt dem Herrn für diese Gnade."

„Ja, nicht wahr?", brachte Bridget hervor. Die Bylers hatten sich angewöhnt, sich ihr gegenüber mit frommen Sprüchen zurückzuhalten. Frank hingegen lobte den Herrn in allen Lebenslagen. Bridget konnte nicht sagen, dass sie das übermäßig störte, obwohl sie keine religiösen Ambitionen hatte, aber sie wusste einfach nichts darauf zu sagen, wenn Frank vor dem Herrn auf die Knie fiel – bildlich gesprochen.

Er nickte ihr zu und ging dann hinüber in die Küche des Haupthauses, während Bridget sich der Backstube zuwandte, wo eine ganze Menge Arbeit auf sie wartete. Und eine Überraschung.

Bridget prallte regelrecht zurück, als sie die geballte Ladung amischer Männer sah, die den kleinen Laden bevölkerten. Einige hatten sich auf den Stühlen niedergelassen, andere standen in kleinen Grüppchen zusammen und diskutierten. Obwohl die Szene absolut unaufgeregt war, wirkte die Versammlung so mächtig, dass Bridget sofort ein schlechtes Gewissen bekam. Sie suchte nach Rosie und fand sie hinter der Ladentheke gegen die Ablage der rückwärtigen Auslage gelehnt und ganz offensichtlich in höchster Anspannung.

Frank hatte nichts über die Versammlung verlauten lassen. Wusste er selber überhaupt davon? Und wenn sie Rosies Gesicht richtig lesen konnte, dann war der Besuch der Männer auch für sie mehr als überraschend.

„Würdest du bitte das ‚Geschlossen'-Schild raushängen?", bat sie Rosie. Sie vermied es, Bridget anzusehen, vielleicht wäre ihr Blick zu verräterisch gewesen.

Worum mochte es nur gehen?

Bridget tat, wie ihr geheißen und kehrte dann zu Rosie hinter die Ladentheke zurück. Sie wollte der Freundin zumindest durch ihre Anwesenheit beiseite stehen, denn dass es um Rosie ging, schien recht eindeutig zu sein.

Um sich abzulenken versuchte Bridget herauszufinden, wer seinen Weg an diesem Morgen in den Laden gefunden hatte. Es waren die beiden Stolzfus-Männer, die erwachsenen Söhne, die Männer der Miller-Farm, die Glick-Brüder, Mr. Smucker, Jason Burkholder und sein Vater und noch einzelne Männer, die Bridget nicht kannte. Darunter waren die Söhne und Schwiegersöhne von Phil Burkholder, die in der Nähe wohnten, die Bridget aber noch nie gesehen hatte. Bischof Dave Hershey saß John Byler an einem der Fenstertische gegenüber, die zur Straße hinausgingen.

In einer Ecke sah sie Wendy, die sich auf einen der Stühle gesetzt hatte und genauso wie sie selber darauf wartete, was die Männer hierhergeführt hatte.

„John Byler. Deine Tochter scheint der Umgang mit der *Englischen* nicht bekommen zu sein", begann Daniel Miller ohne Umschweife.

Er sprach Englisch. Das gebot die Höflichkeit wegen Bridgets Anwesenheit. Wie es diese Eröffnung gezeigt hatte, ging es wohl nicht allein um Rosie.

„Daniel Miller, du hast uns hierhergebeten. Also bring vor, was du vorzubringen hast." Bischof Hersheys Stimme klang neutral. Er hatte John Byler, der etwas sagen wollte, beruhigend die Hand auf den Arm gelegt.

Bridget wusste, dass Dave Hershey ein besonnener, geradliniger Mensch war, der Dinge von allen Seiten zu bedenken pflegte und sich auch jetzt ein genaues Bild von der Sache machen wollte.

„Sie trifft sich mit Jason Burkholder, obwohl sie Dan versprochen ist. Sie hängt Bilder auf, obwohl es verboten ist. Sie erzählt die Unwahrheit über meinen Sohn."

Dave Hershey hob die Hand, um Daniels Redefluss zu unterbrechen.

„Gut, der Reihe nach. Aber zuerst, Nachbarn, setzen wir uns. Vielleicht ist Miss Summers so freundlich, uns Kaffee einzuschenken."

Miss Summers bemühte sich, der Aufforderung nachzukommen und begann, jedem der Männer seinen Becher Kaffee zu reichen. Das dauerte einige Zeit, doch Rosie ging ihr nicht zur Hand. Dafür erhob sich Wendy und übernahm den Dienst an der Maschine, während Bridget das Servieren übernahm. Alle warteten geduldig, bis die beiden Frauen fertig waren. Da nicht alle einen Sitzplatz bekommen konnten, hatten sich einige der jüngeren Männer gegen die Wand gelehnt und hielten ihre Kaffeetasse in den Händen. Jason stand ebenfalls, auf seine Krücken gestützt. Rosie wollte ihren Platz an der Auslage verlassen, doch Bridget, die gerade noch mit der Maschine beschäftigt war und Rosie einen Kaffee zapfte, zwinkerte ihr zu. Rosie blieb also an Ort und Stelle, während Bridget in die Backstube ging, um Jason einen Stuhl zu holen. Sie brachte zwei mit, da auch Mr. Smucker noch stand und auch er bereits im fortgeschrittenen Alter war.

„Nun gut, du möchtest also Anklagen gegenüber Rosie Byler vorbringen, Daniel Miller. Dann wollen wir doch mal sehen. Es geht um dieses Bild hier." Bischof Hershey deutete auf Millies Zeichnung, die im Thekenbereich an der Wand hing.

„Wir hängen keine Bilder auf. Schon gar keine eitlen. Das Bild zeigt das Café. Das ist eitel und selbstgefällig." Daniel Miller hatte sein Temperament nicht so gut im Griff wie der Bischof und die anderen Männer, die zuhörten und schwiegen.

„Was sagst du dazu, Rosie Byler?"

„Es ist eine Kinderzeichnung. Ich dachte nicht, dass ich damit etwas falsch machen könnte."

„Eine Kinderzeichnung?", fragte Daniel Miller spitz.

„Von Millie. Millie Burkholder."

„Sie ist kein Kind!", beharrte Daniel.

„Aber doch wie ein Kind!", entgegnete Rosie. „Ich muss zugeben, dass Wendy mich bereits darauf aufmerksam gemacht hatte. Ich hatte ihr gesagt, dass Millie für mich wie ein Kind wäre, und es ihr gefallen würde, das Bild an der Wand zu sehen."

Bridget staunte, wie ruhig Rosie dieser Anschuldigung entgegnete.

Bischof Hershy nickte. „Gut, das habe ich verstanden. Und die anderen auch. Wir werden später darüber befinden. Und was ist mit den anderen Anschuldigungen?"

„Rosie Byler sitzt ständig mit Jason Burkholder zusammen. Sie kommen sich nah! *Sehr* nah!" Daniel Miller versuchte, sich zusammenzunehmen und die Anklage sachlich vorzubringen. „Sie hat ihn mehrmals im Krankenhaus besucht, als sie selber dort behandelt wurde. Und sie wurde ständig mit ihm zusammen gesehen."

Bridget ärgerte sich. Der Bischof kam nicht auf die Idee zu fragen, wer sie gesehen hatte.

Doch Bischof Hershy nickte abermals und sagte gelassen: „Und die Unwahrheiten, die sie erzählt, Daniel Miller?"

„Sie sagt, dass mein Sohn ihr nachstellt."

„Wem sagt sie das?"

„Miss Finch." Daniel Miller schien ein wenig unsicher zu werden. Er schaute sich nach den anderen Männern um, die aber keine Regung verrieten.

„Und Miss Finch hat es dir erzählt?" Es klang, als würde Bischof Hershey es feststellen. Doch Daniel Miller sah es als Aufforderung.

„Nicht direkt", musste er zugeben.

„Nicht direkt?"

„Dan hat es gehört."

„Dan, du warst dabei, als Rosie Miss Finch erzählte, du würdest Rosie nachstellen?" Bischof Hershey drehte sich nach Dan um, der hinter dem Stuhl seines Vaters stand.

Dan schwieg. Er schien zu überlegen.

Dann sagte er: „Ich habe es selbst gehört."

„Du warst also dabei?"

„Die Tür war offen", sagte Dan und Daniel sog die Luft hörbar ein

„Du sagtest mir, dass du es selber gehört hattest", fuhr er seinen Sohn an.

„Sagte ich doch. Die Tür war offen. Zum Büro."

Ein Raunen ging durch die Reihen der Männer.

Bischof Hershey lehnte sich zurück.

„Ich möchte gerne alles klären, was hier vorgebracht wurde. Aber wir machen das der Reihe nach."

Die Männer stimmten zu. Einige der jüngeren Männer hielten Bridget ihre Kaffeebecher hin, um sie dazu aufzufordern, sie neu aufzufüllen. Wendy holte die Becher und Bridget begann erneut zu zapfen.

„Daniel Miller. Du bist oft hier im Café?", begann Bischof Hershey, all die üblen Anschuldigungen abzuarbeiten.

„Nein, warum?"

„Weil dir das Bild aufgefallen ist, das hier hängt."

„Es ist mir nicht aufgefallen. Dan hat mir davon erzählt."

„Dann bist du öfter hier im Café, Dan?"

„Ja, bin ich." Dan verschränkte die Arme, als wolle er seinen Worten Nachdruck verleihen.

Bridget warf einen Seitenblick auf Rosie, die so wirkte, als wüsste sie nicht, was hier eigentlich gerade passierte. Warum nur durfte Rosie nichts zu alldem sagen? Bridget fühlte, wie sie ernstlich böse wurde. Nicht mehr lange, und sie würde all diesen aufgeblasenen Männern hier gehörig den Marsch blasen!

„Was sagt ihr, Nachbarn? Ist Millies Bild ein Kinderbild? Ihr alle kennt Millie und ihren Eifer, wenn sie etwas macht. Und einige von euch wissen, dass sie gerne malt. Sollten wir dieses Bild hier nicht einfach großzügig bewerten? Auch wenn es eitel ist?"

Die Männer murmelten Zustimmung, obwohl einige von ihnen durchaus nicht der Meinung von Bischof Hershey waren.

Bridgets Zorn verflog ein wenig, als sie erkannte, dass der Bischof seinen guten Ruf durchaus zurecht hatte.

„Aber nun zu den ernsteren Anschuldigungen gegen dich Rosie. Ist es richtig, dass du und Jason eine unziemliche Freundschaft pflegt?"

Bridget wusste inzwischen, dass mit *unziemlich* nicht unbedingt *intim* gemeint war.

„Es ist richtig!", meldete sich erstaunlicherweise Jason zu Wort.

„Als Dan Miller vor einigen Monaten erklärt hatte, dass er Rosie nicht zur Frau nehmen wolle, haben wir uns näher befreundet. Es war zu einer Zeit, da er keine Absichten mehr hatte. Plötzlich hieß es, die beiden würden doch heiraten. Aber Rosie wusste davon nichts. Es waren die Pläne ihrer Eltern.", erklärte er mit fester Stimme.

Bischof Hershey schaute von ihm zu Rosie.

„Jason hat recht. Ich hatte ein Gespräch mit dir, Bischof. Du wirst dich daran erinnern, dass du mir erzählt hattest, ich müsse gehorsam sein. Ich hatte den Willen dazu. Bis wir damals zu den Millers gingen und Dan erklärte, er würde mich nicht wollen. Da dachte ich, dass ich frei wäre für einen anderen. Für den Mann, den ich liebte."

„Ich bin verwirrt." Das war ein Satz aus des Bischofs Mund, der Bridget zum Lachen reizte. Sie musste sich zusammennehmen, um nicht laut herauszuplatzen.

Bischof Hershey wandte sich an John. „Was sagst du dazu?"

John Byler befand sich in Erklärungsnot. Er musste vor seinen Nachbarn zugeben, dass er tatsächlich einen Handel mit Daniel Miller eingegangen war, der bei Licht betrachtet, selbst unter Amischen unwürdig war.

Doch John wurde einer Antwort enthoben. Dan Miller sprach an seiner Stelle.

„Ich habe mich für meine Worte entschuldigt. Natürlich werde ich zu meinem Wort stehen und Rosie heiraten. Aber sie benimmt sich nicht recht."

Bridget staunte über Dans Wortwahl. Er war so raffiniert. Oder war es einfach so, dass dies in seinem Kopf die Wahrheit war?

„John?" Bischof Hershey ließ nicht locker und wandte sich erneut an John Byler.

„Dan hat sich bei uns entschuldigt. Das ist richtig. Es ist auch richtig, dass Daniel Miller und ich uns darauf verständigt haben, an der Hochzeit festzuhalten."

Bridget hatte das Gefühl, dass es John außerordentlich schwerfiel, diese seltsame Abmachung zuzugeben. Sie beobachtete Rosie, die immer noch regungslos an der Auslage lehnte und der Aussprache wie versteinert zugehört hatte.

„Rosie? Es stimmt, dass wir uns unterhalten hatten und ich dir den Rat gegeben habe, den Weg des Herrn zu folgen. Es erschien mir richtig, dass aus dir und Dan ein Paar werden sollte. Nachdem Dan sich entschuldigt hatte, solltest auch du ihm verzeihen."

„Er hat sich bei mir nicht entschuldigt. Stattdessen …", Rosie sah sich um. Die Gesichter der Männer wirkten hart. Einigen sah man Erstaunen darüber an, dass Rosie offensichtlich nicht bereit war, Dan zu verzeihen. Rosie straffte sich. „… stattdessen beobachtete er mich. Nein, ich habe Miss Finch niemals davon erzählt, dass ich mich von Dan verfolgt fühle. Ich weiß nicht, wie Dan darauf kommt oder wo er sich das erlauscht hat." Rosie konnte nicht umhin, ihm diesen Seitenhieb zu versetzen, hatte allerdings nicht mit Daniel Miller gerechnet, der sie rüde unterbrach.

„Du bezichtigst meinen Sohn der Lüge?"

Rosie, die ein reines Gewissen hatte, zuckte mit den Schultern. „Nein, Daniel Miller. Ich sage die Wahrheit. Holen wir Miss Finch und stellen wir fest, was Dan gehört haben kann und was nicht. Er kann jedenfalls nichts gehört haben, was ich gesagt habe. Weil ich nichts zu diesem Thema gesagt habe."

Bischof Hershey wandte sich zu Dan um. „Dan?"

„Was ich gehört habe, habe ich gehört." Er wirkte mit seinen verschränkten Armen wie ein Bollwerk gegen den Sturm.

Bischof Hershey runzelte die Stirn. Er fühlte sich wie ein Richter, der der Wahrheit auf die Spur kommen musste. Aber genau das machte ihm Kopfzerbrechen. Jemand log. Und das war einer amischen Gemeinschaft unwürdig. *Euer Ja sei ein Ja*, stand schon in der Bibel. Und nur danach handelten er und seine Nachbarn. Zumindest glaubte er das.

„Es ist mir zuwider, eine *Weltliche* darum zu bitten, als Leumundszeuge zu dienen. Wir Amische halten uns an die Wahrheit. Da brauchen wir keine Zeugen. So jedenfalls möchte ich es halten. Deshalb frage ich dich geradeheraus, Dan Miller. Beobachtest du Rosie?"

Dan war erzürnt. „Wieso fragst du mich, Bischof? Wieso fragst du nicht Rosie danach, was sie so alles treibt? Dass sie hier sitzt und Händchen hält mit Jason? Dass sie sich kokett mit ihm unterhält, wenn er im Laden etwas kauft. Oder einfach nur zu ihr kommt. Warum fragst du mich, Bischof?"

„Du hast meine Frage nicht beantwortet, Dan Miller..." Hershey brach ab. Ihm war plötzlich etwas klargeworden, was – den Gesichtern nach zu urteilen – auch einigen anderen hier gerade aufgegangen war.

„Woher weißt du das alles? Bist du immer im Laden, wenn Jason da ist?"

„Ich sehe, was ich sehe!", beharrte Dan, der des Bischofs Fragen noch immer nicht durchschaute.

Rosie holte Luft, um etwas darauf zu sagen, doch Bridget kam ihr zuvor. Ihr reichten Dans Ausflüchte jetzt.

„Es ist wahr. Ich war mehrmals Zeuge, wie Dan dort drüben in der Ecke von Smuckers Restaurant stand und herübergeschaut hat. Er hat Rosie beobachtet. Und eines Abends als Sammy, das Pferd der Bylers unruhig geworden ist und ich hinausging, um es zu beruhigen, stand Dan plötzlich in der Scheunentür und hat mich ... nun ... er war nicht besonders freundlich."

„Das ist nicht wahr!" Dan schrie es förmlich heraus. „Wollt ihr einer dahergelaufenen *Englischen* glauben, die noch dazu in einen Gerichtsfall verwickelt ist oder einem amischen Mann?"

Bridget erkannte, dass genau das passieren würde. Niemand würde ihr glauben, wenn Dan es bestritt. Da erhob sich Simon Glick.

„Es ist wahr. Ich habe es gehört. Jedes Wort. Wie du Bridget bedroht hast. Was du über Rosie gesagt hast", sagte er zu Dan gewandt. Dann ging er einen Schritt in Richtung der Ladentheke, um die Versammelten besser im Blick zu haben. „Und bevor ihr fragt. Ich habe unser Pferd versorgt und noch einmal nach dem Rechten gesehen. Meine Frau meinte, wir könnten einen Waschbären in der Scheune haben, weil sie häufig Geräusche gehört hatte. Da kam Bridget aus dem Haus. Sie sieht im Dunkeln ähnlich aus wie Rosie. Ich vermute, dass auch Dan sie verwechselt hat. Jedenfalls hat er ihr den Weg versperrt. Ich wollte eingreifen, da bemerkte ich, dass es sich um Bridget handelte. Und die konnte sich ihrer Haut wehren. Da war es nicht nötig, etwas zu tun. Aber ich wollte es den Ältesten vortragen. Nur war ich beim letzten Gottesdienst erkrankt, wie ihr wisst. Also, Dan Miller, sei ein Mann und gib endlich zu erkennen, was deine Absichten sind. Du willst Rosie nicht. Das hast du zu Bridget gesagt an jenem Abend. Und du beobachtest sie. Dass du an Smuckers Ecke standst habe ich selber zwei Mal gesehen. Du stellst Rosie nach und willst sie haben, damit kein anderer sie bekommt. Aber du willst sie nicht!" Simon Glicks Rede war hart. John Byler und Daniel Miller senkten die Köpfe. Bridget grinste. Rosie war vollkommen perplex. Dans Gesicht lief rot an. Damit hatte er nicht gerechnet. Nicht im Geringsten.

Bischof Hershey stand auf.

„Ich denke, wir alle haben genug gehört. Ich nehme im Moment davon Abstand, Dan Miller wegen seiner ungerechtfertigten Anklagen und seiner Lügen zur Rechenschaft zu ziehen. Aber ich möchte mit Daniel, seinen Söhnen und Dan noch einmal sprechen. Also bleibt bitte hier, wenn die anderen gegangen sind. Bei dir Rosie entschuldige ich mich dafür, dass wir dir einen Schrecken eingejagt haben. Und dich, John Byler möchte ich bitten, mit deiner Tochter über ihre Wahl noch einmal zu reden. Ich glaube nicht, dass Dan noch als dein Schwiegersohn in Frage kommt. Und Dan, du solltest dich endlich auch bei Rosie entschuldigen."

Alle Gesichter wandten sich zu Dan, der immer noch mit verschränkten Armen in seiner Ecke stand. Jedoch mit verkniffenen Lippen und mit feuerrotem Gesicht.

„Entschuldige, Rosie!", stieß er hervor. Nicht mehr und nicht weniger.

Die Männer verließen das Café. Bridget, die sich dringend bewegen musste, sammelte die Tassen ein und brachte sie in die Backstube, um sie später zu spülen.

John Byler stand auf und nickte seiner Tochter zu. Rosie und er verließen den Laden durch die Backstube. Er wirkte unendlich müde. Doch dieses Gespräch würde er noch führen müssen.

Bridget war zufrieden. Endlich wurden die Dinge hier wieder geradegerückt. Fast war sie geneigt, von dem letzten Eindringling zu berichten, der Rosie erschreckt hatte, doch dann ließ sie es. Sie wollte den guten Willen des Bischofs nicht noch weiter herausfordern.

Im Café waren nur noch der Bischof und Dan, seine beiden Brüder und sein Vater übriggeblieben. Wendy zog Bridget mit sich in die Backstube und begann lautstark zu spülen. Was zwischen den Männern besprochen wurde, verstand Bridget ohnehin nicht mehr, da sie nun amisch sprachen.

Rosie wusch sich das Gesicht im Waschbecken der Backstube. Bridget konnte sehen, wie ihr Rücken bebte. Sie legte ihr beruhigend die Hand auf die Schulter. Rosie fuhr herum, tropfte dabei ihr dunkelblaues Kleid voll. Bridget reichte ihr ein Handtuch.

„Geht's wieder?", fragte Bridget vorsichtig. Und als Rosie nickte, fuhr sie fort: „Ist doch ganz gut gelaufen, nicht wahr?"

„Ja, schon. Aber ich bin einfach verwirrt. Und ganz schön fertig." Sie fühlte ihre weichen Knie und musste sich setzen.

Elizabeth und John kamen in den Raum. Bridget fühlte sich reichlich fehl am Platze, konnte aber nur über den Hintereingang nach draußen entkommen. Rosies Eltern standen in der Tür zum Treppenhaus und im Café wurde Dan gerade in die Mangel genommen, wie Bridget hoffte.

Sie ging hinüber in eines der Gewächshäuser, wo Frank dabei war, Pflänzchen zu vereinzeln. Dort war es immerhin warm.

„Hallo Bridget. Lust auf Gärtnerarbeit?" Frank war immer gutgelaunt und ließ selten schlechte Stimmung an sich heran. Sein Gesicht trug immer ein kleines Lächeln.

„Ehrlich gesagt: Nein! Ich habe gerade Lust auf gar nichts. Frische Luft vielleicht." Sie lehnte sich gegen eine der fest im Boden verankerten Anbauwannen, da sie ähnlich weiche Knie hatte wie Rosie. Die führte vermutlich gerade in der Backstube ein Grundsatzgespräch mit ihren Eltern.

„Habe ich das richtig gesehen, dass es eine Versammlung im Café gab?", begann Frank ein Gespräch.

„Richtig. Richtig gesehen!" Bridget lächelte leise. „Daniel Miller hat einiges an Vorwürfen gegen Rosie vorgebracht. Ehrlich, diese Frau ist ein Wunder an Geduld und Gleichmütigkeit. Ich wäre da unweigerlich in die Luft gegangen."

Frank grinste, schwieg aber.

„Wieso warst du nicht dort?"

„Ich bin erst neu hier. Und es ging um alte Probleme, von denen ich nichts weiß. Ich hielt es nicht für angebracht, dort zu erscheinen." Frank zuckte mit den Schultern.

Seine Gleichgültigkeit erzürnte Bridget, deren Lunte ohnehin recht kurz war an diesem Morgen.

„Rosie hätte Unterstützung brauchen können!", fuhr sie ihn an.

„Und wenn es nur ein freundliches Gesicht gewesen wäre."

„Es hätte ihr aber nichts geholfen. Wie gesagt: Ich kenne die Probleme nicht, mit denen sich die Leute hier herumschlagen."

„*Die Leute!* – Das ist deine Cousine oder so. Ich finde es feige, sich so aus der Affäre zu ziehen und einfach zu sagen, dass man ohnehin nicht weiß, worum es geht." Bridget schnaubte durch die Nase und sah sehr wütend aus.

Frank unterbrach seine Arbeit und wischte sich mit dem Handrücken, der noch die sauberste Stelle seiner erdigen Hände war, den Schweiß von der Stirn. Wenn man sich bewegte war es durchaus warm hier drin.

„Ich kann mir schon vorstellen, dass du dich jetzt darüber aufregst. Aber sieh es einmal so: Wie gesagt: Ich weiß nicht genau, worum es bei Rosies Problem geht. Ich vermute, es hängt mit Jason zusammen und mit Dan. Beide ...", er suchte nach dem richtigen Wort, „... beide Angelegenheiten sind nicht wirklich geklärt. Was wäre, wenn ich die Meinung geteilt hätte, dass Rosie sich wirklich nicht richtig verhalten hat? Dann hätte ich mich – um in deiner Denkweise zu bleiben – gegen sie stellen müssen. Und das wollte ich vermeiden."

Bridget, die in den letzten Monaten gelernt hatte, wie Amische zu denken pflegten, ging in sich. Ganz unrecht hatte Frank nicht. Sie, Bridget, war unverbrüchlich auf Rosies Seite, weil sie als aus der Welt Kommende, wie die Amischen immer wieder betonten, eine andere Denkweise hatte. Man stand zu Menschen, auch wenn sie Fehler machten. Und wenn es zuweilen bedeuten konnte, für sie zu flunkern oder sie zumindest nicht öffentlich bloßzustellen. Hier herrschte die absolute Ehrlichkeit. Wenn jemand einen Fehler gemacht hat, dann wurde ihm dieser Fehler vorgehalten, auch und gerade von den Menschen, die demjenigen nahestanden. Das Problem war aber, dass Dan eben nicht ehrlich war.

„Dan war nicht ehrlich. Er hat Dinge behauptet, die einfach nicht wahr waren. Er ist ... komisch." Bridget verließ ihren Standort an der Pflanzwanne und stellte sich Frank gegenüber. Sie war beinahe einen Kopf kleiner als er.

„Was ist, wenn Simon Glick nicht für Rosie ausgesagt hätte? Dann wäre Dan mit seinen Lügen durchgekommen. Und warum? Weil ihr nicht glauben könnt, dass es auch unter euch faule Eier gibt."

Frank lachte, wurde aber sofort wieder ernst.

„Es ist wohl so. Dann wäre Rosie ein Opfer seiner Lügereien geworden. Und hätte vielleicht damit leben müssen. Aber es ist ja nicht so weit gekommen, wie ich aus deinem Bericht heraushöre."

„Du machst es dir ziemlich leicht. Ja, sie wäre ein Opfer gewesen. Genaugenommen ist sie ja immer noch eines. Jeder sieht sie wegen Dans Anschuldigungen nun schief an. Da bleibt doch immer etwas hängen."

„Falsch, Bridget. Ich war nicht dabei, richtig. Aber offensichtlich hat man Dan erwischt. Und damit ist Rosie entlastet. Ein für alle Mal. Es wird nichts nachgetragen. Das ist das Geheimnis unserer Gemeinschaften. Wir werden so erzogen, niemanden zu verurteilen, der sich entschuldigt hat, der bereit ist, wieder voll und ganz zu der Gemeinschaft zurückzukehren, der sein falsches Vorgehen eingesehen hat."

„Dan hat sich bei Rosie entschuldigt. Das heißt, sie soll ihn jetzt trotzdem heiraten."

Frank wog bedächtig den Kopf hin und her.

„Um es vorsichtig zu sagen: Mir scheint, da haben sich Onkel und Tante nicht ganz richtig verhalten. Ein klein wenig egoistisch. Ich denke, dass Bischof Hershey da schon noch ein Gespräch führen wird."

„Was kann Rosie tun?"

„Schwierig. Es ist eine Gratwanderung. Und ich weiß nicht alles. Einerseits ist Rosie ungehorsam, wenn sie sich dem Willen der Eltern nicht beugt. Andererseits gibt es auch bei uns die freie Wahl der Partner. Die Eltern können da mehr oder weniger gewichtige Gründe in die Waagschale werfen, aber eigentlich nicht wirklich entscheiden. Ich glaube, wenn Rosie Jason heiraten möchte, dann sollte sie das tun. Sonst würde sie unglücklich werden. Und das kann niemand wollen. Und sich auch nicht damit herausreden, es wäre das Beste für sie, Dan zu nehmen." Frank nickte noch einmal nachdrücklich zu seinen deutlichen Worten. Bridget war überrascht, dass er eine so deutliche Meinung vertrat, auch wenn er – wie er immer wieder betonte – eigentlich nicht Bescheid wusste.

„Warum hast du bei der Versammlung nicht für Rosie gesprochen? Du bist ein Mann. Soweit ich das jetzt erkannt habe, gilt das Wort eines Mannes weit mehr als das einer Frau." Bridget bemühte sich, nicht allzu emanzipatorisch zu klingen.

„Weil ich noch nicht lange da bin. Vielleicht wäre es nicht gut gewesen, wenn ich mich zu sehr in die örtlichen Angelegenheiten eingemischt hätte." Er zuckte mit den Schultern, was er häufiger tat, wenn er ein Thema beendet erachtete.

Ohnehin musste Bridget wieder hineingehen und nach Rosie sehen. Außerdem interessierte sie, was der Bischof mit Daniel Miller und seiner Familie zu besprechen hatte. Sie wusste nur nicht, wie sie es herausfinden könnte.

„Ich geh dann mal wieder. Aber vielleicht magst du Rosie mal sagen, dass du auf ihrer Seite bist. Sie kann das gerade richtig gut gebrauchen."

Frank arbeitete ohne Entgegnung weiter.

Als Bridget die quietschende Tür öffnete, sagte er, ohne sich umzusehen: „Dan *ist* komisch."

Genau das hatte auch Bischof Hershey mit den Millers besprochen. Auch wenn in der amischen Gemeinschaft beinahe alles in der großen Versammlung geklärt wurde, gab es in diesem Fall noch nichts zu klären. Aber Dans negative Art, seine Schnüffeleien, insbesondere im Zusammenhang mit Rosie und vor allem der von Simon Glick bezeugte Vorfall in der Scheune gaben dem Bischof zu denken. Er hatte den Millers empfohlen, sich in Zukunft ein wenig zurückzuhalten.

Und dann war er zu John gegangen. Er hatte Rosie dazu gebeten.

„Rosie, ich möchte mich bei dir entschuldigen. Ich dachte, die Sache zwischen dir und Dan wäre an jenem Abend, da Dan so unwirsch zu dir war, erledigt gewesen. Normalerweise sollte ich als Bischof darüber Bescheid wissen, was in der Gemeinschaft vorgeht, aber diesmal war es eben nicht so."

Rosie nickte, schwieg aber.

Der Bischof wandte sich John zu, der ihm gegenüber am Tisch saß und abwartete. Seine Rolle in dieser Angelegenheit war ihm wohl bewusst. Er wappnete sich.

„John Byler. Ehrlich gesagt, wundere ich mich über dich. Du warst bereit, deiner Tochter aus egoistischen Gründen eine Ehe aufzuzwingen, von der du wusstest, dass sie für alle Beteiligten eine Farce sein würde." Bischof Hershey sprach leise, gelassen, aber seine Worte trafen.

John schwieg mit grimmigen Gesichtsausdruck. Gehorsam und Unterordnung unter die Gemeinschaft galt eben auch für Männer.

„Du weißt, dass die Gemeinschaft euch niemals alleine lassen würde, wenn Not am Mann ist. Es ist unnötig, Rosie all das aufzubürden. Sie wird, genauso wie alle anderen tun, was zu tun ist, wenn es zu tun ist."

Des Bischofs Zurechtweisung, so sanftmütig sie auch vorgebracht worden war, nagte an John. Als rechtschaffener Mann wusste er, dass der Bischof recht hatte. Zu sehr war er von seiner eigenen Bürde vereinnahmt worden. Und doch: vor den Frauen seiner Familie wollte er sich keine Blöße geben.

„Angesichts der Entwicklung, die alles genommen hat, bin ich deiner Meinung, Bischof. Rosie soll sich ihren Mann wählen. Dan erschien mir als der für unsere Tochter geeignete Mann. Es war eine falsche Einschätzung." Zu einer Entschuldigung konnte er sich nicht durchringen.

Bischof Hershey bemerkte es mit Befremden. Und doch hielt er John Byler die Probleme mit seiner Krankheit zu Gute. Auch wenn der Herr den Weg des Einzelnen vorgab. Und auch John Byler seine Bürde tragen musste.

Dave Hershey seufzte, was er selten tat. Normalerweise gab er nicht preis, wie es in seinem Innersten aussah. Doch in diesem speziellen Fall hatte er das fatale Gefühl, nicht wirklich helfen zu können. Nichts stellte sich einfach dar. Es ging nicht um Gut und Böse, es ging nicht um Gehorsam und Ungehorsam. Es ging um Menschen, die in sich gefangen waren und – zumindest im Falle von Dan – nicht verantwortlich für ihr Tun waren. Das hatte er Familie Miller auch mitgeteilt. Er war kein Arzt, aber er sah, was er sah. Dan sollte sich untersuchen lassen, das war seine Bedingung gewesen. Seit die alte Fran gestorben war, gab es keine Heilerin mehr im Bezirk und Dave Hershey wusste nicht, ob er darüber traurig oder froh war. Auch wenn er unbedingt dafür war, die althergebrachten Gebräuche und Lebensweisen zu schützen, doch im Falle von komplizierten Krankheiten durfte man die moderne Medizin nicht verachten. Dan war krank, das war augenfällig. Sein Geist war angegriffen.

John Byler war auch krank, aber anders. In früherer Zeit wäre John früh verstorben. Heute wird ihm geholfen. Und das war gut so. Bischof Hershey hoffte, dass auch Dan geholfen werden konnte.

Und schließlich hoffte der Bischof, dem seine Rolle in der ganzen Affäre durchaus bewusst war, dass im Dorf endlich wieder Ruhe einkehren würde. Rosie sollte Jason heiraten. Das war gut und richtig. Und in dieser Sache würde er auch noch mit den Burkholders sprechen.

Er seufzte noch einmal. Vernehmlicher diesmal. Ihm war gar nicht bewusst gewesen, dass er immer noch am Tisch der Bylers saß, einen Kaffeebecher in den Händen hielt und seit geraumer Zeit schwieg.

„Es ist nicht einfach, das Los des Bischofs annehmen zu müssen, nicht wahr, Dave?", nickte John Byler ihm zu.

„Nein, ich gebe zu, dass ich mir jeden Tag wünsche, dass das Los auf jemanden anderen gefallen wäre. Aber der Herr allein weiß, warum er dir die Krankheit, mir das Amt und Rosie die Liebeswirren schickt." Er hob den Kopf und schaute Rosie an, die immer noch aufgewühlt in der Nähe des Tisches stand. Ein leises Lächeln umspielte sein sonst so ernstes Gesicht.

Rosie lächelte scheu zurück, schwieg aber. Was sollte sie auch reden, wenn zwei Männer am Tisch saßen und philosophierten? Aber insgeheim war sie dem Herrn sehr dankbar, dass er bei der Verlosung des Bischofsamtes Dave Hershey ausgesucht hatte.

Der stand auf.

„Vielen Dank, Elizabeth, für den Kaffee. Und auch dir Rosie für deine Geduld." Er wandte sich in Richtung des Cafés, wo er seine Winterjacke abgelegt hatte. Als er schon halbwegs in der Backstube war, drehte er sich noch einmal um.

„Lass das Bild ruhig hängen, Rosie. Es ist das Bild eines Kindes, das es nicht besser weiß."

Kapitel 16

Bridget hatte geduldig in der Backstube gesessen. Das Café war dank Wendy inzwischen wieder geöffnet und nun standen bereits wieder einige Kunden an der Theke. Es waren ausnahmslos amische Kunden, die gelassen draußen abgewartet hatten, als sie die Versammlung im Laden vernahmen. Die nicht-amischen Kunden waren ungeduldig wieder weggegangen. Nun hatte Wendy zwar alle Hände voll zu tun, aber Bridget konnte sich nicht überwinden, ihr zu helfen. Stattdessen war sie gespannt auf Rosie und deren neueste Nachrichten.

Rosie kam wenig später tatsächlich vom Haupthaus herüber, immer noch ein wenig käsig um die Nase.

Bridget hielt sich zurück. Sie hoffte, dass Rosie von sich aus reden würde. Dabei hatte sie nicht bedacht, dass Amische gewohnt waren, Probleme mit sich selber auszumachen. Rosie fing also an, Mehl abzuwiegen, um Zwiebelbrötchen zu backen. Sie war in Verzug damit und arbeitete schnell und gezielt.

„Ach, nun sag schon!" Bridget konnte nicht mehr an sich halten und setzte sich Rosie direkt gegenüber.

„Es scheint, als hätte sich mein Problem gelöst." Rosie zuckte mit den Schultern und arbeitete beflissen weiter.

„Du und Jason? Dieses Problem meinst du?" Bridget war immens aufgeregt.

„Ja, dieses Problem meine ich."

„Du hörst dich aber nicht sehr überzeugt an."

„Doch, es scheint endgültig zu sein. Ich kann es im Moment nur nicht glauben. Ehrlich, Bridget. Lass mich ein wenig Teig kneten, dann geht es mir vielleicht besser und ich kann es dir auch erzählen."

Es fiel Bridget wie Schuppen von den Augen, dass Rosie nicht einfach so zur Tagesordnung überging, sondern im Gegenteil innerlich kochte. Einerseits bewunderte sie diese Selbstbeherrschung ihrer Freundin, andererseits hatte sie den starken Impuls, Rosie an den Schultern zu packen und sie zu schütteln.

„Ganz ehrlich, Rosie. Ich an deiner Stelle würde jetzt rübergehen und deinen Vater anschreien. Oder die ganze Welt anschreien.“

Rosie schmunzelte trotz aller Anspannung.

„Genau deshalb sehen wir die *Englischen* so, wie wir sie sehen.“

„Wie seht ihr uns denn?“

„Ein wenig verrückt. Oder vielleicht auch ein wenig mehr. Anwesende ausgenommen.“

Rosie spürte überrascht, dass der Small Talk mit Bridget ihren Ärger aufsaugte. Sie hatte nie gelernt, sich bei Problemen mit anderen auszutauschen. Man belästigte einfach niemand anderen damit.

Nun bohrte sich ein Gedanke in ihren Kopf. Sie wischte sich den Teig von den Händen und setzte sich dann auf den zweiten Stuhl, der in der Ecke stand und zu kurzen Pausen einlud.

„Denkst du, dass es meinen Eltern auch so geht? Ich meine, sie haben große Probleme. Dads Krankheit in erster Linie. Und was werden soll, wenn Dad nicht mehr arbeiten kann. Es gibt keinen Nachfolger in der Gärtnerei.“

„Warum eigentlich nicht? Wieso übernimmt nicht einer eurer Verwandten die Gärtnerei? Ich habe schon verstanden, dass Jason den Hof bearbeiten wird. Aber es gibt doch sicher irgendwo eine Byler-Familie, die tausend Kinder hat und froh wäre, eines davon gut unterzubringen. Samt Familie.“

Rosie musste trotz ihrer Anspannung grinsen. Bridget hatte es in ihrer schnoddrigen Art, die hie und da durchstach, auf den Punkt gebracht.

„Du hast recht. Vielleicht hat Dad das noch nicht bis zum Ende durchdacht.“ Rosie stand wieder auf. „Aber ich möchte mir heute den Kopf nicht mehr darüber zerbrechen. Ich mag heute überhaupt nicht mehr denken.“

Bridget nickte und überließ Rosie ihrer Arbeit. Stattdessen schaute sie in den Laden, wo Wendy alle Hände voll zu tun hatte, weil wieder ein paar Touristen angekommen waren, die ihren Kaffee sofort haben mussten. Touristen hatten einfach nie Zeit…

Frank hatte sich im Wasserbottich des Gewächshauses die Hände gewaschen und war nun im Waschraum zugange, um sich mit Seife und Bürste die letzten Reste der dunklen, torfigen Erde von Händen und Armen zu schrubben. Er war gerade dabei, die Ärmel wieder nach vorne zu rollen, als Bridget aus ihrem Zimmer die Treppe herunterkam. Sie hatte sich ebenfalls frisch gemacht und dazu noch eine neue Schürze geholt, da sie sich mit Kakaostaub eingepudert hatte.

Frank schaute sie, wie immer, freundlich an. Ein Gesichtsausdruck, den Bridget von den amischen Männern, deren Mienen eher Ernsthaftigkeit widerspiegelten, nicht wirklich gewohnt war. Es mochte vielleicht daran liegen, dass Frank ein freundliches Aussehen in die Wiege gelegt wurde. Müsste er grantig schauen, wäre es eine große Aufgabe für ihn. Das schoss Bridget durch den Kopf, als sie ihn beobachtete, wie er seine Kleidung richtete.

„Na, auch hungrig?" Er ließ ihr den Vortritt in die Wohnstube und Bridget fragte sich, wo er diese Manieren wohl gelernt hatte. Hier hatte sie eher festgestellt, dass derjenige zuerst durch die Tür ging, der sie als Erster erreicht hatte, wobei Frauen grundsätzlich hinter ihren Männern gingen, wenn eine Gruppe von Menschen unterwegs war. Wenn sie Ehepaare auf der Straße beobachtete, dann gingen sie nebeneinander. Und noch etwas war ihr aufgefallen. Man sprach nicht sehr viel miteinander. Small Talk bedeutete den Amisch nichts. Wenn es etwas zu sagen gab, dann sagte man es. Unwichtiges wurde selten besprochen.

Schon deshalb fiel ihr auf, dass Frank anders war. Er fing ein Gespräch übers Wetter an, darüber, was es wohl zu essen geben mochte oder eben, ob sie hungrig war.

Nach amischer Denkweise war man nach fast beinahe acht Stunden Arbeit sicher hungrig. Also erübrigte sich die Frage. Schon eher fragte man sich, ob jemand wohl krank war, der nichts oder nur wenig aß. Aber selbst diese Frage stellte man nicht laut. Doch das Familienmitglied wurde beobachtet. Man kümmerte sich durchaus umeinander, aber mit viel weniger Worten, als in der Welt, in der Bridget sonst lebte. Wenn sie ehrlich war, bestand in der englischen Welt eher ein Defizit in Bezug auf sich umeinander kümmern.

„Ja, sehr hungrig. War ein aufregender Vormittag."

Frank lachte. „Kann man wohl sagen. Aus deiner Sicht wahrscheinlich noch aufregender als ich es empfinden würde."

Das Lachen lag Frank viel näher als anderen Männern hier. Und wenn er lachte, erschien es Bridget, als wäre er gerade einer Werbung über norwegische Wandertouren entstiegen. Der Gedanke irritierte sie. Gewaltig.

Es gab Gulasch. Mit Kartoffeln und Gemüse. Und Apfelstrudel mit Vanillesoße. Und von Rosie gebackene frische Zwiebelbrötchen mit Schmalzaufstrich. Und einen gemischten Salat aus dem Gewächshaus. Bridget würde in ihrem Leben nie wieder derart gut und viel essen, wenn sie von hier wegging.

Andererseits fühlte sie sich kugelrund. Gerade heute spürte sie den Drang in sich, ihre alte Kleidung wieder anzuprobieren. Sie war sich sicher, dass sie um mindestens zehn Zentimeter aus dem Rock herausgewachsen war. In der Breite. Sie seufzte bei den Gedanken.

„Zu viel gegessen, Miss Bridget?", flachste Frank.

„Oh, ich habe wohl gerade laut gedacht."

„Sagen wir eher, du hast laut geseufzt." Rosie ging auf den lockeren Ton Franks ein.

„Ach, ich dachte gerade daran, wie viel ich wohl zugenommen habe. Meine Kleidung wird mir kaum mehr passen, wenn ich wieder nach Hause fahre."

„Du fährst nach Hause?" Bridget konnte nicht umhin, leises Bedauern aus Franks Frage herauszuhören.

„Ich fürchte, so schnell nicht. Ihr müsst mich noch länger ertragen. Die ganze Sache ist derart aus dem Ruder gelaufen, dass ich mir wünschte, ich hätte nie etwas gesagt." Dann schüttelte sie den Kopf. „Nein, das ist nicht wahr. Ich würde es wahrscheinlich wieder genauso machen. Aber dass diese Verbrecher Leute umbringen, um ihren Betrug zu vertuschen, ehrlich, das kann ich nicht verstehen."

Frank wiegte bedächtig den Kopf hin und her. „Siehst du, das ist es, was wir an den *Englischen* auch nicht verstehen."

Rosie mischte sich ein.

„Du sagtest es heute Morgen selber: Touristen, die nie Zeit haben. Die Leute überholen sich immer selber. Die Ungeduld auf der Straße, die allzu oft Unfälle provoziert. All das ist bei uns anders. Wir tun, was zu tun ist. Und was wir heute nicht schaffen, das machen wir morgen. Es ist kein schlechter Plan."

Bridget dachte über ihre Worte nach. Rosie hatte nicht unrecht. Seit sie hier war, arbeitete sie von früh bis spät. Und die meiste Zeit war sie elend müde. Aber auch zufrieden. Sie vermisste nichts. Da ihre Familie ohnehin weit weg wohnte und sie sie nicht jeden Tag sehen konnte, war sie es gewohnt, eine Weile mit ihnen nicht in Verbindung zu treten. Immerhin war es möglich, ihnen über Umwege Briefe zu schreiben, ohne jedoch ihren Aufenthaltsort zu verraten. Aber ihre Eltern wussten, dass es ihr gut ging. Das genügte vorderhand.

Am Anfang fehlte ihr ihr Handy, der Computer oder auch einmal ein Kinobesuch. Doch schnell erkannte sie, dass der Umgang mit der Familie und den Nachbarn hier viel entspannender war, als die sture Daddelei mit dem Smartphone. Das einzige, das ihr wirklich fehlte, war die Arbeit, die sie liebte. Zahlen waren ihr Ding. Brötchen und Kuchen weniger. Vor allem nicht der dazugehörige Teig.

Sie hatte nicht gemerkt, dass Frank und Rosie sie unverwandt anschauten.

„Auf welchem Stern warst du jetzt gerade?", fragte Rosie schelmisch.

„Auf dem Englischen", hab Bridget unumwunden zu. „Ich habe darüber nachgedacht, dass ich mich bei euch recht wohl fühle. Was ziemlich seltsam ist. Als ich von Detective Leary hörte, wo ich hingebracht werden sollte, dachte ich, ich müsse sterben." Sie sah Missbilligung in Johns Miene, der zu dem lockeren Gespräch bei Tisch bisher nichts gesagt hatte. Normalerweise mochte er Geschwätz, wie er es nannte, nicht. Doch der Tag schien ihn milde gestimmt zu haben.

Bridget sprach ihn an. „Also, Mr. Byler, Sie müssen schon zugeben, dass das hier eine ganz andere Welt ist, als bei uns."

„Ich kenne die englische Welt nicht", antwortete John knapp.

„Dann lehnen Sie etwas ab, was Sie nicht kennen?" Rosie runzelte die Stirn und Frank war gespannt, was John darauf wohl antworten würde. Elizabeth indes wirkte sehr nervös.

„Ich lehne ab, was ich nicht zu meinem Heil brauche. Das ist ein Unterschied. Und sieh doch, wie weit dich die englische Lebensart gebracht hat."

„Ja, das ist richtig. Aber auch hier ist nicht immer alles wunderbar." Bridget konnte nicht umhin, ihn ein wenig zu ärgern.

Elizabeth stand auf. Mit Nachdruck, wie es den jungen Leuten am Tisch schien.

„Bridget, würdest du mir beim Abräumen helfen?", sagte sie mit einer Stimme, die keinen Widerspruch duldete.

Bridget gehorchte. Nicht, weil sie das Gefühl hatte, dass sie müsste. Sie hatte einfach gesagt, was sie sagen wollte. Diese Freiheit nahm sie sich, auch wenn es Worte waren, die die Menschen hier in ihrer Deutlichkeit nicht mochten.

Sie stapelte die Teller und trug sie in den Küchenteil des großen Raumes. Dann kehrte sie zurück, um das restliche Geschirr zu holen. Sie sah Johns ablehnende Miene. Das stachelte sie an.

„Mr. Byler. Ich sehe, was ich sehe. Und ich sehe vor allem nicht ein, dass ich nicht sprechen soll, weil es unangenehm für Sie sein könnte."

Bridget verstand selber nicht, warum sie derart auf Krawall gebürstet war. Aber nun konnte sie nicht mehr zurück.

„Du kannst sagen, was du möchtest. Auch wenn du nur Gast in meinem Hause bist." John klang sehr bestimmt.

„Ja, dafür bin ich Ihnen dankbar. Aber warum können Sie sich nicht bei Rosie dafür entschuldigen, dass Sie einen Fehler gemacht haben?"

Rosie sog die Luft hörbar ein. Und Frank überlegte, wie er John den restlichen Tag aus dem Weg gehen konnte. Vermutlich dachte Elizabeth über ähnliches nach.

„Hast du dich darüber beschwert?" John wandte sich mit grimmigem Gesicht an seine Tochter, die regungslos am Tisch saß und wünschte, sie wäre heute gar nicht erst aufgestanden. Auch wenn der Tag durchaus Positives für sie gebracht hatte.

Bridget kam ihr zuvor.

„Sie würde das niemals tun. Sie ist stets bemüht, alles zu tun, nur um Ihnen zu gefallen. Sie hätte sogar diesen schrecklichen Dan geheiratet. Ich kann es nicht fassen, dass Sie das von ihr verlangt haben." Nun war es Bridget, die enorm grimmig dreiblickte. Sie hatte keine Ahnung, woher sie den Mut nahm, so mit John zu sprechen. Offenbar spielten ihr ihre Nerven, die sie so lange bezähmt hatte, einen Streich.

„Es. Geht. Sie. Nichts. An." John stand auf, stützte sich schwer auf die Tischplatte und betonte jedes einzelne Wort.

Rosie sah Bridget flehentlich an. Am Ende verwies er Bridget aus dem Haus. Das wäre schrecklich!

Bridgets Zorn verpuffte. Nicht, weil sie Angst vor John hatte, sondern weil er ihr plötzlich leidtat. Ganz unvermittelt war dieses Gefühl des Mitleids über sie gekommen.

„Ich entschuldige mich, Mr. Byler. Ich hoffe, ich darf weiterhin hierbleiben", sagte sie zur Überraschung aller Beteiligten. Und sie besaß die Größe, nicht wegzulaufen, sondern auf Johns Antwort zu warten.

„Es ist gut, Bridget. Wir alle haben schlechte Tage." John nickte ihr zu und setzte sich wieder. Ohne ein weiteres Wort nahm er seine Zeitung zur Hand und fing an zu lesen.

Bridget machte sich aus dem Staub. Sie ging gemessenen Schrittes hinauf in ihr Zimmer, um mit aller Selbstbeherrschung, die sie noch aufbringen konnte, die Tür leise zu schließen, sich auf das Bett zu werfen und bitterlich zu weinen.

Rosie verließ die Küche. Diesmal würde Elizabeth alleine abwaschen müssen. Sie ging hinüber in die Backstube, nicht, weil sie vorhatte zu backen, sondern weil sie der Stube entfliehen wollte.

Frank folgte ihr.

„Gehst du nicht zu ihr?", fragte er.

„Ich glaube, sie möchte allein sein. Ich werde mich jetzt selber ein wenig hinlegen. Der Tag war hart bisher." Sie versuchte ein kleines Lächeln, das ihr gründlich misslang. „Ich finde es nicht richtig, dass sie Dad so angegriffen hat. Weil es eine Sache zwischen mir und ihm ist", fügte sie noch hinzu.

Dann ging sie hinauf in ihr Zimmer.

Frank sah ihr nach. Bridget hatte einen Fehler gemacht, das war klar. Aber ihr Mut imponierte ihm.

Kapitel 17

Bridget erwachte mit pochenden Kopfschmerzen. Über ihr Weinen war sie eingeschlafen. Doch das Elend überkam sie sofort wieder, nachdem ihr Kopf wieder klargeworden war. Sie hatte John Byler beleidigt. Wegen etwas, das sie nichts anging. Sie hatte ihr Leben, ihre Freunde, ihre Arbeit verloren, weil sie Dinge ausgeplaudert hatte, die sie nicht hätte sagen dürfen. Sie wusste doch, dass irgendjemand manipuliert und betrogen hatte. Warum nur konnte sie sich nie heraushalten? Heraushalten aus dem Leben der Bylers? Heraushalten aus Vorgängen, die sie nichts angehen? Sie hatte sogar ihren Namen verloren…

Bridget rappelte sich auf. Ihr war schwindelig und sie musste abwarten, bis sich der Drehwurm in ihrem Kopf wieder beruhigt hatte. Dann fingerte sie aus der Schublade am Nachttischkästchen eine Packung Schmerztabletten. Sie drückte zwei davon aus dem Blister und nahm sie mit einem vollen Glas Wasser ein. Eine Karaffe mit Trinkwasser hatte sie immer auf ihrem Zimmer stehen. Wo sie zu Hause einfach im Pyjama oder gar im T-Shirt in die Küche gehuscht war, um sich etwas zu Trinken oder einen Snack zu holen, musste sie sich hier komplett ankleiden – inklusive *Kapp* – um niemanden zu missfallen. Deshalb hatte sie Wasser und einen eisernen Vorrat an Schokolade auf der Kommode in ihrem Zimmer.

Sie war noch angekleidet. Lediglich die Kapp hatte sie sich vom Kopf gerissen, als sie verzweifelt aufs Bett gesunken war. Nun sehnte sie sich nach Berührung. Irgendeinem warmen Körper, der sie spüren ließ, dass da noch jemand war. Und sie nicht so abgrundtief alleine sein musste, wie sie sich im Moment fühlte. Sammy fiel ihr ein. Jetzt gewahrte sie auch, dass sie ziemlich lange geschlafen haben musste, da es draußen bereits stockdunkel war, genauso wie hier in ihrem Zimmer. Inzwischen hatte sie sich so an die allgegenwärtige Dunkelheit gewöhnt, dass es ihr gar nicht aufgefallen war, als sie die Tabletten und das Wasserglas im Dunkeln geholt hatte. Weder im Haus noch draußen war etwas zu hören, was wohl bedeutete, dass es relativ spät war. Offensichtlich hatte man sie zum Abendessen nicht geholt. Statt auf die Uhr zu sehen, richtete sie ihr Kleid, dass sich um ihren Körper verschlungen hatte und sie nahm die dunkle Strickjacke, die die Frauen hier im Bedarfsfall zu ihren dunklen Kleidern anzogen. Dann schlich sie hinunter zum Hinterausgang, um das Haus zu verlassen. Zuvor nahm sie ihren Umhang vom Haken und schlüpfte in die warmen Stiefel, die im Eingangsbereich bereitstanden.

Aus ihr war wahrhaft eine Amische geworden, wenn auch nur äußerlich.

Als sie den erstaunlich kalten Wind, der draußen um die Häuser jaulte, spürte, wurde ihr bewusst, dass sie die Kapp vergessen hatte. Sie fühlte Kälte im Gesicht und am Kopf. Früher hatte sie selten eine Kopfbedeckung im Winter getragen. Nun fror sie erbärmlich.

Rasch schlüpfte sie durch die Nebeneingangstür in die Scheune. Sie bemühte sich, Sammy nicht zu erschrecken, damit er keinen Laut von sich gab. In der Scheune zündete sie die Stalllaterne an und schaute noch einmal kurz nach draußen, um sicherzugehen, dass sie niemand gesehen hatte. Dabei fiel ihr auf, dass in der Wohnstube noch Licht brannte und auch im Restaurant noch Betrieb war. Offensichtlich war es doch nicht so spät wie sie dachte. Vielleicht hatte sie der geräuschvolle Wind, die die übrigen Geräusche übertönte, getäuscht. Im Moment war es ihr einerlei. Wenn sie jemand ohne Kapp sehen würde, dann war es eben so. Sie ging hinüber zum Pferd, das leise durch die Nüstern schnaubte und seinen Kopf zu ihr wandte.

„Hallo Sammy." Bridget berührte ihn sanft an den Ohren. Dort, wo er es gerne hatte. Dann klopfte sie ihm auf die Schulter. Als sie sicher war, dass Sammy sie erkannt hatte, schmiegte sie ihren Kopf an seinen Hals und umarmte ihn sanft. Sie stand wieder auf dem provisorischen Podest, um an ihn heranzureichen. Die Laterne hatte sie in einigem Abstand an einen Nagel in der Scheunenwand gehängt.

Einige Minuten genoss sie so die Wärme des Pferdes und die weiche Beschaffenheit seines Felles. Es tat ihr gut, seinen leisen Pulsschlag zu spüren und es erschien ihr, als würde Sammy wissen, dass er ruhig und geduldig zu bleiben hatte.

„Bin ich froh, dass du nichts dagegen einzuwenden hast, von mir gedrückt zu werden. Die Leute hier scheinen Berührung nicht so sehr zu mögen." Bridget redete mit sanfter Stimme, ohne wirklich darauf zu achten, was sie sagte. Allerdings war ihr schon aufgefallen, dass besonders intensive Zuneigungsbezeigungen hier eher selten waren.

„Du stehst hier in deinem Stall und wartest darauf, dass dich jemand braucht. Ganz schön langweilig, was? Aber so allein fühle ich mich gerade auch. Ich glaube, ich kann den Bylers nicht mehr unter die Augen treten." Bridget atmete tief durch. „Wie komme ich dazu, mich einzumischen und dann auch noch Mr. Byler derart zu beleidigen?" Sie lockerte ihre Umarmung und schaute dem Pferd in die Augen. „Aber was soll ich auch tun? Da ist keiner, bei dem ich mich mal aussprechen könnte. Ich sitze hier fest. Und ich kann da gar nichts machen. Ich wünschte, ich hätte niemals etwas gesagt über die Unregelmäßigkeiten in unserem Büro. Ich wünschte, ich hätte einfach meine Augen zugemacht. Dann könnte ich heute noch ein bequemes Leben führen und hingehen, wohin ich will." Sie spürte, wie sie bereits wieder feuchte Augen bekam. Ihr war durchaus bewusst, dass sie sich gerade in Selbstmitleid suhlte. Aber dann und wann brauchte man eben so was.

Bridget dachte an Rosie. Die hatte bestimmt auch ihre besonderen Momente. Und dabei ging es Rosie viel schlechter als ihr. Sie würde irgendwann einmal wieder frei sein. Rosie hätte um ein Haar ihre Freiheit komplett verloren.

Die Tür klapperte und Bridget erschrak so sehr, dass sie rückwärts vom Podest stolperte. Sie setzte sich auf den Hosenboden, was ihr für einen kurzen Moment die Luft raubte. Als sie noch nach Luft schnappte und erwartete, jeden Moment einen der Bylers oder womöglich sogar Dan zu sehen, da trat ihr eine Schattengestalt gegenüber, die zu keinem der Leute hier passte. Eine meterdicke Gänsehaut rieselte über Rücken und Arme! In ihr machte sich in Sekundenschnelle ein böses Gefühl von Todesangst breit. Instinktiv schätzte sie die Situation vollkommen richtig ein. Man hatte sie entdeckt. Und diese Gestalt, die da vor ihr stand, hatte einen Auftrag.

In ihrem Inneren rumorte es derart, dass sie vollkommen vergaß zu schreien oder auch nur versuchte zu entkommen. Alles spielte sich innerhalb weniger Sekunden ab.

Der Fremde war mit einem Sprung bei ihr, hielt sie mit einem Arm in eisernem Griff und legte die andere Hand über ihren Mund. Er war so stark, dass sie bewegungslos verharren musste, wenn sie auch nur in der Lage sein wollte, genügend Luft zu holen. Sammy machte sich bemerkbar. Er wieherte und scharrte mit den Hufen. Der Angreifer reagierte irritiert. Bislang hatte er kein Wort gesprochen und nun zischte er nervös: „Wir müssen hier weg. Sonst verrät uns der blöde Gaul noch!"

Sammy schlug nun mit den Hufen gegen seine Box, was den Mann noch nervöser – und vermutlich auch gefährlicher - machte. Er zerrte Bridget, die begonnen hatte, sich vehement zu wehren, zum Ausgang. Und als sie nicht aufhörte, in seinem festen Griff zu zappeln, verpasste er ihr unvermittelt einen Faustschlag. Das ging derart schnell vor sich, dass sie nicht schreien konnte, obwohl er die Hand von ihrem Mund genommen hatte. Ein dunkler Vorhang senkte sich über sie und sie hing nur noch schlaff in seinen Armen.

Hastig nahm er ihren Arm über seine Schulter und umgriff ihre Hüfte. So schleppte er sie über die Straße, nachdem er sich vergewissert hatte, dass ihn niemand sehen konnte. Er verschwand mit ihr hinter Smuckers Restaurant, von wo aus es über eine

Wiese zum Parkplatz ging. Ihre Beine zogen eine Spur in den feuchten Boden und ihr Kleid sog sich mit Nässe voll. Aber sie merkte von alldem nichts, da sie immer noch weggetreten war. Auf dem Parkplatz fesselte und knebelte der Fremde sein Opfer und warf es in den Kofferraum, der zum Fahrgastraum hin offen war. Er drapierte eine Decke über sie. Diesmal war er mit einem geländetauglichen Fahrzeug gekommen. Den Sportwagen hatte er in der Garage gelassen…

„Ich habe sie… nein, sie ist wohlauf. Ein wenig groggy vielleicht, aber sonst fehlt ihr nichts. Was? … Ja, schon gut… wie besprochen… in der Hütte."
Bridget verstand nur Bruchstücke des laut geführten Telefongesprächs. Ihr Kopf pochte wie wild und ihr wurde schlecht von der holprigen Fahrt. Sie versuchte, sich zu bewegen, doch die Fesseln schnitten tief in ihre Hand- und Fußgelenke. Der Knebel ließ sie würgen. Mit aller Kraft, die sie zusammenkratzen konnte, besann sie sich darauf, sich nicht übergeben zu müssen, um nicht daran zu ersticken. Allein die Konzentration darauf lenkte sie von ihrer abgrundtiefen Angst ab.
Die Fahrt schien ewig zu dauern. Tatsächlich war der Mann lediglich ein paar Kilometer, allerdings über Stock und Stein und entsprechend langsam, mit ihr gefahren. Nun hatte er angehalten. Er öffnete die hintere Klappe des Fahrzeuges und schlug die Decke zurück. Es war das erste Mal, dass Bridget ihn direkt von vorne und nicht im Gegenlicht sah. Sie erkannte den Sportwagenfahrer, der in der Kutschenfabrik gewesen war.

Er hob sie wie einen Sack über seine Schultern und stapfte mit ihr einige Meter zu einer halbverfallenen Hütte. Ihre Angst traf sie wieder mit voller Härte. Was hatte er gesagt? *Ihr fehlt nichts.* Wollte oder sollte er ihr vielleicht gar nichts tun? Oder jetzt im Moment noch nichts tun? Ein Fünkchen Hoffnung keimte in ihr auf. Alles, was Zeit brachte, war gut.
Aber ihr Kopf brachte sie um.

Inzwischen war er angekommen, hatte die klapprige Tür der Hütte quietschend geöffnet. So, wie er sie getragen hatte, legte er sie nun ab: Er hievte sie wie einen Mehlsack in eine schmuddelige, feuchte Ecke. Ihr Kopf schmerzte heftig bei dieser Behandlung, aber der Schmerz verebbte nach einiger Zeit. Sie war immer noch geknebelt und gefesselt, doch er kümmerte sich nicht mehr weiter um sie. Stattdessen verließ er die Hütte wieder, was Bridget für den Moment aufatmen ließ, und kam kurz darauf mit einer Plastiktüte wieder zurück, was ihre Hoffnung wieder auf ein Minimum senkte.

„Hab' Futter hier. Hast du Hunger? Sind zwar nur Sandwiches, aber besser als nichts."

Bridget nickte. Sie hatte alles andere als Hunger, aber alles war besser, als diesen ekligen Knebel noch länger im Mund zu haben. Tatsächlich befreite er sie davon und sie atmete keuchend durch.

„Untersteh dich und schrei! Dann stech' ich dich sofort ab!", schnauzte er, während er ihr auch die Handfesseln abnahm. Er hielt ihr die geöffnete Packung mit der zweiten Sandwichhälfte hin. Die andere Hälfte hatte er bereits verspeist. Sie nahm es und aß es langsam. Da sie annahm, dass er sie anschließend wieder knebeln würde, genoss sie jede Sekunde, die sie frei atmen konnte.

„Der Prozess läuft. Schlecht für uns. Und wie es aussieht, gibt es plötzlich noch mehr Zeugen. Deshalb bleibt uns nichts Anderes übrig, als unsere Leute aus dem Knast zu holen. Dafür brauchen wir dich. Wenn du also nicht schreist und auch sonst keinen Blödsinn machst, dann hast du gute Chancen, doch noch lebend aus der Sache rauszukommen", erklärte er ihr, während sie aß.

Das war also der Grund, warum sie überhaupt noch lebte. Konnte ihr also nur Recht sein, als Geisel gehalten zu werden. Besser, als Zeugin tot zu sein. Bridget war nüchternes Denken gewohnt und überschlug ihre Situation. Je länger sie hier lebend überstand, desto länger hätte man Zeit, sie zu finden.

Doch wer wusste überhaupt, dass sie weg war? Bridgets Hoffnung sank wieder in sich zusammen. Frühestens am Morgen würde man sie überhaupt vermissen. Und dann womöglich annehmen, dass sie sich selber vom Acker gemacht hatte.

„Amisch, wie?" Der Mann grinste. Er sah nicht einmal schlecht aus, jetzt, da sie sein Gesicht erkennen konnte. Als er bei Stolzfus war, hatte sie ihn nicht weiter beachtet. Nun betrachtete sie ihn genauer. Er hatte eine Campingleuchte bei sich, die er zwischen sich und ihr auf den Boden gestellt hatte. Da die Hütte, die womöglich irgendwann einmal als Lagerraum gedient haben mochte, keine Fenster hatte, konnte auch kein Licht nach außen dringen. Oder nur wenig, da einige der Bretter locker und offene Ritzen zu erkennen waren. Sein Gesicht war schmal, mit einem gepflegten Drei-Tage-Bart und auffallend hellen Augen. Wäre sie ihm bei anderer Gelegenheit begegnet, wäre er ihr Typ gewesen. Jetzt fand sie ihn nur abstoßend und gefährlich. Sie zuckte mit den Schultern, schwieg aber.

„Eigentlich ein prima Versteck. Blöd für dich, dass wir deine Spur noch eine Weile verfolgen konnten. Mit Geld kriegt man alles raus, weiß du? Und irgendwo hier haben wir dich dann verloren. Ich bin über Land gefahren. Hab rumgefragt nach einer jungen Frau, die hier nicht hergehört. Und aus eurem Dorf hat einer gequatscht. Eine *Englische* wäre da, die sie verstecken würden. Und die vollkommen fehl am Platze war. Die nicht dorthin gehört. Mann, war das ein Irrer."

„Amisch?"

„Ja, hat immer so ausgesehen, als würde er verfolgt. Rastlose Augen. Ganz seltsamer Typ der. Sind die alle so?"

Bridget seufzte wütend. Dan hatte es geschafft, ihr die Angst zu nehmen und sie wütend zu machen, während sie hier saß, ihre Beine gefesselt waren und sie in Todesgefahr schwebte.

„Komisch sind sie alle", sagte sie, weil ihr nichts Besseres einfiel. „Und was wird jetzt aus mir?"

„Ich höre wieder Bescheid. Mein Handy ist ausgeschaltet. Ich werde dich hierlassen und wegfahren, um zu telefonieren. Hab also keine Hoffnung auf Handyortung."

„Hab ich nicht." Aus irgendeinem Grunde war sie gerade vollkommen abgeklärt. Zum einen konnte sie einen Blick auf seine Armbanduhr erhaschen, die ihr zeigte, dass es lange nicht so spät war, wie sie dachte. Womöglich würde ihr Fehlen doch früher entdeckt werden, als sie angenommen hatte. Zum anderen war ihr einziger Gedanke, dass sie Dan den Hals umdrehen würde, wenn sie ihn in die Finger bekäme. Und sie würde dafür sorgen, dass das passieren würde!

„Weiß jemand, wo Bridget ist? Ich habe sie nicht mehr gesehen, seit … also, seit ihrem Ausbruch." Rosie kam in die Wohnstube, weil sie nach all den Aufregungen des Tages hungrig geworden war. Die Düfte des Abendessens zogen schon verführerisch durch das Haus.

„Vielleicht schämt sie sich, zum Abendessen herunterzukommen", vermutete ihr Vater, der bereits wieder am Tisch saß und erneut im *Budget* schmökerte.

„Ich schau mal nach. Soll ich auch Frank holen?"

„Ja, tu das. Das Essen ist jedenfalls fertig." Elizabeth näherte sich dem großen Tisch mit einem Stapel Teller und nickte Rosie zu.

Kurze Zeit später war Rosie wieder unten.

„Sie ist nicht da…"

Ihr Vater unterbrach sie: „Dann wird sie wohl spazieren gegangen sein!"

„… ihre *Kapp* lag auf dem Bett. Und ich habe gerade nachgesehen: Ihr Umhang und die Stiefel sind auch nicht da. Aber die *Winterkapp* hängt am Haken."

„Wie ich sagte, spazieren", brummte John wenig begeistert.

„Aber die *Kapp*? Sie würde doch nicht ohne *Kapp* rausgehen. Vielleicht noch raus und frische Luft schnappen. Aber nicht weggehen. Es ist ja dunkel. Ich habe auch nachgesehen. Sie ist nicht abgehauen, weil ihre Alltagskleidung noch da ist."

„Sie geht doch gerne in den Stall. Vielleicht ist sie da?", mutmaßte Elizabeth.

Rosie nickte aufgeregt. Schon war sie zur Vordertür hinaus hinüber in den Stall gerannt.

Die brennende Laterne hing noch am Haken. Und ihr Taschentuch lag auf dem Boden.

Rosie machte einen Umweg in das Gewächshaus, wo Frank gerade beschäftigt war.

„Bridget ist verschwunden. Ich habe ein ganz schlechtes Gefühl. Im Stall hängt noch die brennende Laterne. Sie würde niemals eine Laterne in der Scheune brennen lassen. Sie weiß, wie gefährlich das ist. Und ihr Taschentuch lag auf dem Boden. Außerdem war Heu auf dem Boden verstreut."

Letzteres war durchaus alarmierend, weil der Scheunenboden immer gefegt war und sicher niemals so hinterlassen wurde, wie er gerade aussah.

„Ich habe vorher das Pferd gehört. Ich dachte, die Katze würde es ärgern. Aber du hast recht. Sieht so aus, als wäre sie… ja, was?" Er konnte sich keinen Reim auf das alles machen.

„Vielleicht hat sie jemand gekidnappt? Wir wissen ja, dass sie gefährdet ist. Da war letztens jemand im Stall. Ich dachte, es wäre Dan. Aber was ist, wenn da schon jemand auf der Lauer lag?" Rosie bekam eine Gänsehaut, wenn sie nur daran dachte. Frank hatte sich inzwischen die Hände einigermaßen sauber gewaschen und scheuchte sie nun aus dem Gewächshaus.

„Komm, wir schauen mal genauer nach."

Sie sahen die Unordnung im Stall und untersuchten mit zwei Laternen den Boden darin und davor. Frank entdeckte die Schleifspuren, die Bridgets Füße zuvor hinterlassen hatten. Er musste in dem Dämmerlicht einige Zeit suchen, aber dann entdeckte er die gleichen Spuren drüben neben Smuckers Restaurant. Hastig folgte er der Fährte, die im weichen Untergrund eine recht eindrucksvolle Markierung bildete. Als er sie bis zum Parkplatz verfolgt hatte, kam er aufgeregt zurück.

Elizabeth und John warteten bereits auf der Veranda des Cafés und waren inzwischen ähnlich beunruhigt wie Rosie und Frank.

„Wir müssen die Männer zusammenholen. Ich bin überzeugt davon, dass Bridget entführt worden ist."

John nickte. Franks Einschätzung genügte ihm, um hinüber zu Smuckers zu gehen, um jemanden zu finden, der rasch die Männer des Bezirks zusammenholte. Rosie schickte er zu Stolzfus, um Detective Leary anzurufen und Bescheid zu sagen.

Wenig später waren die Männer da. Diejenigen die mit den Kutschen kamen, wurden von Frank schon vor dem Dorf abgefangen, um die Spuren, die sich rund um den Parkplatz finden könnten, nicht zu zerstören. Auch Detective Leary war bereits da und hatte einige Polizisten mitgebracht. Geheimniskrämerei tat nun nicht mehr not.

Mit den hellen Lampen der Polizeitechnik konnte man die Spuren gut nachvollziehen und auch, wo am Parkplatz sie endeten. Anhand der Reifenabdrücke war es wahrscheinlich, dass es sich um ein Querfeldeinfahrzeug handeln musste, in dem Bridget weggebracht worden war.

„Wenn er sie mit einem Wald- und Wiesenfahrzeug abholt, könnte das bedeuten, dass er nicht allzu weit mit ihr unterwegs ist", spekulierte Detective Leary. „Hat irgendwer von Ihnen etwas gesehen, vielleicht ist Ihnen das Auto aufgefallen?"

Er schaute in die Runde der ernst dreinblickenden Männer. Fast alle hatten die Arme verschränkt und standen um den Standort herum, wo das Tatauto vermutet wurde.

Der Boden war aufgeweicht, die Stiefel der Männer bis zum Schaft mit Matsch bedeckt. Sie trugen ihre dunklen Winterjacken und die schwarzen Winterhüte und wirkten in der Dunkelheit, wie Figuren aus einer surrealen Welt. Der Detective atmete tief durch. Er hatte die Verantwortung für die junge Frau.

Und er hatte es für eine gute Idee gehalten, sie hierher zu bringen.

„Ist Ihnen jemand aufgefallen, der viel gefragt hat oder vielleicht gezielt nach jemanden?", versuchte er es erneut.

Die Männer reagierten nicht. Detective Leary wusste, dass sie sich nur zu Wort gemeldet hätten, wenn sie wirklich etwas zu sagen gewusst hätten.

„Dan, mit wem hast du dich denn vor ein paar Tagen unterhalten? Als wir in Bird-in-Hand waren." Die Frage war recht harmlos, gestellt von Daniel Miller.

Doch Dan reagierte zur Überraschung aller aufbrausend.

„Darf ich mit niemandem mehr reden? Seid ihr jetzt aller verrückt geworden wegen so einer hergelaufenen *Englischen?"*

Die Männer drehten sich vollkommen überrascht in seine Richtung. Er stand an der Seite, zuvor scheinbar teilnahmslos an den Pfahl gelehnt, der das Parkplatzschild trug. Nun hatte er die Arme in die Höhe geworfen und nahm eine Haltung an, die Ablehnung signalisierte.

„Hat er nach Bridget gefragt?" Detective Leary ging auf ihn zu. Dan sah sich hektisch nach den anderen Männern um. Er suchte den Blick seines Vaters, der ihn jedoch mit großen Augen und grimmiger Miene musterte.

„Hat er nach Bridget gefragt, Dan!" Es klang eher wie ein Befehl als eine Frage. Daniel Miller ging festen Schrittes auf seinen Sohn zu.

„Ja, und?"

„Hast du ihm gesagt, wo sie wohnt?"

„Was habt ihr alle mit dieser … diesem … *Weibsbild?"*

Die Männer murrten.

„Sollte ich lügen? Und ihm sagen, dass ich es nicht weiß?"

Das Gemurmel wurde lauter.

„Was hast du gesagt, Dan?"

„Dass sie bei den Bylers wohnt. Und dass sie sicher dort nicht mehr wohnen wird, wenn ich erst einmal der Herr im Hause bin!"

Das Gemurmel verstummte. Allen fiel es wie Schuppen von den Augen, dass Dan verrückt geworden sein musste. Er lebte in seiner eigenen Welt, vollkommen der Wirklichkeit entrückt. Nichts von dem, was Bischof Hershey mit ihm und seiner Familie heute Morgen besprochen hatte, war bei ihm angekommen. Vor allem nicht, dass er aufhören sollte, Rosie nachzustellen.

„Hast du eine Ahnung, wo der Mann mit Bridget hingefahren sein könnte?", versuchte es Detective Leary nun mit mühevoll zurückgenommener Stimme. Er hätte den Burschen schütteln können vor Wut, doch es war offensichtlich, dass der nicht mehr Herr seiner Sinne war.

„Keine Ahnung. Weg. Was sonst?"

Die Männer wandten sich von ihm ab. Erst einmal musste Bridget gefunden werden, die junge Frau, für die sie die Verantwortung übernommen hatten.

„Was schlagen Sie vor?" Detective Leary wollte die Einschätzung der Männer hören, die er dringend brauchte, wenn er die Gegend durchkämmen wollte.

„Wir sehen, ob wir auf den Feldwegen in der Gegend Automobilspuren finden. Und wir suchen die Hütten ab, die in den Wäldern ringsum stehen", schlug John vor.

„Für den Fall, dass er sie nicht weit weggebracht hat. Vielleicht wollte er schnell wieder von der Straße runter mit ihr", ergänzte Bischof Hershey.

„Es wäre zumindest eine Möglichkeit. Gut, ich wäre euch dankbar, wenn ihr die Wege und Wälder absuchen könntet. Ich werde eine Fahndung nach dem Fahrzeug rausgeben."

Zuvor bereits hatte er nach den Angaben der Bylers berechnet, wann Bridget wohl verschwunden sein könnte. Er nahm an, dass das Wiehern des Pferdes, das Frank gehört hatte, der bewusste Zeitpunkt gewesen sein musste. Demnach war es etwa zwei Stunden her. In dieser Zeit konnte der Entführer weit gekommen sein. Auf jeden Fall bis Philadelphia. Auch dort würde nach einem entsprechenden Fahrzeug gefahndet werden. Und in den umliegenden Städten. Allzu viele von diesen Gefährten sollte es in der Stadt nicht geben. Einer seiner Mitarbeiter hatte die Maschinerie bereits in Gang gesetzt, während Leary sich noch mit den Männern unterhalten hatte. Die Verkehrskameras wurden bereits ausgewertet, ebenso wurde an den Zahlstellen des Highways nachgefragt. Und doch sagte ihm eine innere Stimme, dass der Mann mit seinem Opfer noch in der Gegend sein könnte.

Die Männer waren inzwischen auf dem Weg in ihre Häuser, um anzuspannen oder waren bereits in den Kutschen unterwegs, um nach einem rasch vereinbarten Raster das Gebiet abzusuchen. Detective Leary hatte bestimmt, dass sie nur zu zweit unterwegs sein sollten, damit einer Hilfe holen könne. Außerdem verbot er ihnen, selber tätig zu werden, falls sie etwas Verdächtiges finden.

Dummerweise besaßen die Männer keine Handys. So würde wohl einer der Teampartner auf dem Pferd hierher reiten, um im Bedarfsfall Hilfe zu holen.

Es war nicht ideal, aber das Beste, was Leary im Moment tun konnte. Bald jedoch würde Verstärkung anrücken und er hoffte inständig, dass es noch rechtzeitig sein würde.

Bridget war wütend. Immer noch. So wütend wie noch nie in ihrem Leben. Und deshalb hatte sie auch keine Zeit, Angst zu haben. Eigentlich flößte ihr dieser Mann, der gerade die Hütte wieder verlassen hatte, offensichtlich um zu telefonieren, nicht wirklich Angst ein. Hätte er sie nicht bewusstlos geschlagen, wäre sie ihm vielleicht sogar entwischt. Irgendwie verstand er nicht so arg viel vom Entführungsgeschäft. Sicher, er hatte sie gefunden, was sicher nicht so leicht gewesen sein dürfte. Und er hatte sie tatsächlich aus dem Dorf hinausgebracht, aber andererseits war er um sie besorgt. Er fütterte sie und … jetzt erst fiel es ihr auf … er hatte ihre Hände nicht mehr gefesselt. Tatsächlich saßen nur noch die Stricke um ihre Beine fest um die Knöchel geschlungen. Sie fummelte an den Knoten herum. Es handelte sich um dicke Stricke, die zwar fest saßen, bei denen der Knoten aber gute Angriffsfläche bot. Und Bridgets Hände waren gestählt durch die endlose Teigkneterei. Und die Mehlsäcke. Und… der Knoten war offen. Kaum zu glauben! Noch hörte sie nichts draußen. Er hatte erklärt, dass er nicht über irgendeine Funkortung gefunden werden wolle. Also vermutete sie, dass er sich weiter von der Hütte entfernt hatte. Vorsichtig schlich sie zur Tür, die nur angelehnt war.

Alles war so banal eingefädelt, dass sie schon eine Falle vermutete. Trotzdem drängte es sie nach draußen. Durch die vielen Wochen und Monate bei dämmrigen Lampenlicht gewöhnten sich ihre Augen rasch an die Dunkelheit. Außerdem war der Mond herausgekommen. Er schien fast voll und stand beinahe im Zenit.

Bridget wand sich, so lautlos es ihr möglich war, aus der Hütte. Dabei half ihr der leichte Wind, der in den Bäumen rauschte. Sie sah sich vorsichtig um. In einiger Entfernung sah sie ein leise glimmendes Licht, vermutlich von einer Zigarette. Sie vermutete, dass er womöglich gar nicht telefonierte, sondern sich nur die Beine vertrat. Das Wichtigste aber war, dass sich zwischen ihr und ihrem tölpelhaften Entführer vielleicht zweihundert Meter befanden. Bridget war nicht schlecht im Schätzen.

Sie huschte von der Hütte weg. Einen wirklichen Plan hatte sie nicht, aber vielleicht war sie durch ihre dämmerungsgeübten Augen im Vorteil. Den würde sie auch brauchen, da er sie mit seiner Taschenlampe mühelos verfolgen konnte, so matschig und aufgeweicht wie der Boden sich hier präsentierte. Sie schlich durch ein Waldstück, dass mit alten, hochgewachsenen Bäumen bestanden war. Hier war der Boden nicht ganz so weich und sie würde nicht allzu leicht zu lesende Spuren hinterlassen. Hastig hetzte sie immer weiter, ohne zu wissen wohin sie floh.

„He, du blöde Kuh! Wo bist du? Hast du einen Knall? Ich bring dich um, wenn ich dich erwische!" Sein Ruf war in einiger Entfernung zu vernehmen.

Bridgets Angst kehrte mit einem Schlag zurück. Doch! Er würde sie umbringen. Da war sie sich sicher. Denn er war sehr ärgerlich. *Sehr* ärgerlich.

So vorsichtig es ihr möglich war, stapfte sie mit großen Schritten weiter durch das Hochholz. Wenn er erst ihre Richtung herausgefunden hatte, würde er sie leicht finden können. Denn auch für ihn schien der Mond hell. Immer noch vernahm sie seine Rufe, aber es hörte sich nicht so an, als wäre er ihr nähergekommen. Also stiefelte sie weiter. Und wie durch ein Wunder geriet sie an einen Waldrand. Und dort tauchten plötzlich Lichter auf. Kutschenlichter. Mehrere. Bridget lief, so schnell sie ihre Beine tragen konnten, quer über die Wiese, die sich vor ihr auftat. Sie stolperte mehrmals, rappelte sich immer wieder in Windeseile auf. Und als sie den Leuten nahe genug gekommen war, rief sie laut nach ihnen.

Sie schrie noch nach Hilfe, als der erste Kutscher sie bereits in Empfang genommen hatte. Bridget kannte ihn vom Sehen. Manchmal arbeitete er in der Kutschenfabrik. Er war einer der vielen Simons, die es in der Gegend gab.

„Er ist da oben im Wald!", rief Bridget aufgeregt. So abgeklärt sie vor wenigen Augenblicken noch reagiert hatte, so aufgeregt war sie nun. Ihre Beine zitterten so sehr, dass sie sie nicht mehr trugen. Schwer hing sie am Arm dieses Simons und eines weiteren älteren Herrn, den sie unter seiner Winterkleidung mit dem hochgestellten Kragen nicht identifizieren konnte. Jetzt fiel ihr auf, dass der Kutscher der zweiten Kutsche, ein junger Bursche, den Weg zurückgelaufen war und wild mit den Armen wedelte. Bridget konnte sich nicht erinnern, dass sie die Leute zwischen denen sie hier lebte, jemals so aus sich herausgehen gesehen hätte. Damit waren ihre sortierten Gedanken aber auch am Ende. Sie hatte das unbedingte Bedürfnis zu heulen und ließ ihren Tränen freien Lauf. Simon half ihr in den Einspänner und stieg selber auf. Der zweite Mann stieg in die zweite Kutsche dahinter. Bridget glaubte, Hufgetrappel zu hören. Vermutlich sprach sich ihre Rettung auf diese Weise rasch herum. Alle, die in der Gegend waren, steuerten ihre Kutschen hinauf zu dem Wald, in dem sie immer noch den Entführer vermuteten. Auch zwei Polizeiautos, die von irgendwoher gekommen waren, hielten darauf zu.

Bridget schmiegte sich in eine Ecke der Kutsche und zog die Decke, die Simon ihr gegeben hatte, über ihre Beine. Sie fror und ihr war übel. Und sie heulte.

Als sie nach etwa einer halben Stunde zurück im Dorf waren, wurde sie von einer aufgelösten Rosie in Empfang genommen. Beide junge Frauen vergossen Tränen und sie umarmten sich, was unter den Amisch nicht allzu häufig vorkam. Dabei beschmutzte sich Rosies sauberes Kleid mit dem Matsch und der Nässe, die Bridget anhafteten.

Irgendwer brachte heißen Tee. Und tatsächlich beruhigte sich Bridget ein wenig. Alle, die schon da waren, gingen in Smuckers Restaurant, das ausreichend Platz für viele Menschen bot. Bridget setzte sich auf die an der Wand umlaufende Bank und atmete tief durch. Sie hoffte, dadurch ihre immer noch zittrigen Beine zu beruhigen.

Nach und nach füllte sich das Restaurant und irgendwann trudelten auch die letzten Männer ein, die sich an der Suche beteiligt hatten. Es waren diejenigen, die Bridget auch gefunden hatten. Sie hatten der Polizei noch geholfen, den Entführer zu schnappen.

Detective Leary drängte nach vorne und die Reihen der Männer, die sich an Rootbeer, Wasser oder Saft gütlich taten, traten zurück. Plötzlich kam Dan in Bridgets Blickfeld.

Sie sah rot.

Wie von der Tarantel gestochen sprang sie auf ihn zu und verpasste ihm einen kräftigen Kinnhaken. Dann ging sie ihm an die Gurgel, packte ihn am Kragen und schüttelte ihn. Schließlich versetzte sie ihm noch eine Ohrfeige, bevor die zu Stein erstarrten Männer überhaupt wussten, was da gerade geschah.

„Du Blödmann, du Arsch! Du hast mich ans Messer geliefert! Was hast du eigentlich in deinem Kopf?" Bridget war außer sich.

Ein paar feste Hände hielten, ja zerrten, sie zurück. Doch sie war so in Rage, dass es kaum gelang, sie im Zaum zu halten. Frank hielt sie von hinten um die Taille umfangen, doch sie zappelte nach wie vor mit Händen und Füßen. Bis irgendjemand Dan aus dem Raum brachte und Rosie sich frontal vor Bridget stellte.

„Hör auf! Wir wissen, was er gemacht hat. Er hat es zugegeben. Und damit alle hier zu Zeugen dessen gemacht, was er ist: Ein sehr verwirrter junger Mann, der Hilfe braucht."

Rosie schaute so bekümmert drein, dass Bridgets Wut schlagartig nachließ. Und genauso schnell wechselten ihre Emotionen. Sie fiel Rosie heulend in die Arme. Die Männer wiederum starrten peinlich berührt auf die zwei Mädchen. Einer hatte zumindest den Weitblick, Bridget, deren Knie nachzugeben schienen, auf die Bank zu helfen.

In diesem Augenblick erschien Detective Leary im Restaurant. Ohne Umschweife begann er seinen Bericht.

„Wir haben ihn und er hat auch schon gestanden. Wer immer den Kerl für diese Arbeit ausgesucht hat, war nicht ganz bei Sinnen. Der Mann ist schwer drogenabhängig, sollte seinen Schuss aber erst bekommen, wenn er die Arbeit erledigt hatte. Und das bedeutete: Bridget zu holen, sie zu verstecken und abzuwarten, bis ein anderer sie abholen würde. Das konnte der nie und nimmer durchhalten. Ob er zur eigentlichen Bande gehört, ist mir noch nicht ganz klar. Ich glaube, er wurde nur angeheuert, eben weil er Geld brauchte."

Bridget hatte, inzwischen ruhiger geworden, zugehört.

„Jetzt weiß ich auch, warum er so unkonzentriert war. Er hat meine Fesseln für das Essen geöffnet, mich aber nicht wieder gefesselt, als er die Hütte verlassen hat. Deshalb konnte ich überhaupt erst abhauen."

Detective Leary nickte. „Gut, dass er kein Profi war. Sie hatten großes Glück, Miss Summers. Leider muss ich Sie sofort mitnehmen. Das dürfte Ihnen klar sein. Hier sind Sie natürlich nicht mehr sicher."

Bridget nickte bekümmert, war aber viel zu erschöpft, um noch etwas dazu zu sagen.

Rosie indes riss die Augen auf. „Oh, so schnell schon?"

„Leider! Aber ich hoffe, dass die Sache bald einmal ein Ende nehmen wird." Leary zuckte mit den Schultern. Was er sagte, klang glaubhaft, auch wenn er sehr genau wusste, dass der Prozess noch sehr lange dauern würde. „Könnte jemand Miss Summers Sachen holen?"

Rosie nickte. Es war das Einzige, dass sie jetzt noch für die Freundin tun konnte. Als sie das Restaurant mit feuchten Augen verließ, fiel ihr Blick auf Frank, der in einer Ecke stand und den Kopf gesenkt hatte. Wie Schuppen fiel ihr von den Augen, dass Frank eine Schwäche für Bridget hatte. Eine *starke* Schwäche, wie es schien.

Kurze Zeit später war sie mit Bridgets Rucksack wieder zurück. Sie hatte die wenigen weltlichen Dinge zusammengepackt, die diese in ihrem Zimmer verwahrt hatte. Außerdem legte sie ihre *Kapp*, die immer noch auf dem Bett lag, und die Adresse der Bylers hinein. Dazu einen Brotbeutel mit ein paar Leckereien und zwei Getränken. Wer wusste schon, wann Bridget das Nächste Mal etwas zu essen bekommen würde? Rosie hoffte, dass Bridget den Adresszettel als Aufforderung verstehen würde, sich wieder zu melden.

Als Rosie zurückkam, hatten sich die Männer zurückgezogen. Nur einige der Polizisten, die Bridget Begleitschutz geben würden, der Detective, ihre Eltern und Frank waren noch da.

Sie verabschiedeten sich voneinander. Bridget umarmte jeden einzelnen der Bylers und jeder von ihnen erwiderte die Umarmung.

„Werde glücklich mit Jason. Sag es Detective Leary, wann du heiratest oder wenn es sonstige Neuigkeiten gibt. Und du wirst sehen, früher oder später wird diese *Weltliche* hier wieder auf eurer Matte stehen und Ärger machen." Bridget liefen die Tränen über das Gesicht.

„Diese *Weltliche* sollte lieber früher auf der Matte stehen", sagte Rosie unter Tränen. Dann ließ sie Bridget los.

Der letzte in der Reihe, der sich verabschiedete war Frank. Auch er schlang seine Arme um sie, so lange, dass jeder im Raum verstand, dass es auch Frank sehr schwer ums Herz war, diese *Weltliche* wieder ziehen zu sehen.

***** *

Nun, da Bridget weg war, hatte Rosie wieder alle Hände voll zu tun. Aber bei aller täglicher Mühsal: Sie hatte eine wunderbare Aussicht auf den ersten Dienstag im November! Jason und sie würden heiraten. Endlich. Und niemand konnte etwas dagegen machen.

Dan war am Tag nach Bridgets Aufbruch verschwunden. Daniel Miller hatte sich bei den Nachbarn für den Aufruhr, den sein Sohn veranstaltet hatte, entschuldigt. Er hatte auch berichtet, dass Dan bei Verwandten in Ohio wohnen würde, aber täglich ein spezielles Heim besuchen würde, wo ihm endlich geholfen werden konnte.

Von Bridget gab es keine weiteren Nachrichten. Vermutlich musste sie, irgendwo anders versteckt, auf den Prozess warten. Rosie war sich sicher, dass sich Bridget melden würde, wenn alles vorbei war.

Alles in allem freute sich Rosie auf den Sommer, all die Vorbereitungen und – natürlich – dann endlich auf den Herbst. Doch bis dahin gab es noch viel zu bedenken, zu organisieren und zu erledigen.

Vorderhand würde ihre Mutter aber wieder eine Menge Sellerie pflanzen. Und diesmal käme Rosie in den Genuss dieses alten Brauches.